吉田修一

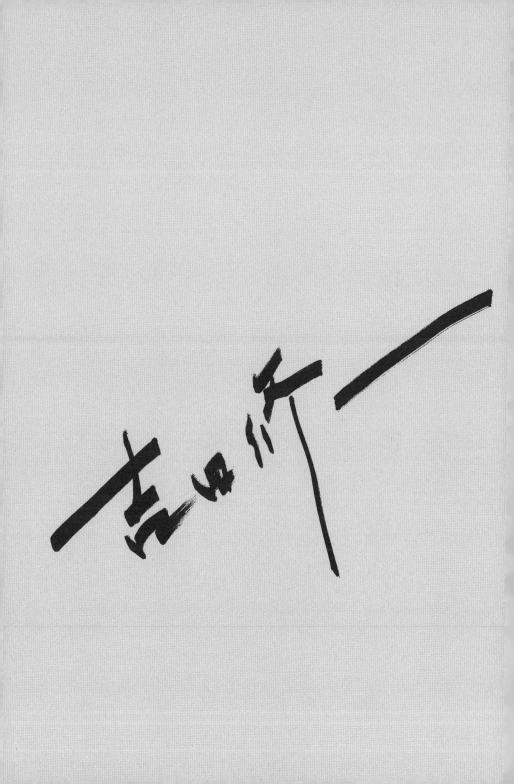

# 犯罪小說集

吉田修一

高詹燦——譯

中文版作者序——

# 完全無法控制的書中人物，遠非過去任何一部作品所能比擬！

沒有任何一部作品像這本《犯罪小說集》這樣，被故事劇情耍得團團轉，登場人物完全無法控制。

這部作品集是以現代日本實際發生過的事件作為題材的五則短篇故事所構成。

描寫一名從小學返家途中下落不明的小女孩，其家人及地方人士這十年來的生活——〈青田Y字路〉；一名因感情糾紛而殺死愛人的小酒館媽媽桑，她的昔日同窗以主角的身分，遙想其過往人生——〈曼珠姬午睡〉；描寫一名在澳門沉溺百家樂，賭輸百億錢財的大企業少東，他眼中所看到的人情冷暖——〈百家樂餓鬼〉；一名在限界村落遭到孤立的男人和他養的狗所構成的故事——〈萬屋善次郎〉；以及風光一時的前職棒選手一味追求虛假的風光生活，深陷其中不可自拔的悲劇——〈白球白蛇傳〉。

這五則短篇故事，當然都有其各自的故事內容、主題，以及興味。在這次的小說集當中，我想嘗試的是，當我將這五則沒有關聯的故事擺在一起時，會不會產生連我自己也料想不到的事。

而寫完此書後，是否真有意外的發現呢？這點連作者本身也無法清楚說明，不過，看過此書的各位讀者們如果覺得自己彷彿接觸到過去從未聽過的話語，嗅聞到不曾聞過的人味，身為本書作者的我將感到無比欣喜。

此次我直接以「犯罪」這樣的字眼當書名。

這部短篇集就不用說了，過去我所寫的《惡人》、《再見溪谷》、《怒》，雖然同樣是處理「犯罪」題材的作品，但我不讓自己站在裁決者這一邊，秉持一貫原則，不站在這樣的立場。故事和人都有各種不同的面相，所以才會有故事的誕生，才會有活生生的人，我想以小說的形式來傳達這樣的想法。

正如同我在開頭所做的告白，這次作者被故事耍得團團轉，完全無法控制書中的登場人物，遠非過去任何一部作品所能比擬。

當然了，一來也是因為以真實故事當題材的緣故，不過「他們」的情感和聲音都太過真實，感覺當我回過神來時，已差點被他們所吞沒。不過，我還是緊抓著不放，不讓他們將我甩開，自認已卯足全力完成這部作品。我不敢說看完這五則短篇故事後，會覺得餘味無窮，不過，倘若各位讀者能以這部小說為借鏡，發覺自己的幸福或平日的喜悅，或是考量到別人的幸福，那將會是我最大的欣慰。

【附記】

我還是一樣常造訪臺灣。去年我終於克服長期以來都無法接受的臭豆腐，夜市生活也過得愈來愈充實了。

期待能在簽名會的日子與各位相見。

吉田修一

書於東京

目錄

# 青田Y字路 1

夏意漸濃，稻田已是一片綠油油。稻田裡蓄滿了水，在陽光的照耀下，益發顯得清澈透明，在微風的吹拂下，整面稻田揚起一陣碧波，美不勝收。

在這片田園風景下，有一條筆直的道路往前延伸。這條鋪滿碎石子的道路，在夏日的烈陽下閃著白光，彷彿受到它的燦爛白光引誘，一路往前走，來到一處Y字路口，眼前是一株高大的杉樹。

站在Y字路口往右望，是一片鬱鬱蒼蒼的杉林，若往左而行，則是一處因泡沫經濟破滅而沒人聞問的住宅預定地廢址。

這棵大杉樹的樹齡遠在百年之上，樹幹粗黑，在連日的酷熱烈陽下，一直靜靜朝地面上灑落濃密樹蔭。

**喂，妳倒是說句話啊，老太婆！妳會說話吧？**

這時我聽到某處傳來的聲音。

聲音來自不遠處的中前神社院內，今天正好是夏越祭[2]的最後一天，狹窄的參道上一整排的日式炒麵、海苔燒、迷你雞蛋糕等攤販，前來參拜的香客身上流的汗、醬汁、醬油、砂糖等氣味，全都混在一起，好不熱鬧。

聲音是從更裡頭的地方傳來，在院內冰涼的石板地上，擺滿了舊衣、陶瓷、不值錢的玩意兒，依照慣例擺設古董市集。

**這個看起來像路易威登嗎？這個像香奈兒嗎？我在問你們話呢！**

在院內的更深處，離熱鬧的人群有段距離的竹林裡，停著一輛白色廂形車。敞開的後車廂裡，滿滿一整排的名牌仿冒品。

劈頭朝那名像小販的中年婦人咆哮的，是當地的流氓，也不知道是因為男子大聲咆哮，蟬鳴聲才如此刺耳，還是因為蟬鳴聲刺耳，男子才大聲咆哮。

男子剃光的後腦勺上有個紅鯉的刺青，尾鰭從背後高高地揚起。青筋暴脹的男子滿臉汗水，每次扯開嗓門大吼，後腦的紅鯉看起來也像是跟著暴跳。

之前手裡拿著仿冒品的顧客們，也都站向遠處圍觀。有人頻頻轉頭往後看，希望有人早點前來替他們解圍，但都沒人主動出面。

「是誰准妳在這裡做生意的？啊？妳是從哪兒混進來的？」

流氓敲打中年婦人的頭。婦人滿是溼汗的頭髮顯得很沉重，一動也不動。男子一把揪住她的頭髮，幾乎都快把頭髮扯下了，中年婦人表情扭曲。

「我……我下次不敢了！」

明明是在道歉，但口吻卻像是在生氣，且帶有不像日本人的腔調。

「啥？」

1. 「青田」指的是青綠油亮的稻田。
2. 舊曆六月底舉行的儀式，用意是淨化前半年的穢氣，祈求後半年健康沒有災厄。

聽她這樣的口吻，男子感到光火，毫不留情地賞婦人耳光。打她的下巴，扯她耳朵，並用他厚實的手掌想把婦人塌陷的鼻子壓扁。

這時，婦人口中發出滿是口水的咕嚕咕嚕聲。

圍觀的群眾看到這一幕，逃的逃，散的散。而那名躲在白色廂形車後方的年輕男子，就在這時惴惴不安地現身，雖然人是走了出來，卻什麼忙也幫不上。

男子是這名中年婦人的獨生子，名叫中村豪士。長著一張娃娃臉，看起來像高中生，不過他今年已二十五歲。

「你要幹嘛？」

在流氓的威嚇下，豪士馬上向後退卻。儘管如此，流氓還是步步進逼，一手緊抓他母親的頭髮，一手揪住豪士的前襟提了起來。

豪士嚇得全身蜷縮，微帶內八的膝蓋不住發顫。

「……請你別這樣。」

古董市集的熱鬧人群就在前方數十公尺處，但感覺卻是如此遙遠。豪士求救的聲音，宛如是從水底發出一般，傳不進人們耳中。

這名母親為了解救孩子，緊緊抓住流氓的手臂，豪士趁這個瞬間逃離現場。他踩著地上的碎石子，踢起枯草，頭也不回地朝古董市集主辦者專用的白色帳篷奔去。

人在帳篷裡的主辦者們，手握罐裝啤酒有說有笑，這時目光全都往突然闖進的豪士身上匯聚。豪士大汗淋漓，全身溼透。

「不……不好意思。」

他從喉中硬擠出聲音來。

「……不好意思！請救救我們！」

主辦單位裡的主事者藤木五郎，先是為之一驚。他此時腦中閃過的念頭，不是哪裡有人受傷或是打架，而是「搞什麼，原來這孩子會講話啊」。

打從他小時候，他的母親……記得日本名字好像叫洋子……就常帶著他到古董市集來，當時他還是個待在母親身旁獨自遊玩的乖巧孩童，不知不覺間已長這麼大，最近還會幫母親的忙，負責商品的搬運和管理。

招呼客人、與主辦者聯絡等工作，全由他那人緣好的母親包辦，而且他們所賣的商品都是名牌仿冒品，站在主辦者的立場，雖然同意他們在此做生意，但並不是很歡迎他們母子，而一轉眼，竟已過了將近二十個年頭，雖然幾乎每週都會見面，卻從沒跟這孩子說過話。

久而久之，可能是五郎自己誤會了，他一直以為這孩子不會說話。他們自己就不用說了，就連在古董市集幫忙，與豪士同輩分的年輕人，也沒見過他們和豪士說過話，所以才會造成這樣的誤會。

見眼前的豪士不住顫抖，五郎這幾位主辦者這才有所行動。

「小哥，發生什麼事了？」

五郎目光移向後方的竹林，發現那名中年流氓就像在教狗規矩似的，不斷拍打著他跪地求饒的母親。

五郎忍不住暗啐一聲。

流氓在市集裡出入是件麻煩事，但偏偏他們也不能偏袒賣名牌仿冒品的人。明知自己是主辦者，勢必得出面解決，但感覺雙腳無比沉重。

豪士眼中噙滿淚水，靜靜等候遲遲不肯行動的五郎他們。豪士的模樣就像在說「再不快點的話，我媽會被殺掉的」，是現場唯一顯露慌張之色的人。

不得已，五郎他們只好前往現場。因為才剛喝完罐裝啤酒，走沒幾步路已開始飆汗。

五郎他們緩緩走在豔陽下。來到竹林後，綠葉成蔭，涼風徐徐吹來。

「有話好好說，好好說。」

五郎擠進兩人中間。

這名流氓似乎也早就在等候五郎他們的到來，直接鬆手放開那名母親的頭髮，毫不抵抗。

可能是剛才扯得太用力，婦人溼透的頭髮仍維持剛才的形狀高高豎起，頭皮微微滲血。

「真是的……」

隨後跟來的五郎妻子朝子，見她頭上流血，很不滿地嘀咕了一句，拿起原本掛在脖子上的毛巾按向滲血的頭皮。

可能是疼痛難當，那名母親發出低聲呻吟。

「我說大哥大姐，勸你們最好別把事情鬧大。要是被叫去警局，肯定沒完沒了。」五郎朝他們兩人說道。

流氓啐了一口唾沫。那帶泡沫的口水看起來臭不可聞，五郎忍不住向後退卻。

五郎見過這名流氓，是已經解散的杉尾組裡的中堅分子。杉尾組解散後，也不去找份正經工作，在當地的小酒館裡大放厥詞，說什麼「有其他組的人邀我加入」，但現今這個時局，不可能有這麼闊綽的黑道組織。事實上，他是靠政府的救濟金在過活，可能是本想來參加慶典散散心，但是看到這種熱鬧場面，一時得意忘形，想起自己耀武揚威的過往，而臨時起意，想向這名賣名牌仿冒品的女人討保護費來花用。

當然了，根本沒義務白白向流氓支付保護費。話雖如此，這時候如果五郎他們替這對母子說話，就等同是准許他們販售仿冒品。

「我說這位大哥。」

五郎輕拍流氓的肩膀。

五郎原本也曾當過市集的攤販，光憑手搭在對方肩上的觸感，便能讓對方感受到他這股江湖味。

「這次就看在我這個老頭的面子上，放她一馬吧。當然了，我不會讓你空手而歸。這位大姐在這裡擺攤多年，所以應該也很清楚這一帶的規矩……妳說是吧，大姐。」

五郎柔聲問道。

「我、我沒錢……我有的，就只有這些包包。我送你包包，可以嗎？」婦人展開交涉。

平時她的日語說得更好，但此時可能是怕得六神無主，嘴脣直打顫，連話都說不好。

那名勢利眼的流氓，已開始朝貨架上的包包挑選起來。

「這可不是光一兩個包包就能了事哦。畢竟我就算拿了這些假貨也沒用處！」五郎加以安撫道「到你常去的酒吧，送給那裡的女孩，她們一定很高興」，男子聽了之後，似乎也能接受。

這時，婦人的兒子豪士突然現身。才在想他剛才跑哪兒去了，原來是去替他受傷的母親擰毛巾去了。他蹲下身，以溼毛巾抵向母親腫脹的臉。

五郎的妻子朝子站起身，悄聲向五郎吩咐道：

「你先帶他走，待會兒我會拿幾個包包過去。」

「好。」五郎頷首。「我說大哥，現在先轉換一下心情，我們到前面去喝罐冰啤酒吧。」

就此在流氓背後推著他離去。

待男子們離去後，朝子這才問道：

「太太，妳不要緊吧？如果受傷的話，要不要帶妳去醫院？」

「我沒事，真不好意思，讓妳操心了。」

「小哥，前面的醫護帳篷裡有冰塊，你去那裡跟他們說，是藤木太太派你來拿的。你母親的臉得趕快冰敷一下才行。」

朝子吩咐完後，豪士乖乖依言而行。朝子先讓那名母親坐向車子旁開店用的板凳上。

這一帶有竹林遮蔭，涼風習習，但蚊子也多。朝子馬上便打死一隻停在手臂上的蚊子。也不知道是誰的血，身材豐腴的朝子白皙的手臂上，留下鮮紅的血漬。

「太太，你們現在仍住在水無的町營社區嗎？」朝子搔抓著手臂問道。

「是的……啊，不，現在那裡只有我兒子一個人住。」

母親如此應道，目光移向前往拿取冰塊的兒子。

雖說那裡稱作水無社區，但其實只有一排老舊的平房。由於滿是空屋，所以從前面路過時，生銹的瓦斯桶特別顯眼。

「那麼，妳現在住哪兒呢？」

「我現在住在新里的公寓房子。」

「自己一個人？」

「不，和我先生。」

「啊，妳再婚啦？」

「還沒辦理登記……」

聽到這裡，朝子想起一件事，在心中暗呼「哦，原來是這麼回事」。

五郎有位認識多年的老朋友，姓菅原，年輕時到東京當廚師學徒，但最後沒能學藝完成，重回故鄉，過起打零工的生活，就此成為一名嗜賭如命的酒鬼。

幸好從他已故的雙親那裡繼承了位於車站前的停車場。

「一格停車位收五千日圓，一共有九格。每個月光收租金就不必擔心會餓死。」

他如此吹噓道，也不出外打零工，大白天的就在街上遊蕩，那張氣色欠佳的臉，充分透露出他的肝功能出了狀況。

五郎說，菅原從兩、三年前開始，開始和某個女人同居。之前碰巧在酒吧裡遇上，菅原語帶炫耀地說：「那個女人想貪圖我的財產。」

「就那個鼻屎點大的停車場，也算財產啊？」

五郎當時朝他腦袋一拍，聽說菅原一臉懊惱地喝著悶酒。

朝子得知那個女人就是眼前這位太太到底是什麼時候的事？她又是怎麼得知的呢？……

朝子再度拍向停在她白皙手臂上的蚊子。但這次讓牠給逃了，只留下拍打手臂留下的紅印。

「像我這種老太婆，就只會引來蚊子。真是討厭。」

朝子笑著說道，那名母親就此抬起頭來。

「請用這個。」

她從圍裙口袋裡取出一個小小的噴霧瓶。

「這什麼？」

「防蚊液。」

「咦？妳自己作的？」

「如果用藥局的防蚊液，我兒子會過敏發癢。」

「這樣啊。」

朝子直接拿起就朝雙臂噴了幾下。一陣芳香撲鼻。

「嘩，好香的氣味。」

「裡頭加了香茅油。」

「哦，難怪。真的很香呢。我看妳乾脆別再賣假包包，改賣這個好了。」

朝子這句玩笑話，令那名母親重展笑顏。

這時，看到豪士從古董市集熱鬧的人群中返回。手裡提著裝有冰塊的超商提袋，袋子冒出白色霧氣。

「那名小哥現在都只在妳身邊幫忙嗎？」朝子問。

「之前也曾經去打工，但很快就辭職了。」

「打什麼工？」

「看護。」

豪士回來後，將冰塊擱在腳下。他從母親手中接過毛巾，徒手抓起一把冰塊，以毛巾包好。

他的手指漂亮又修長。和五郎他們不一樣，這不像是做過粗活的手。

朝子不經意地凝望起她兒子的側臉。

那是一對清澈透明的大眼珠，猶如低頭望向這個季節水田裡的清水一樣，無比晶亮。

「對了，今天有個外國女人偷偷在神社院內的角落賣襪子。身邊還帶了個小男孩。妳知道嗎？」

某天晚上在小酌時，五郎曾對她這樣說道，是什麼時候的事呢？

如今回想，那名外國女人就是這位太太，而那名小男孩現在已長這麼大了，所以那已是將近二十年前的事。聽說當時這位太太才剛和水無地區的一名蔥農離婚。沒聽說過她出身何處，不過看起來像中國人，而她那黝黑的膚色，看起來也像是菲律賓那一帶的東南亞人。不過，她那鮮明的五官倒是很像日本人。總之，這位太太和蔥農結婚，就此來到日本，但結婚不到兩年，婚姻便出了問題。她在前一段婚姻中便已經有一個兒子，原本似乎是留在她祖國的娘家裡，後來趁離婚之便，索性將孩子接來這裡，進日本的小學就讀。

而現在眼前站著那名已經長大成人的兒子。剛才流氓和五郎的對話，他似乎都聽得懂，正從貨架的商品中挑選要交給流氓的包包。

看到他這副模樣，朝子覺得可悲，為什麼一個好好的青年，非得在這種地方和母親兩人賣這種假貨維生不可呢？

「我說，這個包包一個賣多少錢？」朝子問。

「因為比較小，所以賣八千日圓左右。」洋子回答道。

「那進貨價是多少？」

「售價的八成五左右。」

「這麼說來，就算賣得出去，也只賺一千多日圓嘍？」

「還含運費，所以賺得更少。」

那名兒子沒理會她們兩人的對話，拿著他挑選的三個包包給母親過目。

那名男孩是什麼時候變成青年的，朝子突然閃過這個念頭。自己這二十年來一直都感覺得到這對母子就在她周遭，卻不曾主動和他們說過話。

「小哥，你不想找個地方上班工作嗎？」

朝子猛然回神，發現這句話已脫口而出。

「……你還年輕，工作機會多得是。如果你有意願的話，我可以請我家爸爸幫你介紹。」

正忙著將包包裝進一個小紙箱裡的豪士，一臉驚訝地轉頭而望，不是望向朝子，而是望向他母親。

這對母子並未開口請她幫忙介紹工作，而朝子自己也不清楚是否真有工作能介紹給他，但不知為何，她覺得心情無比暢快。就像她已經讓這對母子得到幸福似的。

夕陽西下，慶典過後，神社院內仍留有幾群還沒玩夠的少年少女。

儘管已經入夜，但氣溫卻未下降，露出大腿的少女們所坐的石階，依舊溫熱。而在不遠處，一群少年為了吸引這群少女的注意，互相嬉鬧，點燃了沖天炮。地面上火花四散。少年點完火後，以外八的姿勢逃開。只聽見咻的一聲尖銳聲響，沖天炮直衝天際。雖然飛得相當高，但夜空仍遠在它之上。

少女們伸著白皙的脖子仰望，沖天炮就此被夜空吞沒。只留下些許的火藥氣味。

**香奈兒的錢包全部放進紙箱裡了嗎？媽，明天我會全部退回去。雖然又會賠點錢，但現在退貨的話，他們或許還肯買回。**

一輛白色廂形車緩緩從中前神社的停車場駛出，朝Y字路而來。四周沒半盞路燈，所以只有車燈照到的地方浮現出小小的世界。

駕駛是豪士，似乎因為冷氣太強而身體變得冰涼，從剛才起就一再打噴嚏。

車子駛進Y字路後，一度先停下車，像要繞過那棵大杉樹般，緩緩改變方向，就此往前駛去。現場留下碎石子被輪胎輾過的聲響，待聲響消失後，四周再度只剩蟲鳴聲。

駛離Y字路的白色廂形車，在切入縣道的地方再次停下，煞車燈將水田照得一片赤紅。

星期天的這個時間，縣道上來往的車輛並不多。縣道沿線並沒有什麼特別之處。只有幽暗的水田、白菜田、偶爾會看到有光線的溫室，再來只要擺上兩座自動販賣機，就感覺是一處很熱鬧的地方了。

「啊，你看這個……這是媽媽年輕時的照片。之前我在壁櫥裡找到的。」

昏暗的車內，因洋子的手機而變得明亮。

豪士手握方向盤，朝照片瞄了一眼。

「哈哈哈，那髮型是怎麼回事啊？」

豪士一把從母親手中搶走手機。

「怎樣？美吧？這是知名的攝影師在攝影棚拍的照片呢。」

「好像那種沒名氣的昔日偶像哦……哈哈哈，這搞什麼鬼啊，肩膀上還停著小鳥呢。」

豪士忍不住狂笑。

「所以我不是說過嗎，我以前曾經是個沒名氣的偶像。我以前在那裡出過一張唱片。這張照片就是當時拍來製作唱片用的。但最後卻用了別張照片。」

「那首歌叫什麼名字？」

「日語嗎？叫作〈你的小鳥〉。」

「哈哈哈，所以才會在肩上放小鳥是嗎？這種歌才不會紅呢。」

「要我唱給你聽嗎？」

「聽妳唱的話，妳會給我錢嗎？」

「為什麼？是反過來才對吧。」

聽著洋子的笑聲，豪士踩下油門。縣道沿線空無一物的景致，一口氣全往後方飛逝。

「媽，妳的臉不痛了嗎？」豪士突然如此問道。

「嗯，沒事。已經不腫了。」

母親就像想早點忘卻此事般，很快地應道。

順著這條縣道繼續往北走，會來到一處大十字路口。幾年前才剛建好的這處十字路，好不容易整建完畢，一旁卻只有一家名為「lucky」的當地便利商店，而其他三個區塊至今仍是裸露的水泥地面，閒置一旁。

豪士他們乘坐的白色廂形車，已可看見位於右側的「lucky」，他們順著十字路口左轉。馬路突然變窄，來到一處十足像村落的地區。

村落內的馬路更是狹窄。而且兩側民宅的圍牆往道路挺出，更加不易通行。他們駛過兩座僅能容一輛車勉強通行的小橋，行經木材工廠前方後，來到了路底。

白色廂形車就此停下。

「要不要吃頓飯再走？」母親走下前座時，如此問道。

「我還不餓，而且剛才吃過泡麵。」豪士應道。

「然後晚上才又吃便利商店的便當嗎？」

母親一副拿他沒轍的模樣。

「因為到時候又會餓嘛。」豪士笑道。

「你就是那麼晚睡，才會早上起不來。這樣不行哦。要是生活過得不規律，就會變得和菅原一樣。」

「我才不會跟他一樣呢。」

一提到菅原，豪士馬上面露不悅之色。他向來都這樣，所以洋子倒也不顯慌亂。

「晚安。」

她就此關上車門。

車子在這處狹窄的巷道裡倒車迴轉，返回剛才的道路。洋子沒目送他離去，逕自走向公寓。

一〇二號房的門牌上寫著「菅原」。因為是用原子筆寫在厚紙板上，所以字體因被雨淋溼而暈開。

打開薄薄的那扇門一看，身穿運動服的菅原正在廚房裡。

「……我說，冷凍披薩還有剩吧？」

他正打開冰箱往內窺望。

洋子側著頭應了聲「還有嗎？」轉頭望向他。

車子已經走遠，木材工廠的防盜燈剛才一直都照向車子停靠的地方。

「吃冷凍披薩好嗎？」洋子重新問道。

「難道有別的東西嗎？」

「我們去拉拉商場吧。去吃拉拉商場的牛排店。」

「哦，那家有沙拉吧的店是吧……那麼，回來時順便去唱卡啦ＯＫ吧？」

「那裡的卡啦ＯＫ，我有折價券哦。」

洋子點點頭，走進屋內。和車內一樣，房子裡的冷氣一樣開得過強，她赤腳踩向地板，感覺冷若寒冰。

讓母親下車後，白色廂形車離開村落，再次沿著縣道回到便利商店「lucky」所在的十字路。

豪士所住的水無社區，也是在這處十字路口對面的不遠處，同樣得從大路再過兩座小橋，進入村落。

駛過兩座小橋後，眼前景致豁然開朗。左手邊是一大片水田，右手邊則是六棟等距排列的老舊平房。

他將白色廂形車的車頭駛進前面數過來第二棟平房的門口，停好車。車子熄火後，四周頓時闃靜無聲，旋即蛙鳴聲大作。

今晚不見明月高懸，夜空裡的點點繁星映照在水面上。

豪士下車後，先伸了個懶腰，然後粗魯地關上車門。

面朝北方的大門可能是日照少的緣故，總有一股泥巴味。

成串的鑰匙像鈴噹般叮鈴作響，豪士就此打開那扇薄薄的大門。

約半張榻榻米大的玄關。地板沒貼磁磚，水泥地面處處裂縫。鞋櫃門故障，裡頭塞得滿滿的髒鞋，彷彿隨時都會崩塌。

短短的走廊從玄關延伸而去。這是所謂的外廊式建築，右手邊是四扇玻璃門，左手邊是廚房兼客廳，隔著一扇隔門緊鄰一間六張榻榻米大的房間。走廊的盡頭處是浴室和廁所。

豪士先走進前方的客廳，從冰箱裡取出寶特瓶裝的可樂。喝著裡頭氣體都已散去，只剩甜味的可樂。

豪士打開電視。

綜藝節目上正播出搞笑藝人掉進坑洞裡的整人橋段。快速跑來的年輕藝人，猛然掉進了坑洞。

豪士朗聲大笑。

藝人掉落的模樣採慢動作播放。

豪士拍手大笑。這種笑法就像是希望遠方的某人能注意到他似的，無比誇張。

家裡基本的家具還算完備。因為母親與菅原同居，所以她將一切的家當都原封不動地留下。

豪士是在七歲那年來到日本。頭三年只有他和母親同住。之後家裡住進一名姓森口的男人。森口說他原本在東京當歌手，還會教豪士唱一些歌詞帶有情色意味的老歌，不過他手腳不乾淨，常在附近的酒館或超商偷東西，最後甚至充當豪士的父親，在教育親職日來到豪士就讀的小學，潛入教職員室竊取老師們錢包裡的鈔票，就此被捕。所幸老師們施恩，和解了事，但這件事當然也就傳進每個人耳中。

儘管如此，森口還是在這裡住了兩、三年，某天他突然無預警地消失蹤影。

當然了，應該是和母親之間提到了分手的事，但是對當時還只是孩子的豪士來說，只記得一早醒來，突然就再也沒看到森口的蹤影。

之後豪士國中畢業，沒升學念高中，而是到當地的看護設施工作，但他不適應宿舍的生活，而且早上總是很晚起床，屢屢遲到，所以待不滿三個月就被革職了。

但當他重新回到這處社區時，母親又開始和別的男人同居，於是豪士便在附近的公寓租了一間六張榻榻米大的房間。也沒出外上班，房租和餐費全靠母親供應。每天日夜顛倒，只要醒著，就是坐在電腦前打電玩。

不久，母親和那個男人分手，豪士又回到這個社區的家中。之後母親邂逅了菅原，從那之後，豪士便獨自一人住在這個屋子裡。

喝完可樂後，豪士走進廁所。空間狹窄的廁所裡，如果不縮著身子小號，感覺頭和手便會跑出窗戶或牆壁之外。

廁所裡的窗戶掛著中前神社的護身符。是祈求交通安全的紅色護身符，他十八歲那年通過駕照考試時，一時開心，便在回家的路上買下這個護身符，但不知為何，竟不是掛在車上，而是掛在廁所的窗戶上。

從那之後已經過了七年，還是一直掛在這兒。當初掛上時，萬萬沒想到一掛就是七年。不，當初掛上時，萬萬沒想到自己竟然七年後仍住在這裡。

這七年與豪士的青春時代重疊。望著那護身符，豪士再次對於七年的時光竟是如此短暫，感到不寒而慄。當初為了掛上這個護身符，以圖釘釘向窗戶木框時的觸感，至今仍清楚留在手指上。不過這種觸感不可能長達七年一直都留在手指上，若真是如此，這就如同是七年的歲月完全不存在似的。

豪士將馬桶裡的水沖走。

與自己的青春時代重疊的七年歲月，就像流進眼前這泛黃的馬桶裡一樣。

**叮、噹噹噹、叮。**

**叮、噹噹噹、叮。**

**敲呀～鼓聲清亮～**

聽見口技三弦琴[3]愉悅地吟唱〈越後獅子〉的聲音。從中前神社的杉樹林裡飛起一隻烏鴉，就像受這聲音吸引般，振翅飛去。牠的影子落向水田，當牠飛越縣道上空時，底下的住宅地已來到眼前。

烏鴉開始降落，停在某戶人家的屋頂上。

就是這戶青色屋瓦的人家傳來愉悅的〈越後獅子〉吟唱聲，吟唱者是藤木五郎的妻子朝子。

烏鴉就像要擾亂她的歌唱節奏般，叫了聲「呱」。

原本在廚房煮南瓜的朝子，因叫聲而抬頭望向天花板。雖然抬頭仰望，卻沒當一回事，再度展現她的口技三弦琴。廚房裡彌漫一股燉煮的甘甜氣味。

就在這時，疊滿泡麵的桌上，手機鈴聲響起。剛好朝子將手機鈴聲設為烏鴉叫聲，所以她不禁莞爾。

「來了來了。」

她雖然如此應道，卻仍用筷子戳著南瓜。煮出來的色澤出奇鮮豔。

朝子不慌不忙地拿起手機，是住附近的媳婦美由紀打來的。

「喂？」

「啊，是媽嗎？……愛華有沒有順道去您那邊？」

「小愛？沒來啊。妳剛才說順道是嗎？」

「不……那我知道了。打擾您了。」

「怎麼啦？」

「她還沒回家。」

3. 原文為「口三味線」，是以人聲模仿三弦琴的一種技藝。

「還沒回家？都已經六點了呢。」

「是啊……」

「打電話到她朋友家問過了嗎？」

「她好像和小紡一起走出校門，和往常一樣在固定的地方分頭走。」

「固定的地方？是那個Y字路嗎？」

「是的。」

「幾點的事？」

「三點左右……我之前一直都在醫院裡，因為將馬發燒。」

「哎呀，小將他沒事吧？」

「剛吃完藥，正在睡……媽，真不好意思。我想應該是在莉奈家。因為之前也是這樣……我打電話過去，莉奈的媽媽沒接，所以我接下來打算親自去一趟。」

電話就此掛斷。

美由紀是先有後婚。兒子信廣遺傳了父親五郎的個性，一會兒說什麼年輕就得放手去做，要踏上音樂之路，一會兒說什麼要和朋友合夥做資源回收的生意，總之是個沒定性的兒子，朝子對他百般勸說，終於讓他安分守己地忍了下來，最後在隔壁街的大賣場當上樓長，朝子可說是功不可沒。

朝子正準備回去作菜，但突然一陣心神不寧，於是她熄去爐火。明明電話講沒多久，南瓜卻已燒焦黏在鍋底。

朝子走進客廳，從準備要收進衣櫃裡的那疊洗好的衣服中，抽出一件無袖襯衫。開始思考接下來該去哪兒好。

美由紀並沒有拜託她幫忙找孫女。但她已開始想像自己走在黃昏時分的水田邊道路上，叫喚孫女名字的模樣。

這時大門開啟。

「哎呀，妳果然是到這兒來了。」

朝子馬上起身前往相迎。

但是在門口脫鞋的，是丈夫五郎。

「哎呀，是你啊。這麼早。」

面對妻子如此粗魯的迎接，五郎說了句語意不明的話。

「不是六點半要帶人去嗎？」

「帶人去？去哪兒？」

朝子呆立原地，五郎將她推向一旁，白了她一眼說道：

「還說呢。當然是永井塗漆的老闆那兒啊。」

啊，確實有這麼回事——連朝子都受不了自己的健忘。

約莫兩個星期前，在中前神社引發那場騷動的母子與她聊過之後，朝子主動說要替那名兒子介紹工作。之後她有一陣子忘了這件事，而就在幾天前晚上小酌時，突然又再度想起，於是便和五郎商量此事。

「像那樣的年輕人，只要有人在背後稍微推他一把，一定就能脫胎換骨。」五郎也贊同她的話，答應攬下此事，還對她說「我明天就去向塗漆店的老闆問問看」。

隔天五郎馬上打電話去詢問，雖然對方說現在店內不缺人手，而且坦白說，也沒餘裕可以雇用學徒，但似乎也不是完全沒希望，於是對方答應先見個面再說，就約在今天晚上六點半。

「那小子還沒來啊。」五郎走進客廳，如此問道。

「是還沒來，但應該快來了。那位太太在電話裡頭說，她也會一起來，想跟永井塗漆的社長問候一聲……」朝子道。

「咦？他母親也要一起來？又不是小孩子。」

前幾天朝子打電話告知此事，母親洋子非常高興。

「這麼說來，對方有可能雇用嘍？」朝子朝五郎背後問道。

「我不是說了嗎，對方說要先見面再說。不過從他的口氣聽來，很有可能會雇用他。」

朝子望向時鐘。

「你要喝杯麥茶嗎？」

聞到五郎身上的汗味，朝子如此詢問。五郎已盤腿坐向電風扇前。

「不，暫時先不喝，待會兒要在老闆那裡喝啤酒。」

朝子白了五郎一眼，正準備離開客廳時，猛然想起小愛的事，就此停步。

「……小愛好像還沒回家呢。剛才美由紀打電話來。」

「妳說還沒回家是什麼意思？」

五郎的表情出奇地兇。

「她還沒從學校回到家……」朝子也有點慌了起來。

「現在都已經六點了耶。學校是幾點放學的？」

「三、三點左右……」

見五郎慌張的模樣，朝子也漸感不安。可能是這個緣故，她突然想起某件事。不，是剛才接到美由紀打來的電話，感到心神不寧的那時候，就已經想起這件事，只是她刻意將腦中的蓋子蓋上。

去年夏天，小學附近出了一件變態的事，鬧得沸沸揚揚。有幾名國中生親眼目睹，見一名不是當地人的中年男子向放學回家的女孩搭訕。

此外還有一件事，雖然只能算是未經證實的傳聞，但聽說隔壁街的一名小二女生某天放學後沒回家，大家徹夜搜尋始終尋不著人，但隔天早上她卻自己回到家中，一臉疲憊的模樣站在家門前。

「妳昨天去哪兒了？」不管她的父母再怎麼追問，她都不回答。就只會說一句「媽，我好睏……爸，我想睡覺」。

之後，女生只到學校上了幾天課，便舉家搬往他處。連她的好朋友也不知道她搬去哪裡，就只在街上留下各種傳聞。

「……喂，打個電話去問問看。搞不好已經回來了。」

不知何時，五郎已站起身。

「咦？電話？啊……好。」

就在朝子拿起手機時，剛好媳婦美由紀打來。

啊，果然是在莉奈家玩——朝子心想。

「喂。」朝子以開朗的聲音應道。

「啊，媽。愛華還是沒去您那兒嗎？」

朝子不禁為之語塞。

「……我不是說了嗎，她沒來。」

連朝子的聲音也不自主地兇了起來。

「……等等，還沒找到人嗎？」

「我現在人在莉奈家，她說愛華沒來這兒。」

「那學校呢？打過電話了嗎？」

「是，剛才打過了……校方說，孩子三點前就回來了。總之，岡田老師接下來好像會到家裡來，同時沿著放學路線尋找。等老師到了之後再報警……」

一聽到報警，朝子不禁蹲下身。

「到、到底是怎樣！她說了什麼？」

眼前的五郎正打算搶走手機。

「……和信廣聯絡了嗎？」

朝子緊握手機，不讓五郎搶走手機，並向美由紀問道。

「他正在上班，手機沒接……」

「那妳就直接打店裡電話，叫人找他接啊！」

五郎的急躁感染了她，朝子的口氣也變得暴躁起來。

就在這時，玄關傳來聲音。

「有人在嗎～」

是個悠哉的女人聲音，與現場氣氛很不搭調。

朝子將耳機緊貼在耳邊，來到走廊。眼前站著難得化妝的洋子，以及站在她身後的兒子。她兒子也難得披著一件廉價夾克，但腳下一樣穿著骯髒的運動鞋。

夏天晝長夜短，傍晚七點多，夕陽才將水田染成一片赤紅。在沒風的日子，稻穗完全靜止不動，看起來猶如燃起業火一般。

紡，妳是在這裡和愛華道別的對吧？在這裡說掰掰之後，愛華就往那兒走了對吧？除了妳們之外，還有其他人嗎？有沒有不認識的人叫妳們，或是從妳們身旁走過？

父親跟年幼的女兒說話時的口吻很溫柔，但言談間透著焦急。除了他們兩人外，還有七八名大人踩得碎石子沙沙作響，在Y字路上來回行走。每個人都冒著豆大的汗珠，從下巴和手肘滴落。

紡那年輕的父親踮起腳尖，重新朝通往小學的那條筆直的道路望去。

聽女兒說，她們兩人今天下午在這條路上邊走邊用沿路的白三葉草編花冠，然後一如往常，在Y字路上道別。愛華帶走那頂做好的花冠。

「真的沒遇見任何人？」

父親再度搖晃女兒的肩膀。

雖然明白這對四周圍著大人，已完全嚇壞的七歲女兒來說，有點殘酷，但想到行蹤不明的愛華，還是不自主地用力搖晃。

「……那裡停著一輛車。」

這時，紡如此應道。

「車？」

大人們異同口同聲地問道，一同望向紡小小的手指所指的方向。方向是愛華獨自行走的道路。馬路從那裡再過去，會轉為往下的緩坡，然後通過水渠上的小橋。

「妳說的那裡，是哪個地方？」

面對父親的詢問，紡沒自信地側著頭。

「那座橋對面。」說完後，她低下頭。

「是怎樣的車？什麼顏色？」

「白色。」

「白色的車？」

「……藍色。」

「到底是哪個？」

父親忍不住提高音調，在一旁愁眉深鎖的母親急忙抓住他的肩頭。

「對不起，小紡，爸爸他不是在罵妳。」

紡泫然欲泣。紡說的話很沒自信，現場幾乎沒人相信有車子的存在。走回來拿手電筒的眾人會合後，紡便暫時先和母親回家去了。

不知不覺間已經天黑。

留在原地的，包括紡的父親在內，共有二十名左右的大人，他們分成「水渠、杉林、留有建設公司廢墟的住宅預定地廢址」三隊，在這一帶分頭搜尋。

基於之前發生的事，紡的父親在分配小隊時，刻意採男女夾雜的方式，而大家也都同意這項安排。雖然當中也有不認識的人在，但在特殊情況下的一份連帶感，讓大家相互傳遞起了手電筒和礦泉水。

紡的父親自己選擇加入水渠這隊。小心翼翼地走下水渠後發現，雖然水勢頗急，但水並不深，頂多只會沾溼運動鞋。

有幾個人從河堤上用手電筒照射，他藉著亮光撥開水邊雜草。難保愛華不會就躺在他撥開的雜草中，他雙手忍不住顫抖。

鞋底因水裡的青苔而打滑，他不自主地抓住身旁某人的手臂。

是個沒見過的年輕人。在這種大熱天下，還披著一件廉價夾克，臉上滿是溼汗。

「前面有一座小水門，我們先去那裡看看吧。」紡的父親說。

年輕人頷首，緊緊勾住他，不讓他的手移開。這樣比較能保持平衡，方便行走。到處都是長得和人一樣高的水邊雜草。紡的父親閉著眼睛加以撥開。全身汗如泉湧。

那應該是前年夏天的事了，那時和愛華他們一家人一起去鎮上的游泳池玩水。愛華的父親好像不太會游泳，沒進泳池，紡和愛華環抱他的脖子，他一次帶著她們兩人在流動泳池裡繞了好幾圈。

現在手臂上仍留有愛華那柔軟的觸感。每次愛華只要一沖到水就會大笑，現在還能憶起當時她那甘甜的氣味。

「愛華！」

紡的父親突然大聲叫喚。在水渠內，聲音出奇地響亮。

「愛華！」

「小愛！」

水渠上也像潰堤似地，大家開始叫喚起愛華的名字。

耳邊傳來一個略顯顧忌的聲音喚道：「愛華……」紡的父親轉頭而望。

眼前出現那名和他勾著手而行的年輕人青澀的臉龐。他好像現在才知道自己在搜尋的女孩是這個名字。在手電筒的照耀下，他那滿是溼汗的臉龐無比閃亮。

「喂，去開冷氣。」

經五郎這麼一推，原本從廚房窺望客廳這場交談的朝子，為之一陣踉蹌。

雖然窗戶開著，但拉上的蕾絲窗簾一動也不動。她自己也滿身大汗，在客廳裡迎面而坐的兒子信廣和刑警們，同樣也因為汗流不止而表情扭曲。

朝子急忙找尋冷氣遙控。仔細一看，它就放在信廣他們圍坐的那張和室桌上。

和室桌上擺著愛華的照片，打從剛才起，媳婦就一直在挑選和平時的愛華長得最像的照片。

她先選中去年夏天拍的泳裝照，但旋即又改變主意，以指頭按住小學入學典禮拍的照片，遞向刑警面前。但接著說了一句「今天她穿的是綠色T恤」，又移動手指選了另一張。

聽完大致經過的老練刑警，開始仔細說明今後最好該採取何種搜查方法，但朝子一直很在意美由紀挑選照片的手指，結果一句話也沒聽進耳裡。

都這時候了還沒接到恐嚇電話，表示綁架的可能性不高——刑警說。

朝子忍不住喜從中來，但緊接著下個瞬間，血色從她臉上抽離。

「刑警先生，你說這不是綁架……那不然會是什麼？」

五郎又想介入干涉，朝子將他推回廚房。從剛才起，他動不動就插嘴，剛剛刑警才對他說了一句「老先生，你先去旁邊好嗎」，將他趕到一旁。

但這次可能連信廣也感到很在意，與他父親站在同一陣線。

「刑警先生，您說這不是綁架，那會是什麼呢？」

朝子這時走進客廳拿剛才又再次忘記的冷氣遙控。在場眾人的目光皆投向朝子，待她以遙控打開冷氣時，眾人不約而同地發出一聲嘆息，既像是恍然大悟的一聲「啊～」也像是「咦，現在才開？」的驚訝聲。

朝子手裡拿著遙控，馬上又回到廚房。

「現在當然還不能肯定地跟各位說些什麼……」

冷氣的涼風，吹向刑警那欲言又止的臉龐。兩旁理光的剛硬短髮、大大的眼睛、鼻子、眉毛、滿是痘疤的臉，上頭滿是汗水，從剛才起便頻頻以手帕擦汗。那宛如岩石般剛硬的面容，有一股看過一遍就忘不了的氣勢，不過，每一個部位都太過搶眼，反而讓人沒印象。朝子在心中如此暗忖。

「那麼，那件事呢？刑警先生，和那起事件有沒有什麼關聯呢？」

焦急的五郎又想走進客廳。這次連朝子也沒加以攔阻。

「那起事件？」刑警反問道。

「在增井那一帶，聽說有個小學女生一整晚沒回家。」信廣應道。

「哦，那單純只是謠言。連我們也不知道是從哪裡開始傳開的，傳聞中那名失蹤的女孩，隔天早上一臉疲憊地站在自己家門前，好像是被人惡整了一頓，最後轉學收場，是這樣對吧？」

「這件事是虛構的嗎？」朝子忍不住插嘴道。

「這個嘛，應該算是虛構的吧，因為我們縣警完全沒掌握這樣的情資……」

刑警拿起表面結滿水珠的玻璃杯，喝起麥茶。

「既不是綁架，也不是那起事件……這樣的話……」

美由紀好不容易選定一張愛華穿夏天服裝的照片，靜靜凝望著照片，如此低語。

「果然是誤闖某個地方，迷路了。」五郎用力地搔著頭。

「……是闖進杉林裡，還是走下水渠呢……或是她一路走到拉拉商場去了呢？我看應該是在拉拉商場裡迷路了吧？之前她也曾經走失過。」

五郎似乎認為，只要用力地搔頭，就能知道愛華現在人在哪兒。

愛華的弟弟將馬原本在隔壁房間睡覺，這時突然放聲哭了起來。哭聲相當淒厲，就像被熱水燙到似的，令在場每個人都挺直了腰板。

美由紀馬上站起身，打開隔門，到隔壁房間查看情況。

平時信廣他們一家四口，都睡在這間六張榻榻米大的房間。地上鋪著三床棉被，相互交疊在一起，從窗戶邊依序睡的是信廣、愛華、弟弟將馬，以及媳婦美由紀。這些棉被都是摺好疊放在房間的角落。朝子心想，這樣擺著實在難看，就算再麻煩，也應該收進壁櫥裡才對，但壁櫥裡似乎裝滿了電暖爐、暖桌等冬天的用具，根本沒空間。

不光是棉被，這六張榻榻米大的房間裡還設有孩子玩的溜滑梯，以及可以玩球的帳篷球屋。牆上貼著愛華畫的圖當裝飾，層架上擺著一排相框。裡頭的照片有迪士尼、海水浴場、烤肉、美由紀的娘家、在一個平凡無奇的夜晚，愛華和將馬穿著睡衣向信廣撒嬌的畫面。

朝子望著這些照片，不自主地感到一陣寒意上湧。如果「愛華」就此從這裡消失，這房間會變得何等冷清啊……

在美由紀的哄抱下，將馬逐漸平靜下來。不過，那非比尋常的哭聲，仍清楚地在每個人耳中迴蕩。

將馬似乎是肚子餓了。美由紀想餵他喝奶，伸手搭向隔門，正準備關上時——

「課長……」

之前一直縮著身子待在牆邊的年輕刑警，他一面將無線耳機抵向耳朵，一面叫喚道。

眾人不約而同地望向他。

「……聽說找到書包了。」

他很小聲地說道，但傳進在場眾人耳中，感覺卻像剛才將馬的哭聲一樣響亮。

「地點在哪兒？」

「水渠。」

「那處Y字路的水渠嗎？」

「是的。聽說他們正在前往水門的途中。」

這時將馬又哭了。但這次卻是憋著發不出聲音。

「美由紀！」

朝子不自主地跑了過去。美由紀以顫抖的手臂緊緊勒住將馬。朝子急忙把將馬抱了過來。

傳來跑向大門的腳步聲，朝子轉頭一看，發現五郎大叫一聲「愛華！」朝外頭奔去。

「老先生！」刑警想加以攔阻，連聽到這聲叫喚而回神的信廣，也急忙要朝五郎追去。

「先生！」

刑警的聲音顯得有點不耐煩。

朝子一再輕撫將馬的頭。但他非但沒停止哭泣，甚至大哭大叫，不斷掙扎。

「沒事的，姐姐會回來的。小愛她很快就會回來了……」

她望向一旁，只見美由紀正緊咬著嘴唇，幾欲把嘴唇咬破。

朝子在腦中想像夏日豔陽下閃閃生輝的水渠。裡頭的水流無比清澈，一旁翠綠的雜草底下，有個溼透的紅色書包。

＊

**將棋和圍棋的樂趣不同。將棋重在攻擊，圍棋重在防守。所以我喜歡將棋，將棋需要磨練棋路或戰法，與人對戰，所以和運氣無關。例如有段數的人，絕不會輸給只有五級[4]的傢伙……**

夏天再度到來，四周綠油油的稻田，因風吹而極度地起伏擺蕩。有一對剛結束社團活動的高中生小情侶，從縣道走來，行經沐浴在陽光下的Y字路，兩人的夏季服裝白得刺眼。

可能是因為只有他們兩人一起回家，感到難為情吧，少年打從剛才就一直聊將棋的事。

「妳下過將棋嗎？」

「玩過網路遊戲的將棋……」

「將棋就得規規矩矩地擺盤對下才有意思。例如手拿棋子的觸感，還有下棋時的感覺。」

緊接著下個瞬間，少年突然沒任何預告就握住少女的手。

兩人之間揚起一陣風，吹亂了少女的頭髮，露出她嬌嫩的額頭。

少女以空著的一隻手遮住額頭，從立在Y字路上的眾多看板移開目光。看板上還寫著十年前在這處Y字路上消失，至今仍行蹤成謎的七歲少女——藤木愛華的事。有一幅畫描繪了愛華當時背著紅書包，頭戴黃色帽子的模樣。一旁提到她的身高、體重，還有她很會唱歌的事。

4. 日本將棋的段數，最低為初段，最高為九段。而初段以下為級，最低為六級，最高為一級。

其他看板上則是留下「大家合力守護地方安全！」「以地方情誼保護孩子遠離犯罪」等話語，而最大的看板寫著「小愛，快點回來。我們大家再一起玩」，這是當時的同學們合寫的。

但這裡的每個看板都歷經了十年的歲月和風霜，油漆嚴重斑駁。

少年又聊起了將棋的話題，一旁的少女朝學生合寫的看板瞄了一眼。這十年來，每次經過這裡，少女總會望著自己所寫的留言。

小愛，對不起——湯川紡

留言上如此寫道。

十年前下落不明的愛華，最後在這裡揮手說「掰掰」的對象，就是這名少女。

「廣呂，老師對你做過出路諮詢了嗎？你是A班對吧？」紡改變話題。

「昨天做過了。」

這位叫廣呂的少年也很乾脆地停止將棋的話題。

「感覺如何？」

「嗯～還沒聊到什麼具體的內容。只以現在的成績和上禮拜遞交的理想學校做了偏差值比較……不過，導師多武跟我說『你的結果真令人絕望』，哈哈哈。」

紡心想，我就是喜歡廣呂這種笑容。雖然嘴巴上說「絕望」，卻一點都不絕望。真要說的話，這是與絕望相差甚遠的一種笑容。當然了，若是照這樣下去，廣呂不可能錄取他心目中理想的學校。不過就算無法錄取，光憑廣呂的這種笑聲，應該還是能得到他自己美好的人生。紡想像得出那樣的畫面。

像男生這種毫無防備的一面，就叫作「生命力」，這是紡最近從某本小說上看來的。起初她不懂這個含意，但腦中突然浮現廣呂的笑聲，她頓時便明白了。

紡回頭望向剛才路過的Y字路。

位於中心位置的那棵挺拔的杉樹，就像一直靜靜俯視著她似的，她不自主握緊廣呂的手。

每次經過這條路，紡總覺得有一種被人指責的感覺。也許是自己在留言看板上寫下那句話的緣故。

為什麼當時妳會和愛華在這裡道別呢？為什麼當時愛華開口邀妳「待會到我家玩吧」，妳要拒絕她呢？

耳畔傳來這個聲音。

而且現在她成了高中生，和男朋友廣呂一起路過這裡時，耳邊甚至會聽到有個聲音說道──

只有妳得到幸福，這樣對嗎？

紡懷疑說這些話的人，會不會是那棵杉樹。當然，她並非真的認為樹會說話，她與愛華在此道別的那天，這棵杉樹確實也在場，既然這樣，這棵杉樹也有責任。她很希望能這麼想。但同時也明白是她自己該負責。因為這棵杉樹都知道。

知道她冷淡地拒絕愛華的邀約，而且離別時，愛華要送她辛苦做的花冠，她卻說不需要，不肯收下。

＊

「看來，好像快下雨了。」

聽五郎這麼說，身旁的人們全都抬頭仰望，但天空萬里無雲，陽光普照。

「咦？下雨？」

經營資源回收店的男子，以很突兀的聲音應道，接著哈哈大笑。「五郎先生，我看你是快痴呆了吧。」

在中前神社院內，依照慣例舉辦古董市集的下午，主辦者專用的白色帳篷裡已開始飲酒作樂。

簡便的桌子上，擺出剛從保冷箱拿出的冰涼罐裝啤酒，以及杯裝酒。烤花枝和柿種米果都沒人碰，倒是太太們送來慰勞的手作肉丸子和炸雞馬上傾銷一空。

五郎舔著沾在手指上的肉丸子醬，一口氣將罐裝啤酒喝光，重新抬頭仰望夏空，低語道「再過一個小時就會下大雨了」。

風中已摻雜了雨的氣味，但為什麼都沒人發現呢？

今天的古董市集一樣很熱鬧。下午時，有位上了年紀的男客人因為中暑昏倒而叫救護車，引發一場騷動，但最近引發問題的停車場車位分配，倒是沒引發紛爭，平安無事的一天即將就此結束。

神社後方參道沿途的空地，地主將那裡闢建為停車場。這也是看準了古董市集愈來愈多的人潮所採取的做法，但由於之前一直都是免費停車，所以擺攤的商人和常客們抱怨連連。

原本心想，既然這樣，那神社的停車場就採取更有效率的運用方式吧，結果神社的人似乎也變貪婪了，他們主張，既然對方收取停車費，那我們也想收點費用。

五郎從以前就一概不相信打著神佛名號的事物。非但不相信，甚至瞧不起寺院的和尚，他母親過世時，來到家裡的和尚是他以前學校的學弟，他一把抓住對方威脅道：

「你來向我說什麼教啊。以前你曾經想搞你家的山羊對吧。不希望你太太和女兒知道這件事的話，就免費替我媽取個最長的戒名。」

後來真的和美空雲雀一樣，取了個長達十個字的戒名[5]。

5. 美空雲雀的戒名為「慈唱院美空日和清大姉」。

五郎拿起一塊炸雞，打開第三罐啤酒。

可能是因為心不在焉地想著停車場的事，當他看到從後方竹林走來的女人時，他突然想起那個姓菅原的男人。

他從父母那裡繼承車站前的一個小停車場，以此洋洋得意，但聽說他後來因為沉迷喝酒賭博，連那個停車場也被他賣了。

從竹林走來的婦人，記得好像曾經和菅原同居過一段時間。

「大姐，辛苦了。」五郎朝婦人喚道。

婦人手中拿著下個月的擺攤申請書。

「這就由我保管了。」

「不好意思。」

「如何？……竹林那邊，這個時間太陽直射，很熱對吧？」

「不過，今天上午時客人很多。」

婦人以掛在脖子上的毛巾擦拭臉上的汗水，正準備走出帳篷外。

「對了，大姐，菅原那傢伙最近過得可好？」五郎喚住了她。

婦人轉過身來，表情略顯扭曲。

「……我已經和他分手了。」

「這樣啊。這麼說來，他有可能已經死了。如果是喝著自己愛喝的酒，投入他喜愛的賭博，就這樣死去，倒也算是幸福。」

聽五郎這麼說，婦人笑著應了一句「一點都沒錯」。

五郎突然覺得，這名婦人似乎和他一樣，完全不相信神佛的存在。

「對了，妳家那位小哥最近過得怎樣？幾歲了？」

五郎莫名變得很感興趣，如此詢問。

「已經三十五歲了。一直都在我身邊幫忙。」

五郎一時間不解其意，順著婦人的視線望去，這才發現婦人的兒子正在將商品搬進停在竹林前的車子裡。

經這麼一聊才發現，真的就像她所說，幾乎每個禮拜都會和這對母子打照面，只是現在才突然想起。

已經有多少年了呢？第一次見面時，她兒子還只是個小孩。轉眼已經三十五歲了。這三十年來，自己正眼看過她兒子幾次呢？

「辛苦了。」

婦人向帳篷裡的男人們一一問候，離去時，五郎盯著她的臀部瞧。第一次見面時，記得她是個性感的女人，但現在只覺得這是個中年婦人的肥臀。

五郎心想，這位大姐也是吃了不少苦，過著堅韌的日子。

為了和蔥農結婚，大老遠地從外國來到日本，而與那個男人離婚後，將先前留在祖國的兒子接來同住，之後也不知道是被菅原那樣的蠢男人所吸引，還是被利用，一直反覆過著這種生活，在這個沒人會站在她那邊的異邦，自己一個女人家把兒子拉拔長大，光憑這點就很不簡單了。應該也遇上不少痛苦的事。不，或許生活中滿是痛苦的事，正因為這樣，才會到現在仍將兒子留在身邊，不，她那已經老大不小的兒子也是，有個這麼疼愛他的母親，或許他同樣也離不開母親。

五郎心想，到頭來，連同他自己在內，沒人肯接納這對母子。

如果是在東京或大阪這樣的都市，或許就不會這樣了，想到這裡，便覺得愧疚。儘管每個禮拜都和他們見面，但大家卻都沒正眼瞧這對母子。而且不是只有一開始，這三十年來，大家一直都是這種態度沒變。也不曾想要改變。

這天當五郎回到家中時，已是傍晚六點多。因為多喝了幾杯，走起路來有點虛浮。來到家門前，傳來朝子的誦經聲。

「下次妳要是在我面前誦經，我絕不饒妳！」

自從有一次對朝子吼過後，朝子就都躲著誦經，不讓五郎發現。

原本朝子也不是會對著佛壇誦經的女人。現在她已會背般若心經，每天早晚都會誦經。那聲音就像被什麼給附身似的，傳向了屋外。

「你有沒有聽到有人在喊『救我』？你聽！是小愛在喊『奶奶，救我』！」

某天半夜作了那個夢，朝子從床上一躍而起，從那之後她便開始誦經。

當時他讓情緒激動的朝子平靜下來，安撫她躺在床上。但接著換他自己睡不著了。至今仍行蹤不明，應該就躺在某處的愛華，五郎好想緊緊抱住她冰冷的身軀，想到這裡，淚水情不自禁地淌落。

這十年來，警方的搜查並不馬虎。當時負責的刑警現在每隔幾個月都還是會到他兒子家中，以及到五郎家裡向他們報告搜查經過。但不管再怎麼搜尋，始終都找不到愛華。任憑他們百般尋找，都遍尋不著。

五郎刻意假裝喝醉，朝家門走近。朝子注意到聲音，就此停止誦經，感覺得到她匆匆走向廚房。

五郎打開大門，以開朗的聲音喚道「我要泡澡」。

朝子從廚房應道「好，我這就去放洗澡水」，聲音還是和以前一樣開朗。

就在五郎回家的時候，紡所乘坐的市營公車正要越過縣界。

在家裡沖過澡才出門的紡，頭髮還微溼未乾，她翻動擺在膝上的單字本，口中唸唸有詞地背誦著英文單字。

「下一站，橘綜合醫院。」

傳來即將到站的廣播聲，紡按下下車鈴。剛才很擁擠的車內，不知何時只剩她一人。

紡的父親住進這家醫院。雖是一般的盲腸炎，但因為引發腹膜炎的併發症，上星期緊急進行腹腔鏡手術。

橘綜合醫院是這一帶規模最大的醫院，可能是因為坐落在視野遼闊的田園裡，看起來就像一家大型工廠。

紡下車後，穿過明亮的醫院大廳，走向三樓的病房。

父親住的是六人房，每一張病床都有病患。不過父親說這裡不管白天還是晚上，每個病床的隔簾都緊閉著，幾乎不知道同一間病房裡住的是怎樣的人。

紡朝敞開的病房敲了敲門，走進病房。她走在病房裡，宛如來到一處隔簾形成的迷宮，悄悄打開父親所在的右側中間隔簾。

父親似乎是看著書睡著了，文庫本就擱在胸前。

「爸。」紡出聲叫喚。

「嗯?哦……妳來啦。謝謝。」

父親以還沒睡醒的聲音向她道謝。

紡走進隔簾內，取出椅子坐下。

「媽媽說，公司部門的人送了慰問禮到家裡，要你打電話跟真鍋先生道謝。」

「什麼時候送來的?」

「今天。是哈密瓜之類的。」

這時從隔壁床傳來壓低聲音的爭吵。紡一時間以為是自己說話太大聲的緣故，急忙摀住嘴巴，但爭吵仍持續未停，與紡他們無關，接著聲音愈來愈大。

「妳為什麼沒付錢？」

「我沒錢。」

「所以我不是叫妳只要先付上個月的住院費就行了嗎？」

「沒辦法。」

「要是我跟警方告密，妳和豪士就完蛋了。這妳知道嗎？」

「你在胡說些什麼啊。我不懂你的意思。」

「我的意思是，妳兒子是個殺人兇手。」

「等等！小聲一點！……我要回去了。」

雖然是壓低聲音說話，卻清楚傳進隔壁病床。紡他們皺起眉頭，那表情就像在說「又開始了」。

每次紡來探病，隔壁的夫婦就會吵架，但是聽父親說，就算是紡不在時，他們也常因某個原因爭吵，但那位妻子卻又幾乎每天來探病。

紡不認識那名住院的男子，但知道他的太太是誰。紡國中時，很流行在附近神社舉辦的古董市集攤位上賣仿冒名牌的錢包，不過這名婦人當時是在一輛白色廂形車裡賣這些仿冒品。

紡還知道，那名住院的男子口中所說的殺人犯，就是婦人的兒子。婦人的兒子常在古董市集上幫他母親的忙，曾有一段時間，班上同學都說他長得很帥，所以紡才會知道此事。不過真的只有很短暫的一段時間，當學校禁止同學購買仿冒品後，就再也沒人對那名總是穿著過長的骯髒運動服，頂著一頭亂髮的青年感興趣了。

不知何時坐起身子的父親，以眼神向紡示意道「我們到交誼室去」。

隔壁病床仍壓低聲音在爭吵著，這次似乎是在談他們養的一隻老狗，男子抱怨道「牠之所以嘴巴那麼臭，都是因為妳老餵牠吃生肉」。

紡扶父親下床，一起走向交誼室。途中在自動販賣機前買了罐紅茶。

「那對夫妻真的很誇張。每天吵架。」

因為已經走出病房，紡毫無顧忌地笑了。

「他可不是只對他太太這樣哦。這個人總是感到不滿，連護理師們也都受不了他。像今天他又大聲嚷嚷，說什麼『浴室好臭，有人在裡頭小便』……但從昨天開始，明明就沒人用浴室。」

父親似乎很受不了那名男子，紡將罐裝紅茶遞給父親。

「護理師們什麼都沒說嗎？」紡問。

「所以我才說啊，大家都受夠他了。」

「我指的不是這個，我是指殺人犯那件事。」

「哦，一開始當然很驚訝，甚至還說要不要報警比較好。不過，除了我之外，還有其他人也知道他們，應該是跟護理師們說過他的事。」

「怎麼說？」

「聽說那個男人從以前就常這麼說，有人信以為真，跑去報警。不過，那個男人的繼子……妳也知道的……」

父親到這裡，變得欲言又止。

「完全沒有他殺害小愛的證據對吧？」紡接話道。

說到這一帶發生的殺人事件，除了十年前的那起失蹤案件，就再也沒其他了。關於這名男子引發的騷動，早已鬧得鎮上無人不知。警方因為男子的那句話而動員，他的繼子就此成為嫌犯。不過，案發時他的繼子和母親待在家中。當然這只是他母親單方的證詞，不構成不在場證明，但除此之外，也沒證據可以證實那名繼子就是兇手。說到唯一的證據，或是證詞，就只有那名繼父說的「殺害那女孩的人，一定是我家那沒出息的兒子」這句話。

走進交誼室後，紡他們坐向長椅。那是亮藍色的老舊長沙發，裡頭的海綿從縫線處露出。

紡不經意地望向窗戶，玻璃窗上映照出她父親受日光燈照耀的臉龐。

也不知是生病，還是體重減輕的緣故，他突然看起來老很多。

「紡，我之前跟妳說過嗎？」

父親突然抬起臉來，與她在玻璃窗上四目交接。

「什麼事？」

「隔壁床的男子，說他的繼子是兇手時……我記得是案件發生三年後的事……當時我真的相信那男子說的話。當時我還對妳說，啊，原來如此，那傢伙果然就是兇手。」

「嗯，我聽你說過。」

「我跟妳提過很多次對吧。」

「當時我沒能發現小愛的書包。我們明明比警方早進入水渠裡，而且還行經那個地方啊。不是嗎？」

「嗯，沒錯。所以你後來一直在思考，為什麼當時沒發現。」

「後來有天，我不是突然想到嗎？就在發現小愛書包的水邊雜草那一帶，有個和我一起同行的年輕人，一直勾著的手臂往另一側推。所以我才會都只看左側，而沒發現書包的存在。不過，為什麼那名年輕人就沒發現呢？……而那名年輕人，就是剛才那個男人的繼子對吧。」

「啊，對耶。」

玻璃窗裡的父親低下頭去。

不光只有那個男人的繼子有嫌疑——紡心想。

住在這個鎮上的男人，每個都有帶走愛華的嫌疑。

當時就連紡的父親也被警方詢問不在場證明，甚至還要求他提供指紋和DNA，不過當然不是出於強迫。

紡記得當時不只是她父親，這地區裡的每個男人都顯得很焦躁。由於警方的搜查陷入膠著，居民們個個都疑神疑鬼。

「搜查得這麼仔細，卻還是一無所獲，可見兇手人在遠處，這是隨機犯案。」後來大家心裡這麼想，才又開始和左鄰右舍們道早安。

雖然當時的感覺已逐漸淡化，但儘管至今已過了十年，那份感覺還是深深滲進這塊土地。

洗過熱水澡後，酒意也醒了。五郎拎著啤酒和杯子，打開外廊的門。

「蚊子會跑進來哦。」朝子馬上從廚房出言責備。

儘管如此，五郎仍是只穿內褲，敞開著門。夜風微微徐來。五郎喝了一口冰涼的啤酒後，點燃了蚊香。

朝子儘管嘴裡責怪，但還是端來用小碗裝的冰涼醬糟小黃瓜。

「要吃飯了嗎？」

「嗯，就來吃吧。」

就在這時，感覺到庭院樹木外有人。

五郎和朝子同時伸長脖子。

「五郎先生，你在嗎？」

町內會的會長往內探頭。可能是最近剛去理髮，他那頭銀色的短鬈髮閃閃發亮。

「在啊，怎麼了嗎？」

五郎旋即站起身。會長的聲音聽起來不太對勁。

「跑來通知五郎先生你這件事，實在有點奇怪，不過，我想你應該也很快就會知道。」

走進庭院裡的會長，手中握著手電筒，燈光照向他自己那雙穿著涼鞋，毛茸茸的雙腳。

腦中那討厭的記憶因這幕光景而再次浮現的人，並非只有五郎。五郎聽到一旁的朝子倒抽一口氣，發出「嚇」的一聲。

「怎麼了嗎？發生什麼事？」

五郎刻意以輕鬆的口吻詢問。但會長的表情卻完全沒放鬆。

「窪田石材的老闆，你知道吧？」

五郎頷首。雖然素無往來，但兩人國中時同屆。

「老闆有個在信用金庫上班的二兒子，他兒子就讀小學的女兒，都這時候了還沒回家。剛才我已跟青年團說過，他們正展開搜尋……」

五郎頓時又回到十年前。當時他正在替愛華的安危擔心時，那名年輕刑警的低語聲「……聽說找到書包了」，彷彿再次在他耳畔響起。

不知何時，朝子已癱坐在地上。以無法聚焦的雙眼，望向會長照向地面的手電筒亮光。她那側臉顯得老態龍鍾，就像是先前被奪走的孫女又再次被奪走一樣，五郎不知該對她說什麼才好。

「我跟你去。」五郎說。

「不，不用了，五郎先生。」會長慌了起來。

五郎打開衣櫃，默默穿上衣服。當他拿著手電筒走向門口時，朝仍舊處在恍惚狀態下的朝子望了一眼，但什麼話也沒說。

當他和會長並肩走在夜路上時，很自然地加快了步伐。可能是心裡著急，兩人手電筒的燈光在遙遠的前方交會。

「大家在哪裡聚集？」五郎問。

「我叫大家都先到前方的Y字路集合。」

五郎不自主地停下腳步，會長馬上發現他停步的原因。

「……嗯，發生在同樣的地點。和你家小愛失蹤的地點一樣……」

五郎全身冷汗直冒。

「可惡……」

這句咒罵脫口而出。

可能是風向的緣故，感覺到幽暗的杉樹林前方似乎聚集了許多人。

五郎他們加快步調。當他們走過水渠，走近Y字路時，那裡已聚滿人，幾乎占滿了道路。乍看之下，粗估約有上百人之多，宛如在這狹窄的Y字路上有條蜿蜒的大蛇一般。

好像是在各個想得到的地點搜尋過後，為了採取組織性的搜索，而在町內會的號召下，居民們聚集此地。

青年團的男子們發現會長到來後，朗聲叫道：

「各位，不好意思！會長來了，請讓出一條路來！」

人群就此讓出通道，五郎也跟在會長身後走進。

每個人都很憤怒。知道十年前那起案件的人們，臉上帶有累積多年的怨恨。空氣中帶有男人的汗味及女人的脂粉味。Y字路籠罩著異樣的氣氛。因憤怒、可恥、難過，而一直忍耐達到極限的當地居民，再也無法容忍這種事發生，而群聚於此。

會長站在某人特別準備的鐵管椅上。椅子在碎石子上不太穩固，年輕的男子們紛紛扶住會長的腰。

「謝謝各位聚集在此！警方也已經出動，不過我們對這塊土地比較了解，應該有很多方面可以幫得上忙……」

見眼前有這麼多聽眾，會長的聲音充滿感動。會長以顫抖的聲音致詞，五郎環視現場專注聆聽的居民們。當中有名男子一直靜靜望著他。

與對方目光交會後，男子撥開人群朝他走近。待來到面前後，五郎這才想起，他是紡的父親。

「辛苦您了。」

紡的父親似乎不知該怎樣問候才好，開口說了這麼一句，低頭行禮。五郎也想不到該說什麼好，就此回了一句「辛苦了」。

待會長致詞完畢，改換另一名青年團的男子站上椅子。他是中前神社夏越祭的執行委員，所以五郎認得他。此人個性急躁，又是直性子，很不懂得變通，但在這種場面下，似乎反而派上了用場。

先按照地區分組，每組底下再分幾個班——男子朗聲下令。

「……請決定好每班的代表和地區代表，決定好的人選請告訴我他們的手機號碼好嗎？」

居民們開始按照地區分組，這時，某處傳來男子的怒吼聲。那聲音就像在說，他受夠了天氣的悶熱，以及町內會這種慢吞吞分組的做法。

「不要在這裡繼續拖拖拉拉了，先出動找人才對吧！」
「要是擅自行動，發生什麼事情，這會造成我們的困擾！」
青年團的男子大聲回嗆。
雖然用詞還算客氣，但已完全是準備吵架的口吻。
「在新井田集體生活的那批非洲黑人最可疑！」
某處又傳來其他男人的咆哮。
「就是說啊！先行動才對啦！」
「聯絡電話可以在搜尋的時候互相交換吧！」
五郎踮起腳尖。站在略遠處的男子們已準備離開。他們手中握有用來掃平草叢的木棍。
青年團的男子已撥開人群追向前，與那群準備單獨行動的男子們起了小衝突。
五郎當然也知道那批黑人。是幾年前從非洲某個國家來到這裡，似乎是在鄰縣工業區裡的公司接受技術研習，而剛好他們的援助者擁有的土地就在這處新井田，在那裡所持有的公寓有許多空房，所以他們每天搭廂形車，花上一個小時的車程，從住處前往鄰縣。
並非他們的行為有什麼問題，不過他們的模樣出現在這個鎮上就是特別顯眼。他們會出外撿拾椅子或衣櫃這類的大型垃圾。假日時，全部聚在公寓前打著赤膊理髮。

或是在庭院前烤肉。

這都不算是什麼需要特別處理的大問題，而且其他居民也會撿拾還能用的廢棄家具，在屋外替兒子理髮，在庭院烤肉，但對象若換作是身長近兩米高的黑人大漢，那可就很引人側目了。

青年團和男子們的衝突仍舊持續著。似乎雙方互不相讓，正當五郎準備前往調停時——

「這樣的話，在水無地區的馬路旁有家中古車行，那裡的人也很可疑，不是嗎？警方不是常去那裡調查嗎？」一個女人的聲音說道。

「哪家中古車行？」

「就烏龍麵店隔壁啊。我兒子在那裡買過中古車，但煞車很快就壞了……」

五郎觀察四周。不知不覺間，大家都開始說起自己身邊覺得可疑的人物。看來，青年團的人已控制不住場面。

不光只是五郎他們家的愛華失蹤，現在又有一名當地的少女失去下落。就像五郎他們至今仍無法理解和接受一樣，這塊土地上的人們，現在同樣也不知如何是好。

咆哮聲此起彼落，五郎不確定自己是否該被眼前的狂熱所吞沒，對此感到猶豫。如果被這股狂熱吞沒，群眾可能會說「你是當事者，你應該更加生氣、憎恨才對！」而拱他出來。

這時，突然有人抓住他的手臂。
轉頭一看，原來是紡的父親，也不知道他在想什麼，突然高高地舉起五郎的手喊道：
「愛華的爺爺在這裡！」
由於事出突然，五郎一時說不出話來。居民的目光不約而同往五郎身上匯聚，以為他要發言，全都屏息以待。
「……你不是住院嗎？」
五郎問了一句和現場的緊張氣氛很不相干的話。
「剛才我聽聞這起事件，便急忙趕來。先不管我的事……」
紡的父親說到這裡停頓了一會兒，接著轉為面向居民。
「我決定遵照他的指示！如果有人同意，請跟我來！」
話才一說完，他便推著五郎的背，準備往前走。
「等……等一下。」五郎慌了起來。
不過，見五郎他們展開行動而跟在後頭的居民並不少。
「請不要擅自行動！請先回到原位！」
青年團的聲音緊追在後，但已阻止不了群眾失控的奔流。原本停在Y字路上的大蛇，開始滑溜地動了起來。

「這十年來，有件事我一直都很在意……」

紡的父親在背後推著五郎，他的手掌無比溫熱。

「……這絕非偶然。當這起事件再度發生時，那傢伙的繼父正巧住院，就在我隔壁病床……當時那傢伙的行徑果然很可疑。怎麼看都像是為了不讓我發現書包，而刻意讓我面向另一側……」

紡的父親情緒激動，喃喃自語，但五郎不懂他到底想說什麼。儘管如此，五郎還是知道，他稱呼某個可疑人物「那傢伙」。

好幾道手電筒燈光照向稻田。銀色的燈光在綠油油的稻田上交錯。

五郎聽見踩踏碎石子的腳步聲，不自主地轉過頭來。大批居民緊跟在後面。

離開Y字路的五郎一行人，順著縣道北上。

來來往往的卡車和轎車的車燈，照向這群沉默的集團。每個人臉上都很激動，布滿汗水。

「先生，你要去哪兒啊？」

走了好一段路後，五郎這才回過神來，開口詢問。紡的父親那雙溫熱的手掌仍緊貼在他背後。

「水無社區。就先去那裡看看吧？」

「水無社區？」

「目前當然沒有任何確切的證據，但只是先過去看看……搞不好對方現在還將那女孩藏在家裡。一開始的行動很重要，這就是愛華那時候我們所學到的教訓，不是嗎？」

紡的父親也略微恢復了平靜。他邊走邊喝水，這才從五郎背後鬆手。

「我記得他叫作中村豪士，您知道嗎？」

五郎搖頭應了聲「不」。

「他母親是中國或菲律賓人，在古董市集賣仿冒品……就是她兒子……」

聽到這裡，五郎點頭應了聲：「哦～」說到他母親，今天才在古董市集和她交談過。當然也知道她兒子的事。

「您知道？」

紡的父親重新又問了一次，五郎點頭應了聲「嗯」。

那名青年多次接受警方問話，此事五郎也曾聽聞。不過，只要是住這一帶的單身男子，每個人都有相同程度的嫌疑。案件發生後過了幾年，變得酗酒成性的菅原，逢人便說自己的繼子是帶走愛華的犯人，警方就此重新展開過嚴密的調查。

儘管聽聞那一連串的風波，但不知為何，五郎總覺得「不是那名小哥幹的」。

五郎腦中想像的，是一張更邪惡的男人面孔。不過，若問他所說的邪惡面孔究竟是長什麼樣，他也答不上來。

五郎一行人在這一帶最大的十字路口處右轉。這條路自闢建以來，原本就只有位於十字路口上的一家名為「lucky」的便利商店，不過去年冬天，它的對面開了一家油拌麵店。

剛開店時，大家覺得稀奇，店裡也有不少客人，但可能是價格太貴，現在連生意最好的中午時間，店內也是門可羅雀。

一行人在十字路口右轉時，紡的父親對五郎說的話，慢慢傳向後方眾人耳中。

十年前的那處水渠。沒發現的紅書包。

傳話遊戲最後一定會出現的情況，就是對傳話內容的懷疑，然後逐漸變為堅信不疑。

每個人都急著想趕快通過，進入村落的第一座橋。勉強只能供一輛車通行的橋上擠滿了人。走過橋後，隊伍自然變得細長，就此一路往巷弄延伸而去。宛如在村落的巷弄裡流淌的鮮血般。

走過第二座橋時，一行人再度集結。背後是沐浴在月光下的廣闊水田。

五郎望著眼前的木造平房。在一整排的社區平房當中，只有這戶人家的窗口透著亮光。

如果這傢伙是犯人的話，一切就都結束了——五郎突然閃過這個念頭。

這十年來，怎麼也放不下、吞不下的這股情緒和想法，不就能從肩上卸下，從喉嚨嚥下了嗎？

率先展開行動的，是紡的父親。他迫不及待地走進屋子的庭院內，用力敲打那扇薄薄的大門。

「喂！你在裡面對吧！快開門！」

紡的父親說話口吻很不客氣。其他男人似乎也視此為准許闖入的訊息，一面推擠五郎，一面走進屋子的庭院內。

「喂！」

「快開門！」

男子們不僅敲打玄關大門，連玻璃窗、導雨管、信箱，所有東西都用力敲打。

五郎靜靜望著這戶人家。

這時，他看到愛華出現在牆壁對面。全身冰冷的愛華就躺在幽暗的壁櫥內。

「愛華！」

五郎撥開男子們，待他回過神來，已一腳踹破那扇薄薄的大門。

男子們踩在脫落的大門上，也沒脫鞋，便爭先恐後地登堂入室。可以聞到男子們身上的汗臭和泥味。

打開前方的房門，眼前出現廚房和客廳，整理得出奇整齊。例如廚房層架上的玻璃杯和杯子，全都照大小和顏色區隔擺放，桌子上也擺了多種遙控，全都照大小順序排列。

「喂，你在不在裡面！」

五郎如此叫喚，粗魯地打開通往隔壁房間的隔門。一時力道過猛，隔門就此脫落。

緊接著下個瞬間，五郎因一股臭味而皺起眉頭。這並非某種特定物體的臭味，而是整體的臭味。五郎過去聞過的臭味，全都摻雜在這個房間裡。

從那整理得乾乾淨淨的廚房，實在想像不出這房間的模樣。

鋪著棉被沒摺的地面，散亂地擺著還留有湯汁的碗麵和超商便當盒，以及只能說是破爛雜物的雜誌、ＤＶＤ、空罐、空寶特瓶，明明是盛夏，卻擺著兩臺電暖爐。

與其說這是人住的房間，不如說是野獸四處叼東西到這裡堆放的巢穴。這時，紡的父親一腳踩在棉被上，走進室內，打開壁櫥。

在打開的瞬間，男子們紛紛發出「啊……」的一聲驚呼。

壁櫥裡空空如也。不管上頭還是底下，一律什麼也沒有，在這悶熱的夜晚，彷彿就只有這裡是極寒的另一個世界。

不知為何，五郎從壁櫥移開目光。因為他看到被人擺在裡頭，全身冰冷的愛華。

他移開的目光前方，有一間廁所。廁所門敞開著，不知為何，窗戶上掛著一個老舊的交通安全護身符。

「找到了！」

「在這裡！」

「喂，站住！你這傢伙！」

就在外頭傳來男人們的聲音時，馬上有人打開窗戶。

五郎也朝窗戶衝去。他望向外頭的男人們追趕的方向，看見一個像是豪士的男子身影，從田埂的路燈下橫越而過。

處在一種驚慌狀態。

雖然還沒確定他就是犯人，但每個人都朝他追去。因為旁邊的人在追趕，所以自己也跟著追，除此之外沒別的理由。

但既是這樣，豪士為什麼要逃呢？

突然朝豪士展開追趕的男子們散發出的焦躁情緒，也清楚地傳向人在屋內的五郎他們。

有人急忙跨過窗戶。有人朝大門口奔去。五郎也穿著鞋踩向棉被，從玄關衝向屋外。

外頭平靜無風。溼黏的夜氣，感覺就像一頭撞向熱豆腐。年輕人陸續從五郎身旁超越。

「五郎先生！」

這時，一輛摩托車從旁越過，緊急煞車。煞車燈亮著紅光。

坐在車上的，是五郎古董市集的同事。

「快坐上來。」

男子身體往前移，空出後座來。五郎反射性地直接跨上車。

經過一番劇烈的左右搖晃後，摩托車加快速度。在狹窄的田埂上超越那群男子。

儘管如此，還是感覺不到風。

越過第二座橋，在即將來到那處大十字路口時，已追上前方的眾人。大家都累得上氣不接下氣，有人甚至扠著腰喘氣。

「跑哪兒去了？」

那名停下摩托車的古董市集同事詢問，眾人一同指向前方。位於十字路口處的便利商店和油拌麵的大招牌正緩緩轉動著。

摩托車再次往前駛去，來到可看清楚這兩家店的空地。

豪士可能逃進其中一家店內，但看不見店內的情形。

眾人追在五郎他們的摩托車後方，往空地聚集。大家氣喘吁吁，有人甚至還咳嗽不止。

油拌麵店有動靜。突然有兩名女客人衝出店外。

「在那邊！」

有人大喊，眾人一同橫越車道。

衝進油拌麵店的停車場一看……

「裡面……」

兩名臉色發白的女客人指著店內說道。但看到將她們團團包圍的眾人後，她們似乎更加恐懼，頻頻往車子的方向後退，一副嚇得腿軟的模樣。

「放心，沒事。怎麼了嗎？」

五郎不自主地向女子們問道。

這兩名女子就像雙胞胎似的，長得很像。兩人皆膚色白皙，身材豐滿，似乎是外地人，車牌顯示是外縣市號碼。

「店……裡面……」

其中一人雙唇顫動地應道，視線再度望向店內。額頭上冒著豆大汗珠。

「店裡面怎麼了！」五郎忍不住大聲吼道。

「突然衝進一名男子。跳進吧臺裡。把免洗筷、醬油之類的東西踢飛。還突然朝我們咆哮。對吧？」

女子尋求另一人的附和，接著似乎對圍繞她們四周的男人感到畏懼，不住地向後退。

「妳們可以放心了。沒受傷吧？」五郎說。

「……有沒有其他客人？」五郎背後有人問道。

「沒、沒有。」兩名女子同時搖頭「……可是店員……」

就在這時，像是店員的白衣男子衝出店門外，然後雙腳打結，就此跌倒在地。男子的模樣之所以顯得很怪異，是因為他渾身是油。乍看像是全身溼透，但從他溼黏的頭髮和臉部滴落的，確實是油沒錯。

「那傢伙竟然朝我灑油……朝我灑油！」

男子朝這裡爬過來，血色從他臉上抽離。

兩名女子看他這副模樣，嚇得發出尖叫。兩人雙腳發軟，緊緊抱住彼此，拖著腳步往後退卻。

渾身是油的店員朝五郎他們爬了過來。像是什麼也看不見似的。

「……那傢伙朝我店裡灑油。拿著一桶油四處潑灑。直嚷著說他要點火。要是有人進去，他就要點火。」

這時店門口開啟，豪士抱著一桶油現身。

「別進來！」

話一說完，便拿那桶油朝腳下潑灑。

五郎他們急忙向後躍開。這時，五郎想拉住那名渾身是油的店員手臂，但不管怎麼抓握，都一再滑開。

豪士拋出那一桶油的空罐，在地面上發出重重的聲響。豪士自己也渾身是油，手裡握著打火機。

「快逃！」

在某人的叫喚下，女子們再度發出尖叫。五郎這次緊緊抓住店員的手，將他帶往停車場外。

五郎擦拭淌落額頭的汗水，但他已經分不清這是汗還是油。

豪士回到了店內。

店內傳出音樂聲。是曾經聽過的歌曲。

豪士環視空無一人的店內。剛才在流理臺洗碗的中年婦女也已經從後門逃走。汗水就快跑進眼睛裡，於是他以手背拭汗。從額頭流下的不是汗，而是油。不光是臉，頭髮也會滴油。愈是擦拭，愈是沾滿了油。

看不見自己的模樣。連自己現在是什麼狀態也不知道，令他倍感焦急。

豪士從丹田發出一聲咆吼。他張大嘴，使勁地喊，就像要將內臟全部嘔出。那不像他的聲音。他從沒想過自己能發出這麼大的聲音。

然而，在空無一人的店內響起的聲音，瞬間便轉小歸於無聲。

他想再喊一次，但發不出聲音。只覺得喉嚨疼痛。

十幾分鐘前，豪士才在這處吧臺吃油拌麵。因為冷氣不夠強，他擺在吧臺上的手肘還因流汗而打滑。

吃完麵，步出店外，走在平時走慣的道路上，準備回家。走過進入村落的第二座橋時，看見一群男人將他的住家團團包圍。

「喂！」

「開門！」

還敲打著大門。

豪士幾乎是無意識地逃往水田裡。緊接著下個瞬間，他看到男子們闖進大門裡。水田的田埂沒有地方藏身，豪士就這樣呆立原地。

那些擅自闖進他家中的男人們身影，宛如皮影戲一般。這幕光景令他想起小時候看到的一幕。

那時他才剛來到日本沒多久。豪士在這條田埂上追逐雨蛙。

他看到一群放學回家的國中生，騎著腳踏車過橋。

見他們開心地嬉笑，豪士很是羨慕，他心想，要是把自己抓到的雨蛙送給他們，對方或許就會讓他加入他們的圈子。

國中生們朝豪士家靠近。這時，他們其中一人不知大叫了一聲什麼。因為是日語，當時豪士聽不懂。只覺得是在叫他，所以他想揮手說：「我在這裡！」

但緊接著下個瞬間，他們朝豪士家丟石頭。清楚傳來石頭擊中大門和牆壁的聲響。就像是朝他丟石頭一樣。

母親驚訝地從窗戶探頭查看，他們加以嘲笑。還模仿母親罵他們所用的日語，笑得比剛才還要開心。

豪士猛然回神，發現自己蹲在電線桿後頭。他不是怕被國中生發現，而是不想讓人瞧見他不敢前去解救母親的窩囊樣。

那群國中生騎著腳踏車離去，母親無技可施，只能把窗戶關上，豪士這才站起來。

手中的雨蛙已被他捏死。

我要保護媽媽。我以後一直都要保護媽媽。

豪士如此低語，裝作什麼也不知道，朝他沒能保護的母親住處走去。

「找到了！」

「在這邊！」

男子們的聲音令豪士回過神來。朝他發出怒吼的，不是之前那些國中生，而是將他家團團包圍的一群人。

「喂，站住！你這傢伙！」

耳畔傳來這聲叫喊，豪士這才轉身逃跑。

只能說是身體自己突然展開行動。他直接跑在田埂上，順著原路折返。從背後的氣息感覺得到男子們緊追在後。豪士眼下只顧著逃，不需任何理由。感覺在背後追趕的，像是他以前見過的那群國中生。他心想，到頭來，原來我一直在躲著那群國中生。

他根本無處可逃。並非現在無處可逃，而是打從小時候起，便一直都沒有。

他順著原路折返，逃進之前他來過的油拌麵店。

只有那裡了。

只能逃進這兒了。豪士衝進店內，直接跳進吧臺裡。

「對……對不起！」

他從喉嚨裡硬擠出這句話來。

「……對不起！請救救我！」

豪士將腳邊的免洗筷和醬油踢翻。

坐在位子上的兩名女子，望著他發愣。廚房裡的店員露出為難之色。

「出去！你們全都出去！」

免洗筷散亂一地，女子們尖叫著逃出店門外。

豪士跳進廚房裡，拿起鍋碗就扔。碗破碎裂，掉落地面的鍋子發出刺耳的聲響。

他腳邊有一桶油。他以菜刀刺了好幾個洞，捧起來往四周潑灑。

店員叫嚷著「你這是幹什麼……咦？這是在幹什麼啊！」就此逃出店外。

豪士將店員趕出店外。

男子們已將店外團團包圍。他們每個人都面無表情。而且臉色鐵青、冰冷，宛如腐爛的水果。

「別進來！」

豪士朝男子們潑油。

他自認已使足了勁潑灑，但男子們離他很遠，油只灑向自己腳邊。

五郎望著一地的油。地面反射出店裡的霓虹燈，閃閃發亮。

豪士再次回到店內後，每個人都沉默不語。雖然只有短短一、兩分鐘，但感覺卻像過了一個小時。

他聽見遠處緩緩靠近的警笛聲。有人報警。五郎心裡這麼想，目光始終緊盯著擴散一地的油。

要是朝這些油點火的話……。

要是朝這些油點火，讓豪士這名年輕人燒死的話……

這股情緒湧上心頭。

當然了，就算發生這種事，也解決不了什麼。最後一樣不知道犯人是誰，愛華也一樣回不來。

但就算是這樣也無妨。

如果沒人出面做個了結，大家都會就此完蛋。包括我自己，還有朝子。當然，我兒子媳婦也已達到忍耐極限。他們不是那麼堅強的人，可以一直抱持這種情緒活下去。

「在哪裡！豪士在哪裡！」

這時，傳來女人悲鳴般的聲音。五郎連頭也不回。那肯定是豪士的母親。

那名母親也不管對方是誰，直接就一把揪住對方衣襟。

「在哪裡！我兒子在哪裡！」以尖銳的聲音叫喊。

她那因汗水而溼透的黑髮，緊黏在額頭和臉頰上，那駭人的模樣，令男子們向後退卻。

這名喘息不止的母親發現了五郎。

「在哪裡！豪士在哪裡！」

她不管三七二十一，直接就一把抓向五郎。

五郎雙手抓住她那滿是溼汗的身軀。本以為會是滾燙的肌膚，但沒想到竟然像石頭一樣冰冷。

「先生！豪士呢？豪士在哪裡？那孩子什麼也沒做！請相信我！他真的什麼也

沒做！」

五郎扶著那名在他臂彎裡哭得不成人形的母親，很想回答她一句「我知道、我知道」，但儘管心裡這麼想，說出口的卻是另一番話。

「既是這樣，他為什麼要逃！」五郎怒吼道。

「……明明不是犯人，為什麼要逃！妳的兒子就是犯人！把我的愛華還來！要是不還來的話，我就要他以死謝罪！」

五郎兇惡的模樣，令那名母親雙脣發顫。

「他真的什麼也沒做……那孩子是無辜的……如果那孩子會做什麼壞事的話，那都是我害的！全都是我害的！」

母親撲簌而下的眼淚，沾溼了五郎的手臂。那是像熱水般滾燙的淚水。

在空無一人的店內，豪士站在吧臺上。

在大玻璃窗外頭，他看到被男子們包圍的母親。母親放聲哭喊，而愛華的祖父緊緊壓住她。

聽不到外頭的聲音。店內一直傳來音樂。

豪士以沾滿油的手指碰觸天花板上的喇叭。歌聲化為震動，傳向手指。

明明播放的是歌聲，但從那一晚開始，男子們「愛華！」「小愛！」的叫聲便一直在他耳畔迴盪，此時化為震動傳向他的手指。
那天晚上，豪士也進入水渠協助搜尋。輕撫他腳踝的水流、在手電筒亮光照耀下的水邊雜草氣味，他全都記得很清楚。
豪士從天花板的喇叭移開手指。他走在吧臺上，突然叫了一聲「小愛！」。
「小愛！小愛！愛華！」
豪士點起握在手中的打火機。因沾油打滑，火點不燃。他一再地點火，手指都快磨破皮了。

「請等一下！」
就在這時，一名男子衝向五郎他們方向。
「……先生，這位太太說的沒錯！」一名男子大聲說道。
五郎就不用說了，就連圍在一旁的男人們也都不約而同望向此人。
此刻跑來的，是以前五郎也曾受過他關照的一家汽車維修廠的社長。
「從三點一直到剛才為止，我都和這位太太的兒子在一起。所以……今天那女孩失蹤的時間，他確實跟我在一起。」
社長滿頭大汗，扯開嗓門說明道。
根據他的說法，今天下午，社長在開車時看旁邊，不小心撞上開車等紅燈的豪士。所幸雙方都沒受傷，馬上便請警方來處理這起交通事故，不過豪士的車子保險桿脫落，而他本人也說明天馬上就要用車，所以理虧在先的社長先將豪士的車拖到自己的維修工廠，在下週零件送來前，先安排一輛車給豪士代步。

「……總之，我剛剛才開著車送這位太太的兒子到這處店門前，所以……他應該和今天那女孩的失蹤案件無關才對。」

社長就像在演說似的。

等不及社長把話說完，那位母親又開始大叫起來。

「我的豪士，我兒子豪士在哪裡！」

圍在四周的男子們，視線紛紛投向那家油拌麵店。

「在裡面。」有人向她告知。

「豪士！」

這名母親正準備前往兒子身邊時，突然有幾名男子擋住了她。

「等一下！妳兒子現在情緒很激動。他四處灑油，說要點火。所以妳先等他冷靜下來再說。」

油、火……

男子們口中說出的這些字眼，令這位母親更加激動，她極力扭動身軀。

「放開我！放開我！」她縱聲大叫。

相反地，聽了汽車維修廠社長的那番話後，一路追來這裡的眾人，臉上開始露出掃興的表情。

「放開我！放開我！……豪士！媽媽來了！現在沒事了！媽媽在這裡！」

那含淚的喊叫聲響遍四周。在覺得掃興的眾人包圍下，與現場氣氛很不搭調的喊叫聲。緊接著下個瞬間，噗通一聲，有某個東西在跳動。就像籠罩此地的夏夜發出噗通的跳動般。

……他真的做了。

五郎有這個直覺。

「啊～！」

就在這時，傳出一聲悲鳴。不清楚是誰所發出。但現場眾人臉上都感覺到一股熱浪襲來。

店內竄出火柱。

悶熱的夏夜又發出噗通的一聲跳動。隨著震動在店內竄出火焰，燒焦了玻璃窗，從地板上滿溢而出。

「快逃！快逃啊！」

在場的人們摩肩擦踵，手臂交纏，爭先恐後地逃離。

就只有五郎和那名母親留在原地。

火舌延燒向灑在地上的油，黑煙和烈焰一路往五郎他們面前蔓延而來。

「豪士！」

母親反射性地想往店裡衝，五郎馬上一把抓住她的衣服。那拉長的布面，深深陷進她的脖子、肩膀、側腹。

傳來頭髮燒焦的臭味。火焰又往上竄升幾分，五郎他們嚇得腿軟。

「愛華！小愛！」

儘管雙腿發軟，但五郎仍想朝火焰爬去。這次換那名母親死命揪住他的衣服。五郎的叫喊聲，毫不留情地被烈焰吞沒。

這時，烈焰熊熊的店內傳來聲響。耳中傳來之前沒聽過的男人叫聲，同時玻璃窗破裂，一名化為火球的男人衝了出來。

那名火球男縱聲大叫，在地上扭曲打滾。每次他只要揮舞手腳，火焰就隨之四散。五郎清楚看見烈焰中，豪士那圓睜的雙眼。

夏夜就像再也按捺不住般，激烈地跳動著。噗通噗通聲響個不停。

那具化為火球的身軀，力量洩去，就像融入水泥地般，就此停止動作。

這時，抱著滅火器的消防員擋在五郎他們面前，頓時眼前一切全被白霧籠罩。

五郎不自主地抓向他身旁那名母親的肩膀。她宛如自己也被燒成了灰燼般，全身不剩半點力氣。

四周已被消防車包圍，在紅色的燈光和竄升的火焰下，一切都是鮮紅色。就只有剛才那喧鬧不休的夏夜跳動聲已停息。

五郎仰望被吸上夜空的火粉。火粉不斷向天際飛去。而飛上高空的火粉，被風吹得無影無蹤。化為餘火殘渣的塵埃，緩緩飄蕩於夜空中。

而地上那家油拌麵店則是被烈火吞沒，揚起黑煙。

四周的消防車開始灑水，警車也陸續趕至。十字路口不知不覺間造成了堵塞，看熱鬧的人群也紛紛下車，圍在一旁觀看這場火災。

咦？找到了？找到了嗎？真的？

一輛朝Y字路疾馳而來的腳踏車，急踩煞車。輪胎揚起的塵埃，弄髒了女子白皙的赤腳。

女子手機抵向耳邊。要緊跟在後的另一輛腳踏車也停下，放聲喊道：

「聽說剛才找到日向子了！她沒受傷，一切安好。」

「太好了……」

緊跟在後的女子也跟著鬆了口氣。

那所小學的家長們全員出動，搜尋那名今天傍晚失蹤的女孩。

「日向子在哪裡？」

「聽說在大城的休息站發現她，目前由警方保護。」
「大城？怎麼會跑到那麼遠的地方？」
「帶走她的男子也在那裡被逮捕。」
現場又聚集了幾輛腳踏車。這些趕來的母親們紛紛告知這個好消息。
「啊！」
當中有一人倒抽一口氣，火光映入眼中。
「……火災。」
眾人不約而同地轉頭望去。在昏暗的水田後方，火舌竄向空中，揚起黑煙和火粉。
感覺這幕光景莫名地平靜。反倒是水田裡的青蛙顯得無比喧鬧。
「那不是十字路口的方向嗎？」
「我們去看看吧。」
母親們離開後，Y字路再度恢復原本的平靜。白色的碎石子路上揚起塵埃。在月光的照耀下，那棵杉樹的影子拉得老長。
影子一路延伸至十年前的那天，愛華和紡這兩名少女走來的那條路上。那是稻田同樣被喧鬧蟬聲籠罩的某個夏日。
小紡，待會兒到我家玩吧。

不要。

為什麼？小紡，可以玩妳喜歡的遊戲哦。

我還是不要。

那我這個送妳。

我不需要。

紡將愛華戴在她頭上的白三葉草花冠甩落地上，就此跑走。

留在原地的愛華拾起花冠，揮著手喊道：「小紡！掰掰！」但紡仍頭也不回地離去。

待再也看不見紡的人影後，愛華這才繼續邁步前行。她小手拿著花冠，小心不將它捏碎，蹦蹦跳跳地走著。

她走過橫跨水渠的那座小橋，一旁停著一輛白色廂形車。愛華不以為意，正準備從旁邊走過時，發現後車廂的門是開著的，一名年輕男子坐在上頭。貨架的紙箱裡塞滿了仿冒品。

年輕男子一直靜靜注視著自己的腳下。他腳下只有碎石子。

愛華正準備通過時，突然停下腳步。那名男子明明是大人，卻好像在哭。

愛華站在不遠處朝男子注視了半晌。接著她緩緩靠近，將花冠戴在男子頭上。

男子驚訝地抬起頭來，花冠就此掉落。

「沒人陪你玩嗎？」

愛華撿起花冠，再度戴向男子頭上。

男子大為吃驚。就像對眼前這名女孩看得到他感到很不可思議似的。

愛華朝他揮手說了句「掰掰」。男子目送愛華離去的身影。耳中只傳來蟬鳴聲。

男子站起身。他頭上的花冠再度掉落。那紅色的書包在刺眼的碎石子路上搖曳。

男子朝那女孩追去。他一腳踩向那掉落地上的白三葉草花冠。白色的小花在灼熱的碎石子上被踩扁。

# 曼珠姬午睡

如今的S大道上，有永旺夢樂城（AEON MALL），以及許多連鎖平價餐廳，繁榮熱鬧，但以前這裡唯一比較吸引人目光的，就只有深夜營業的釣魚場，當時這一帶都是水田，每到秋分時節，田埂上就會開滿一整排鮮紅的曼珠沙華[6]。

從小學放學回家的路上，女孩子們都會摘這種花來玩。平時很無趣的田間小路，這時候成了電視歌唱節目「The Best Ten」中偶像們登場的舞臺，大家從書包裡抽出直笛或長尺充當麥克風，在回家的路上邊唱邊走。

告訴我曼珠沙華有毒的，是跟我同屆的石井優子她母親。

優子家就位在走出這條曼珠沙華田埂後的一處村落，是當時就已相當罕見的一戶專業農家。

「……它的毒可驅趕鼴鼠和老鼠，所以才種在田埂上。」

優子的母親如此說道，拍著沾滿泥巴的手掌。她連手掌都曬得好黑。連擁有如此強韌雙手的人，都還很擔心地說：「有毒的部位不是花，而是莖，所以最好別摸。」

當時仍是小學生的英里子，急忙將握在手中的花丟棄。

儘管如此，手掌仍然微溼，所以她在跨過水渠時，以冰冷的水仔細清洗雙手。

見英里子如此慌張，優子笑了。她手裡握著許多束花，若無其事的說道：「英里子，妳真膽小。只要別去舔它就不會有事的。」

英里子家與優子所住的村落位於相反方向，中間隔著S大道。那塊土地本是水田，現在那個地區滿是翡翠綠或橘色的小型歐風住宅，是她那年紀輕輕就開了一家二手車行的父親，扛下沉重的貸款買下的房子。

她小三時曾和優子同班。兩人結為好友的契機，應該是優子跟她說「真好。英里子妳家好像迪士尼電影裡頭的房子哦」。

英里子家在這一帶算是很搶眼的新房，之前也曾有朋友對她「好羨慕哦」，但這還是第一次聽人說「好像迪士尼電影裡頭的房子」，英里子很喜歡這樣的比喻。

英里子當時很愛與人往來，有很多朋友。例如她穿新的運動鞋上學，在女生之間就會興起一股流行，她就是這樣的孩子。

而另一方面，優子就顯得不太起眼。舉例來說，就算她模仿英里子穿新的運動鞋上學，但不知為何，唯獨她穿的品牌跟別人不一樣。

小三小四時，兩人都讀同班，但升上五年級時就不同班了。後來上同一所國中，兩人變得很生疏，就像第一次展開「妳家好像迪士尼電影裡頭的房子哦」這句對話前的關係一樣。

之後時光飛逝，一直到國三那年，英里子才又意識到優子的存在。

6. 中文名稱為「石蒜」。

那天，體育課上軟式網球。已不記得當時是在怎樣的分組下造成這樣的結果，最後在眾人的關注下，英里子與優子展開對戰。

剛好男生們的體育老師請假，他們的足球課改為在操場上拔草，百無聊賴的男生們圍在球場四周，可能是覺得有趣，邊加油邊起鬨。

英里子運動神經發達。她有一雙快腿，國中加入田徑社，縣大會時還上臺領獎，實力過人，就算是籃球或排球等球類比賽，她也常是班上的佼佼者。

因為上場的是運動高手英里子，所以當她的對手優子站上球場時，大家都以為這會是一場很無趣的比賽。

英里子先發球。優子挪動她那雙胖腿，快步前往追球，勉強打了回來。那軟弱無力的球，英里子俐落地截擊。

比賽到此結束。

原本大家都這麼以為，但優子竟然又從球場上奔回，勉強打回那球。而且那並非只是湊巧走運，不管打再多球，她都緊咬不放。

「咦？」

鐵絲網後方的男生們也不自主地發出驚呼。當中甚至有人像在追趕家畜似的，朝優子喊道：「快跑！快跑！」

英里子也變得焦急起來。一旦感到焦急，就會想早點結束比賽，而做出逞強的舉動。結果她用力打出的那球，打向了網子。

優子滿身大汗，氣喘吁吁。而另一方面，英里子還保有不少餘力，但不知為何，得分的人是優子。

而更氣人的是，優子看起來不像是充滿鬥志，一副非贏得這場比賽不可的模樣。就像毫不在乎勝負似的，臉上沒任何情感。單純只是球來就打。因為球來了，所以打回去。

不論英里子怎麼將球調左調右，優子仍是全神貫注，快步地東奔西跑。由於不是網球社的社員，優子球拍的握法不太正確，而且揮拍也只靠蠻力。但不知為何，她的球拍中心抓準了球，穩穩地打了回去。

噠噠噠噠，啪。噠噠噠噠，啪。

她的對手英里子簡直氣炸了，開始感到不安起來。

優子每次揮拍，都會發出「哼」或「嗯」的聲音，英里子連這個聲音都感到可怕，甚至覺得要是再繼續打下去，自己彷彿會中了她奇怪的咒語。

男生們覺得這聲音很有趣，開始配合起優子的叫聲，在一旁附和著：「啊哼～」「啊嗯～」

英里子光是在一旁聽都覺得很丟臉，幾乎都快臉紅了，但當事人優子卻置若罔聞，仍重複著快步奔跑↓揮拍↓「嗯」的連續動作。

英里子愈是認真，愈形成拉鋸戰。和看好戲的男生們不同，女生們已一點都不覺得有趣，或者應該說，不管球打向哪裡，優子都緊追不放的這種可怕執著，女孩們都已清楚感受到。

她所做的事，單純只是網球比賽，但這讓人覺得很不舒服。優子明明就只是追著球打……明明就只是把球打回來……但讓人感覺很不舒服。

包括英里子在內，大家其實都不討厭優子。

不過，明明應該會輸，卻又不認輸，這點感覺很不舒服。

輸掉不就好了嗎，卻偏偏不認輸……輸掉是理所當然，卻不想輸……總之就是讓人覺得很不舒服。

當英里子看到新聞提到，在北關東縣政府所在地經營小酒館的優子，因殺人嫌疑被逮捕時，她腦中浮現的，正是當時那不舒服的感覺。

英里子是在自家電視上看到這則新聞。當時丈夫壽雄剛下班返家，她急忙拿燉魚去加熱，同時從廚房望向客廳，問丈夫「要喝啤酒嗎？」結果發現優子的大頭照出現在電視上。

起初英里子沒發現。就只是聽到M市的一家小酒館發生殺人命案這樣的內容，所以她原本心想「哦，原來男人也會去那種中年婦人開的店喝酒啊」。

優子出現在電視上的照片看起來特別顯老。當然了，英里子最後記得的是優子國中時的模樣，所以也難怪不認得，但優子那張像是被逮捕時拍的大頭照，看起來脂粉未施，皮膚鬆弛，滿是雀斑，染紅的頭髮沒半點光澤。

丈夫說要喝酒，當英里子端罐裝啤酒來時，她才又重新細看電視。照片底下寫道「嫌犯石井優子　四十八歲」。

咦？竟然和我同年？……她先是一驚，緊接著下個瞬間，她不自主地發出「咦？」的一聲驚呼。

「怎、怎麼啦？」

丈夫嚇了一跳，正準備倒入杯裡的啤酒灑了出來。

「啊，對不起。」

不知為何，英里子顯得很慌張，她正準備用手掌將潑灑到地毯上的啤酒集中在一起。

儘管如此，她的視線還是緊盯著電視。

優子殺了人？

被殺害的死者是店裡一名六十多歲的男客人？

而下手殺人的，是另一名三十多歲的客人？

是感情糾紛，三角關係？

那位優子？

真的是那位優子嗎？

「喂……妳在幹什麼啊？」

啤酒已滲進地毯裡，但英里子卻還用雙手往中間集中。接著新聞轉為國會預算委員會的話題。

「啊，對不起……」英里子站起身，趕往廚房。她拿起抹布，正準備返回客廳時，不知為何，突然停下腳步。

她覺得不能將優子的事告訴丈夫和兒子他們。她也不知道為什麼，就只是這麼覺得。

她拿著抹布回到客廳，擺在溼透的地毯上。以手掌用力一壓，啤酒旋即滲進抹布裡。

「征司呢？」

在丈夫的詢問下，英里子應道「嗯，他已經吃過飯了」，丈夫白了她一眼道：「我說的不是晚餐的事。今天模擬考的成績出來了吧？」

「哦，司法考試的模擬考嗎？好像考得比預期還要好。」

「他不是說有把握嗎？如果考得比預期來得好，那還真不簡單呢。看來真有可能在學期間就通過司法考試呢。」

忙著將抹布按向地毯的英里子面前，是丈夫的雙腳。骨瘦嶙峋的腳骨，清楚地從薄薄的尼龍製襪子裡浮現。

「要先吃點什麼下酒菜嗎？我做了馬鈴薯沙拉。」

「啊，馬鈴薯沙拉，我要吃。」

英里子擱下沾溼的抹布，回到廚房。

接下來的這幾天，有四名同學傳郵件來提到優子這起案件，而一路和她一起念到大學的久美，也打電話來給她。

「妳已經知道了吧？」

久美一開口便問了這句話，於是英里子也回答道：「果然是那位優子對吧？」

「妳沒玩臉書，所以或許不知道，現在這件事鬧得很大呢。」

「鬧得很大？」

「就是那名石井優子之前過的是怎樣的人生。大家各自寫下自己所知道的那段時期的事，就像拼圖一樣……」

「拼湊之後得到結果是嗎？」

「沒錯。就此明白石井優子的人生。」

英里子耳朵靠向肩膀，夾住耳機，在餐桌上打開筆電。雖然她幾乎都不用電腦，但好歹也註冊過臉書。

一打開網頁，「石井優子」這名字馬上映入眼中。打開發文一看，上頭全是她國中時同屆的同學。

「這位高井和子是誰啊？」英里子問。

「就是那位哥哥是飆車族的……」

「哦～」

這麼一提，她馬上想起。那位飆車族的哥哥，是英里子她父親經營的二手車行的客人，說起來，就像是英里子她父親的小弟。

「哦，石井優子後來念北商啊。」

英里子一面看高井和子的留言，一面問道。

「上面不是寫道，她高二那年就休學了嗎？」

「真的耶……啊！」

英里子不自主地叫出聲來，因為裡頭附的照片，拍的是高中時代的優子。

「怎麼會這樣……和她國中時代的氣質完全不同……」

見英里子有此反應，久美也附和道：「妳說照片對吧？我看了也嚇一跳呢。」

說到國中時代的石井優子，頂著一頭像是父母幫忙剪的難看短髮。而在她高二那年拍的照片裡，她留著一頭當時地方上很流行的聖子頭[7]，梳整得相當講究，看得出她在上學前，用吹風機足足吹了一個小時之久。

「變可愛了……」

英里子率直地說出心中的感受，但久美卻不以為然地應道：「會嗎？臉和國中時代幾乎完全沒變。感覺很土裡土氣。」

照片上還拍了其他幾名女學生，但只有優子明顯看起來比較成熟。簡單來說，只有她不像女孩，而是像成熟的女人。

「聽說她這時候和年紀比她大的男人搞外遇，就此休學。」

英里子邊聽久美說明，邊看留言，得知那名男人是年紀整整大她一輪的有婦之夫，是當時優子打工處的冰果店店長。

「喏，就在文化會館隔壁。以哈密瓜百匯聞名的那家店。」

經久美這麼一提，英里子馬上憶起。

「哦，那家店啊。以前常去。優子曾經在那家店打工啊？」

「我記得好像也曾經在那裡看過她。」

「真的？我完全不記得呢。」

7. 一九八〇年間，松田聖子的出道髮型。

英里子腦中浮現當時那家店的模樣。它標榜像清里的民宿風格，採白色的小木屋造型。不過店內的客人都是當地的上班族，不管什麼時候去，店裡都滿是抽菸的煙霧，英里子她們也都直接穿著制服，偷偷在這家店抽菸。

「對了，妳以前常和隆弘在那家店約會呢。」

從久美口中說出令人懷念的名字，英里子也笑逐顏開地應道「是啊」。

「隆弘現在好像在市公所上班。」

「嗯，我知道。幾年前我回娘家時，碰巧遇到。」

「他發福了，變成一位普通大叔了對吧？」

「我們不也一樣嗎。」

「可是隆弘以前很帥耶。騎著750[8]。」

「750現在好像已經不流行了。」

「是嗎？當時我們之間很流行的一部漫畫叫什麼來著？」

「是《750騎士》[9]吧？」

「對對對。因為隆弘長得很像裡頭的主角，眼睛又圓又大。」

隆弘是英里子第一位真心喜歡的對象。她小學和國中時，也曾有交換日記或約會的對象，但是和隆弘交往就是不一樣。

過去的約會，見面是為了要做些什麼事，但是和隆弘見面，卻是為了什麼也不做。

傍晚時，在他的房間裡窩在暖桌裡。光這樣便覺得自己的一切都屬於他，同時也想讓他的一切都屬於自己。

不過，現在英里子還是覺得很不可思議，當時只要一坐上隆弘的機車，就突然覺得他離自己無比遙遠。不，與其說是隆弘，不如說是這從小看慣，甚至該說是看膩了的市鎮，感覺離自己好遠。機車的速度愈快，愈會有想早點離開這裡的焦急感。

大門傳來聲響，英里子合上筆電。

「我回來了！」

傳來兒子征司的聲音，同時傳來一聲「打擾了」，是他女朋友晴香的聲音。

「啊，抱歉。好像有客人來了。」英里子向久美說道。

「我知道了，下次再打給妳。」

「嗯，我也會打給妳。」

「下次一起吃頓飯吧。」

「嗯，就用電話聯絡吧。」

8. 750CC的重型機車。
9. 石井勇巳的學園漫畫。

掛斷電話後，征司和晴香走進客廳。

「歡迎啊。」英里子以笑臉相迎。

「打擾了。」

晴香重新向她問候，舉止一樣秀氣迷人，不過她可沒那麼溫馴乖巧。聽征司說，晴香最近和她母親為了減肥而到空手道教室上課，不論是正拳還是裡拳，只要和她走在一起，她就會突然展開攻擊，可愛極了。

「我去泡紅茶。」

英里子朝正準備走進自己房間的征司說道，晴香聞言後說道「啊，對了，這個」，從紙袋裡拿出餅乾。

「啊，這是之前提過的比利時巧克力餅乾嗎？」

「家母這次又買了一大堆。明明為了減肥跑去練空手道，卻還是買。」

「是嗎？我家隨時都歡迎。要拿多少過來都行。」

兩人相視而笑，英里子目送晴香離開後，自己走向廚房。一面燒開水，一面環視整理得一塵不染的室內。

征司第一次帶晴香回家時，晴香好像說過「征司家感覺真舒服」。

兒子的女朋友不是說家裡整理得很乾淨，而是說感覺很舒服，身為兒子的母親，她深感自豪。

征司他們喝完紅茶後，說要出去兜風，便出門去了。英里子將車鑰匙交給兒子，對他說「不可以開太快哦」，送他們出門後，再度回到筆電前。

英里子細看臉書上的留言，以及和優子的案件有關的新聞報導。

優子在北關東M市開設一家名為「球拍」的小酒館，似乎是五年前的事。聽說之前她是在M市的另一家小酒館受雇當媽媽桑，但是在哪一家店，待了幾年，則完全沒有相關的資訊。

「我從年輕時就是這樣的個性，雖然心情平靜，但肉體卻常感到寂寞。」

根據優子店內一名男性常客的說法，這似乎是她向人搭訕用的話術。她講話略帶九州口音，所以客人們都以為她是九州出身，或是曾在那裡住過一陣子，但根據之前的調查，優子沒有在九州住過的跡象。據說她喝醉後說得一口九州腔。

「待其他客人離開，店內只剩她與客人獨處時，她就會走出吧臺，坐在客人旁邊。店裡面有一間兩張榻榻米大的房間，不知為何，她只要一喝醉就會走進房間，揉著她的小腿或大腿說道『啊～站好久，腳都浮腫了呢』。因為她在店內都是穿著和服。儘管已徐娘半老，但是像這樣撩起下襬，露出大腿，客人也會明白『哦，原來是這個意思啊』。」

店裡的常客應該都和優子發生過肉體關係，這名男子可以作證。

「……客人當中，有些是我從小就認識的朋友。有一次我們在鎮上的聚會中碰面時，聊到了她，因為大家從小就認識，所以說起話來沒有顧慮。大家談到『你也和她上過床嗎』『我也上過』，經詢問後得知，她好像真的很喜歡做那檔子事。不過，她似乎從年輕時就很受歡迎。要是有一陣子沒去店裡喝酒，她甚至會跑來我工作的建設公司，真教人傷腦筋。當我傍晚忙完工作，離開事務所時，她的車便已停在我面前。」

因為還有其他同事在看，他急忙坐上車，結果優子馬上放聲大哭。不斷逼問說，你怎麼都不來我店裡，為什麼都不跟我聯絡？

為了加以安撫，男子代替她開車，前往不會被人看見的場所。那是之前曾經去過的高速道路的高架橋下，每到週末夜，年輕情侶便會開車往那裡聚集。

車子才剛停好，優子馬上撲向男子，拉下他的褲子拉鏈。然後一副迫不及待的模樣，握住男人的那話兒又含又舔的。

「別這麼飢渴嘛。」

留言裡提到，男子為之傻眼的這番話，優子聽了之後更是興奮。

英里子看著上面的留言，整個人莫名慌了起來。她覺得剛才出門的兒子可能會突然回來，而更重要的是，她現在所看的這些寡廉鮮恥的留言，上頭的登場人物不是像兒子他們這個年紀的年輕人，而是全都和自己同一個世代的人，這令她感到既羞愧，又噁心。

「別這麼飢渴嘛。」

留言中那名男子說的話，不知為何，一直在英里子腦中揮之不去。

接著她不自主地鬆了口氣。

幸好以前不曾有男人對她說過這樣的話，而她也從未讓男人如此看輕過。因為她一直都過著很正經的生活。

「別這麼飢渴嘛。」

不過，雖然心裡這麼想，但這句話卻莫名在腦中迴響，充滿刺激性。

每到週末夜，年輕情侶開著車聚集的高架橋下。手握方向盤的男子。就像迫不及待似的……

她明白坐在車內的是優子。那一臉拙樣的優子。只要這麼想，應該就會馬上覺得很無趣才對，但英里子卻像別人衝著她說這句話似的，怎麼樣也靜不下來。

她合上筆電。

為了轉換心情，她來到陽臺上吹吹風。在陽臺上大喊一聲「跟傻瓜似的」。

喊出聲後，真的覺得像個傻瓜。

優子替一名喜歡她的六十多歲男子投保，然後唆使一名三十多歲的男子殺了他。

就是和這麼一個蠢女人有關的事。國中時代，在打網球時一直纏鬥不休，令人覺得很不舒服的優子。

擺在餐桌上的手機響起，英里子返回房內。是丈夫用LINE傳來的訊息，上頭寫著，他要帶事務所裡的職員去喝酒，不回來吃晚餐了。

每次她向認識的人說自己的丈夫是律師，大家都很羨慕。當然了，她現在過著衣食無虞的生活，但丈夫其實是在一家小小的律師事務所裡上班，若以世人的一般印象來看，坦白說，只會覺得「咦，就這樣？」。

事實上，當英里子說出丈夫的年收有多少時，她娘家的母親甚至很不客氣地對她說：「這麼說來，當初妳爸爸店裡生意正好的那時候，收入還比他高呢。」

英里子朝LINE送出一張ＯＫ圖案的兔子貼圖。

結婚至今已二十多年，若問她對丈夫是否已沒有愛情了呢，其實倒也不是。只不過，她會想到丈夫，替他擔心，一定都只在丈夫不在家的時候，當他在自己面前時，英里子都誠心希望他能早點出門。

當然了，丈夫如果感冒，還是會替他擔心。當他被奇怪的蟲子叮咬，皮膚紅腫時，也會上網替他查哪種藥比較有效。如果連日加班，氣色不佳，便會替他準備滋補的餐點，她明白因為有丈夫認真地工作，自己才能過安穩的生活，心裡由衷感謝。

不過，每當丈夫出現在面前，她心裡就會想：「唉，他還在啊。怎麼不早點出門呢？」

這十年來，她和丈夫完全沒有性生活。英里子睡在寢室的床上，丈夫則是在那間兩張榻榻米大的書房打地舖睡。

其實晚上英里子在床上看書時，丈夫明明沒事，卻還是會打開寢室的房門，探頭說道：「啊，妳在看書啊？」

不過，這時就算英里子空出床上的另一半空間，她也不認為丈夫會上床來。明明是自己主動探頭看，卻又可以清楚看出他那往後退縮的模樣，就像在說「不不不，我不行」。

當然了，英里子也一樣，要是丈夫真的到床上來，她也很困擾。倘若從丈夫的表情中感覺出男人的情慾，她或許會全身起雞皮疙瘩。

今晚丈夫和事務所的同事喝完酒後，可能一樣會順道去一趟風月場所。以前他的西裝口袋裡放有那種店的集點卡。

他似乎以為自己一直沒穿幫，但從他身上聞得到那家店所用的衣物柔軟精的氣味，而且他看起來神清氣爽。

兒子用過後丟在房間垃圾桶裡的衛生紙，一點都沒什麼。那不是性的產物，只能算是生理的產物，和汗水差不多，衛生紙用完了，再幫他補上即可。

但如果丈夫的書房垃圾桶有同樣用過的衛生紙，英里子都會裝沒看見。

雖然一樣不是性的產物，但如果說兒子那算是汗水，那丈夫這就算是在向她抱怨，或是在這狹小的書房裡，以衛生紙擦除抱怨所留下的痕跡。

英里子重新泡了壺紅茶，再度打開筆電。

當她開始細看同學們針對優子那起案件所寫的留言時，旋即出現了一個熟悉的名字。

從國中到現在，已經三十多年沒見，但臉書上那張抱著民謠吉他唱歌的大頭貼照，仍清楚留有當時的面容。

「是洋介……」

因太過懷念，忍不住叫出聲來。這是國中時代，和她有過淺淺一段情的男生。兩人一起放學回家，還一起看過幾次電影。總之，他是個很愛引人注意的男生，教室裡有人喧鬧時，裡頭一定有他，一會兒和男生玩摔角，一會兒對老師惡作劇，明明沒人看，卻自顧自地演刑警偵訊短劇。

在看洋介的留言前，英里子先打開他的相片集查看。

說來還真是方便，只要看相片集，就馬上知道他現在過著什麼樣的生活。

現在他似乎是擔任醫療器具的業務員。假日會出外登山、慢跑，也會打高爾夫，每年也都會參加當地的全馬比賽。

他放的大頭貼照，好像是在最近剛舉行的女兒婚禮上，他抱著吉他自彈自唱的照片。

和以前相比，現在的婚禮愈來愈不重規矩了，如果是新郎的朋友倒還另當別論，但新娘的父親在餘興節目中大唱尾崎豐的歌曲，當真是前所未聞。儘管如此，對知道他國中模樣的英里子來說，洋介的這副模樣看在她眼裡，感覺既自然又懷念。

可能是他這個人重情趣，且一直都過著快樂的生活，所以照片裡的他顯得很年輕。像松鼠般又圓又大的眼睛，彷彿至今仍是個頑童，英里子光是看到這樣的照片，便忍不住嘴角輕揚。

不論是在職場上還是在娛樂同好之間，他都是個出色的領導人，他那一臉富態的妻子，在每張照片裡都笑得很燦爛，而在家人一起用餐的照片中，兩個女兒分別靠在喝醉的洋介雙肩上，向他撒嬌。

英里子驀然發現「啊，原來眼睛又大又圓的男人是我的菜啊」，說起來，眼睛細長，給人冰冷印象的丈夫是唯一例外。

她見洋介那自然瀟脫的模樣，不自主地想向他提出交友邀請，同時開始看起他針對優子那起案件所寫的內容。

洋介先是提到他對案件感到吃驚，直率地寫出他的感想，接著談到他對優子的回憶：「說到石井優子，我記得有件事……」

小學時，他曾經從同班的優子手中得到一個鉛筆盒。

如果只是橡皮擦或鉛筆，應該就不記得了，但說到當時的鉛筆盒，以正反兩面都能開啟，一按下按鈕便會彈出橡皮擦的多功能鉛筆盒為主流，不過價格不菲。

某天放學回家，優子突然開口邀洋介去她家玩，還說「我有個不要的鉛筆盒，可以送你」。

實際到她家一看，優子果真有個男生用的超跑造型多功能鉛筆盒。

優子說了一句「送你」，就此遞給他，但它看起來像全新的，洋介回她一句「我不要」，加以拒絕。

住在公寓社區裡的洋介，對於優子家昏暗的土間[10]，以及像是會躲著蝙蝠的挑高天花板，感到陰森可怕。

優子解釋道，這鉛筆盒是她父親打柏青哥得到的獎品，因為是男生用的，所以她用不著。

洋介姑且就此收下，打開蓋子查看，並拿著附車輪的鉛筆盒在入門臺階上滑行，漸漸感到愛不釋手。

「我回家問我媽，看能不能收下這個鉛筆盒。」洋介說。

但優子卻希望洋介別跟任何人說這鉛筆盒是她送的。

「這樣我就沒辦法在學校用了。」洋介如此回答，優子聽了之後竟然說，那你就在沒人看到的地方偷偷拿出來用不就行了嗎。

最後洋介還是收下了那個鉛筆盒。他沒跟任何人提，偷偷持有它，只在家裡念書時，會特地將文具用品挪進這個鉛筆盒內。

當時他和優子並沒有什麼交情，在學校見面時也和之前一樣，不會特別交談，但在更換年級的紀念文集裡有個寫下誰是自己最好朋友的欄位，不知為何，優子在上面寫下洋介的名字。

關於優子高中時代在冰果店打工，與店長搞外遇之後，同學們在臉書上能談到的，也就只有她二十多歲那時候的事。

最後冰果店店長選擇的不是優子，而是他的妻子，而令人驚訝的是，他至今仍在那家已改裝為紅茶專賣店的冰果店裡工作。

而與店長分手後的優子，之後在哪裡做些什麼，沒人知道。可以確定的是，她離開了老家，但如果是仍留在當地，應該會有人見過她，所以她十八歲到二十五歲這段時間，應該是在外地生活。

之所以會這麼說，也是因為在那段時間裡，優子的父親過世，有位同學基於鄰居

10. 日式房子入門處沒鋪水泥的黃土地面。

的情誼而前往參加喪禮，他說優子從某地緊急趕回家中，但還是沒能見上父親最後一面，面容憔悴。

不過，與以前相比，身穿喪服的優子模樣苗條，相當漂亮，似乎連親戚們也都說她變美了。

而一年後，優子開始在這一帶規模最大的N市人材派遣公司裡工作，由於這家公司只會安排飯店的餐飲服務生或警衛這類的派遣工作，所以有很多男大學生和自由業的男人在此登錄，而開始在這家事務所上班的優子，在男人當中頗受歡迎。

根據一名在公司上班，曾經和這家派遣公司交易過的同學在臉書上的留言來看，或許多少有點誇大，但他說優子甚至成立了紛絲俱樂部，只要有什麼歡迎會或送別會，優子就會受邀，大家極力討好她，到了有點怪異的地步。

不過，這種狀況連一年都維持不到。據這名同學所言，只要有人追求優子，她一概都會和對方發生肉體關係。

這並不是因為優子多情，而是因為那些年輕男人只要一度和她發生過關係，馬上就會受不了她。

之所以這麼說，是因為他們在優子的邀約下前往她住的公寓，發現裡頭亂得跟回收場似的。

一打開門，狹窄的玄關裡郵件和鞋子亂放，塞滿垃圾的便利商店或超市的袋子束一個西一個。

個人浴室長滿黴菌，已看不出原本的顏色，廚房流理臺上擺著不知什麼時候吃剩的披薩和泡麵碗。

唯一比較像樣的地方，就只有裡頭的寢室，而這裡同樣散亂，不過至少可供人在此生活，就只有大穿衣立鏡和梳妝鏡擦拭得乾淨晶亮，而擺在層架上的眾多化妝品，傳來刺激男人情慾的甘甜氣味。

儘管如此，已經好幾天沒洗的枕頭套上，留有好幾根交纏的長髮。

當時有另外一位同學，為了拉保險而多次到優子的老家拜訪，據她所言，優子這種邋遢的性情似乎是遺傳自母親，她母親在丈夫在世時，還會勉強整理家務，可一旦丈夫過世後，似乎就完全鬆懈，那寬敞的屋子轉眼堆滿垃圾，無處立足，還摻雜著家中飼養的雞和家畜的臭味，因風向的緣故，惡臭從一百公尺遠的前方撲鼻而來。

猛一回神，已經天黑。

英里子合上筆電，緊按隱隱作疼的眉間。

前幾天她去買隱形眼鏡時，店家推薦她用多焦形鏡片。

與同世代的朋友們相比，撐到這個年紀才有老花，已經算很不簡單了，但最近臨時想看手機時，常會一時無法聚焦，她心想應該是老花吧，心裡也早已有底，但是聽專家明確地斷定後，還是不免心情低落。

兒子和女朋友出門兜風，丈夫和人聚會喝酒，遲遲未歸。

她懶得為自己做點什麼來吃，索性拿起手機，想點一份鰻魚飯外送。

這時突然傳來一封郵件。

英里子一看到寄件者的名字，大吃一驚，不自主地合上手機。

不過仔細一想才猛然想起，之前要離開那家店時，對方曾跟她說：「過幾天，店裡會寄出一封答謝的電子郵件，這是為了確認之後有無肌肉痠痛的症狀，您不必刻意回信沒關係。」

想起之後，英里子覺得自己未免太大驚小怪，就此重新打開那封郵件。

是之前在星期天去光顧的那家精油按摩店寄來的郵件，內容果然就像之前所說的那樣。

裡頭有制式化的答謝辭，以及按摩後的注意事項，同時附上一份服務滿意度的評分表，以及填寫對店家的意見和建議的欄位。

英里子看了好幾遍，但始終找不到前幾天替她服務的那名男性治療師留的訊息。

英里子是從她固定會去的運動俱樂部裡得知這家名叫「AQUA BEAUTY」的精油按摩店。

在她週一固定會參加的阿斯坦加瑜伽[11]初級班上，她等候指導員前來的這段時間，在她旁邊鋪上瑜伽墊的兩名女子開始聊起這家店。

這兩人的年紀都比英里子大一些，可能是大學時代的朋友，現在兩人都是家庭主婦。而且兩人都是開賓士S級前來上課，更重要的是，不知道是長相還是氣質的關係，總覺得兩人很相似。

簡單來說，就像是所謂女主播類型的女人上了年紀的感覺，正好開的車同樣也是賓士，不過就像車的顏色一白一灰一樣，其中一人膚色白淨，另一人則是古銅的膚色，就只有這樣的差異。

當中膚色白淨的這位好像去過「AQUA BEAUTY」。

「不是有棟大樓裡頭有一間連鎖超市『成城石井』嗎？就在那棟大樓的七樓或八樓。」

「哦，那不就是之前去過的那家美甲沙龍所在的大樓嗎？」

「對對對，就是那裡。」

英里子一面在瑜伽墊上調整呼吸，一面若無其事地聽著兩人的對話。

如果是她們說的那家成城石井，英里子也經常去採買，也知道上面有高級大樓

11. AshtangaYoga，又稱為八支瑜伽。

出租。

「裡頭裝潢講究，很漂亮呢。聽說老闆以前曾在洛杉磯一家同樣的店裡工作過，所以才會這樣吧……妳也知道的，像那種店，基本上都是男人在服務，所以毛巾都硬邦邦的。但他們不一樣。因為收費不便宜，所以這方面都是委派業者處理，店裡的工作人員個個感覺也都不錯。」

這時候指導員前來，就此開始上課。

英里子之所以記得她們的談話，是因為她覺得這種精油按摩店的治療師竟然是男性，相當稀奇。

以前英里子曾在夏威夷一家飯店接受過男性治療師的精油按摩。當然了，一開始她也很抗拒，本想說「那就不用了」，加以婉拒，但從裡頭走來的是一位笑容和善，看起來人不錯的日本青年，笑著應一聲「來了！」英里子就此被他的笑容絆住，不好意思當面拒絕，最後請他做了一套時間最短的服務。

而實際請他做過之後，完全沒有剛才的不自在感，說得更坦白一點，經他以男性厚實的手掌用力從側腹往背部搓揉後，便覺得之前女性用小小的手掌所做的按摩服務根本就沒得比。

在上完瑜伽課的幾天後，英里子這才開啟「AQUA BEAUTY」的網頁。

這天，她本想要預約飯店的美體沙龍，但不巧因為重新裝潢而暫停兩週，於是她只好上網查附近有無其他店家，這時突然想起在運動俱樂部聽到的那段對話。

在那設計得很有品味的網頁上，提到按摩採完全個人房制，除了有各種按摩服務的介紹外，還列出他們用來款待的多種花草茶種類。

的確，如果是這樣的話，也難怪那些對服務生非常挑剔的運動俱樂部的婦女能接受。

一百二十分鐘的服務，收費比一般店家高出近三成，不過英里子認為要試過才知道，於是便撥起了電話。

接電話的是名年輕男子，應對相當客氣。

那天傍晚，她在預約的時間造訪那家店。雖是地處大樓裡的一室，但由於同樓層的其他空間也都是店面，所以不覺得有什麼不對勁的地方。

按下門鈴後，房門旋即開啟，一名工作人員笑臉相迎，朝她招呼道：「歡迎蒞臨。」

白牆搭上鋪有大理石白磁磚的走廊，走廊盡頭擺著一個插有漂亮花卉的大花瓶，旁邊即是櫃臺。

「我是今日替您服務的佐野誠。」

從前來迎接的工作人員手中接過名片後，英里子說了一句「請多指教」，就此坐向椅子。

「您打算怎麼做？是要先休息一下再做嗎？還是……」

「哦，麻煩這就開始。」

「那麼，我這就去替您準備洗澡水。想喝點什麼嗎？」

「那麼……可以給我杯水嗎？」

「您要試試看酵素水嗎？喝杯酵素水，讓身體溫熱後，能增強出汗作用哦。」

以巴卡拉水晶杯盛裝的酵素水相當冰涼。聽完按摩流程的說明後，決定好使用的精油。

待工作人員離開後，英里子重新環視四周。一塵不染的層架特別打燈，上頭擺滿了據說在洛杉磯很受歡迎的小罐精油瓶。

可能是因為內部裝潢採白色和亮藍色色調的緣故，有種置身Tiffany珠寶箱內的感覺。

「讓您久等了，請往這兒走。」

在工作人員的叫喚下，她走在走廊上，來到一間更衣室，裡頭設有附燈泡的明星梳妝臺。

「十五分鐘後，我會再來通知您。」

工作人員就此退下。

裡頭那扇門像是浴室。往內窺望，浴缸裡的水還漂著花瓣。

「嘩～」

英里子不由自主地開心起來，她滿是笑容的臉龐映照在大鏡子上。

入浴後，工作人員帶著她來到按摩室。這裡的房間同樣很乾淨，鋪在床上的棉質床單，宛如絲綢般柔軟。

不過，雖然有過夏威夷的經驗，但要在陌生男子面前褪去浴袍，還是會感到難為情。

工作人員似乎也已猜出她的心思，臉上帶著笑容說道「請直接這樣趴在床上」。來到這裡，英里子這才看清楚他的長相。光滑的臉龐，不留半點鬍碴，一口健康的牙齒顯得無比亮白。

「可以請您先取下衣帶嗎？」

英里子依言而行，取下浴袍的衣帶，趴向床上。

這時，領口處突然被一把拉起，裕袍就像水往下流似的，被褪至腰部一帶。她背部冒汗，此時裸露後，感到一陣涼意。

「那我要開始嘍。」

一陣濃郁的玫瑰香揚起，一雙又大又熱的手掌搭在她肩上。

英里子就此合上眼。

優子和男人交往關係複雜的事傳開，就此丟了N市人材派遣公司的工作後，銷聲匿跡了一陣子。不過，她只在這些同學之間銷聲匿跡，根據事發後的報導得知，優子在這段時期與一名電工結婚，在連結N市與M市的大馬路旁的一棟公寓裡生活。

這是英里子回娘家時常會經過的大馬路，但不知為何，優子居住的那一帶風景她完全想不起來。

一處平凡無奇的鄉間道路。除此之外，再也想不出其他形容詞，然而，唯獨那一帶的風景從她的記憶中消失。

英里子以Google地圖加以確認。她已大致鎖定特定的場所，順著街景一步步前進搜尋，越過以前曾經存在過的婚禮會場，越過一處滿是黑瓦房舍，十足農村景致的場所，而就在水田和旱田一路綿延的前方，有一處鐵捲門緊閉的木材倉庫，繼續往裡走，前方出現一座小橋。

那是左右各一線道的橋，一旁還有紅綠燈。街景也清楚映出位於前方的F山。但除此之外，就沒有其他有特色的景物。極為普通的民宅，極為普通的公寓。

然而，在看到這座橋的瞬間，英里子發出「啊」的一聲驚呼。

征司還很小時，她開車前往娘家的途中，征司將剛吃的烏龍麵全吐了出來，她急忙停下車，就是在這一帶。

小孩子嘔吐並不稀奇，但他吐完後臉色蒼白，而且當時還沒手機，附近又找不到公共電話，所以她原本真的打算直接衝進一旁的公寓，請人叫救護車。

幸好幫征司揉了一會兒肚子後，他臉色恢復正常，但英里子還是一路很擔心地開車回娘家，留下這段記憶。

仔想想想，或許優子那段時期就住在那一帶。如果當時英里子跑進那棟公寓大喊「不好意思！請幫我叫救護車！」便會發現優子就住在裡頭。

與優子結婚的男性，據說是個正經人。他少言寡語，且不太擅長與人交際，是名技術純熟的電工，別說請假了，似乎就連遲到都不曾有過。

可能是因為不喝酒的緣故，每天一下班就直接回家。優子可能都會在家準備晚餐等他回來，而每到假日，兩人固定都會騎著摩托車到馬路旁的柏青哥店光顧，而自從一旁蓋了超級澡堂[12]後，到澡堂泡澡，順便在食堂裡吃完晚餐後再回家，已成了他們假日的固定模式。

不過，優子曾多次在這棟公寓裡製造問題。

她晚上做愛時聲音特別大聲，鄰居們似乎都會跟房東抱怨。

12. 設備比一般澡堂多，層級介於一般澡堂和健康中心之間。

按摩展開後，過程相當完美，沒半點過與不及。

治療師的手指撫摸著她已忘我的身軀。如果是肩膀或背部的話，當然很清楚明白。但治療師手指緩緩按壓的部位，是她似乎早就遺忘的部位，甚至覺得我身上有這樣的部位嗎，產生如此的懷疑。

儘管運動俱樂部的瑜伽已開始上課，但那兩人仍舊喋喋不休。

她們一面進行阿斯坦加瑜伽獨特的呼吸法，一面悄聲交談。

並非以清楚的話語談論某件事，而是只有「咦？」「不會吧？」「是這樣嗎？」「拜託」「感覺很棒對吧」這樣的簡短交談，但英里子逐漸聽懂她們在說些什麼。

她們絕對不是在說店裡的男性治療師額外提供超出按摩範疇的性服務。

但那簡短的對話、眼神，以及竊笑聲，英里子看得出來，她們正在談那檔子事。

「可以請您慢慢轉身仰躺嗎？」

聽治療師這麼說，英里子應了聲「好」。剛才的羞恥心已略微淡化。在治療師敞開的浴巾下，英里子閉著眼睛轉身。

柔軟的浴巾旋即輕飄飄地落向她身上。微微往她下巴的方向拉，她敏感的乳頭感到搔癢。

治療師就像倒著窺望英里子的臉似的，手伸向她胸口。粗大的拇指從鎖骨滑向腋下，就像要將乳房完全包覆一般。

治療師的粗大手指，緩緩按下鎖骨的凹陷處。那裡可能有個穴位，每次按壓，體內就會有一股悶痛感。英里子合上眼，感受那股痛楚。

也不知道胸口之間的按摩持續了多久，等到她回過神時，一股濃濃的睡意向她襲來。

昨天晚上開車出外兜風的兒子征司很晚才回家，英里子遲遲都沒睡著，但還是五點半起床為一早開會的丈夫做早餐。

「早餐我會到車站前的牛丼店解決，不用替我張羅。」

早上要開會的日子，丈夫一定會這麼說。

事實上，英里子也曾順著他的意，沒起床繼續睡，但最後還是被丈夫發出的聲響吵醒，一直聽到他的腳步聲，直到他出門為止。

每天早上丈夫出門上班後，她的身體便會自動開始行動，說來也真不可思議。如果用攝影機拍下她早上的行動，可能每天都是一模一樣的模式，要是將這全部的畫面排成一列，肯定可以從這女人的一生中感受到那股駭人的氣勢。

她所做的，就只有用吸塵器打掃屋子、用洗衣機洗衣服、洗碗、晾衣服，諸如此類的單調家事，但這麼多的日子裡淨是同樣的動作，如果一字排開來看，感覺就像是接受恐怖分子的思想教育訓練一般。
在淺眠的狀態下，英里子腦中想著這件事，在心裡暗笑。
原本治療師擺在她脖子上的手突然移開，同時蓋在她腳上的浴巾被往下拉，她膝蓋以上完全裸露。
一道冰涼的空氣流進她微微冒汗的大腿之間。
「我會慢慢按壓，要是會痛的話，請跟我說。」
在說話的同時，治療師的雙手已搭向骨盆。
股關節受到他厚實手掌的壓迫。它深深潛入體內，而在力量倏然散去的瞬間，原本停滯的血液，就像發出咕嘟咕嘟的聲響般，開始流動。
治療師的小指不時會碰觸她沒蓋浴巾的大腿。
起初只是微微的接觸，但經過幾次碰觸後，感覺像在上面寫什麼文字般。
英里子放鬆全身緊繃的力氣。
可能感受到她傳達出的訊息，治療師的手指變得更加大膽，手突然伸進她大腿內側。熾熱如火的手。
英里子不由自主地併攏雙膝。
儘管如此，那伸進大腿裡的雙手，完全不理會英里子的抵抗，開始慢慢掐住她的大腿內側。

手指深深嵌進肉裡。

她腦中浮現在瑜伽教室裡談論這間沙龍的女子。

負責替那名女子按摩的也是他嗎？

她一定也有過同樣的體驗。

「喏，總覺得那就像是做那種事的暗號。」

說到這裡，女子發出淫蕩的笑聲。

那肯定是暗號沒錯。

治療師的手順著大腿內側微微往上走。

這時如果她夾緊的雙膝就此鬆開，那就成了她給對方的暗號了。

英里子差點膝蓋發顫。

她不清楚自己究竟想怎樣。

她並不是期待發生這種事，才來這裡。不過，也並非完全不知有這麼回事，而來到這裡。

治療師的手就只是擺在大腿內側，宛如沒有任何躊躇和欲望。

如果這時年輕的治療師呼吸顯得有些許凌亂的話，我會就此鬆開夾緊的雙膝嗎？

如果有確切的證據，可以證明我的身體能讓這名年輕人興奮的話，我會鬆開夾緊的雙膝嗎？

時間一分一秒過去。

英里子始終夾緊雙膝，幾乎都要因過度用力而顫抖了。

不久，治療師的雙手緩緩從她身上移開。

都這時候了，他的手指仍顯得依依不捨，略顯悲傷地撫過英里子極力夾緊的雙膝，就像在說「妳為什麼不接納我呢」。

「辛苦您了，有沒有覺得哪裡不舒服呢？」

在治療師制式化的詢問下，英里子神情恍惚地搖頭道「沒有」。

「……那麼，您可以躺在這裡休息一下，如果您要沖澡，我會為您準備，到時候請叫我一聲。」

英里子微微頷首，治療師離開房間。

英里子聆聽他離去的腳步聲。

看來他是不會再回來了。

全身抹滿了油，半裸著身子，一直躺在這種地方，她覺得自己很滑稽。

儘管想早點起身，但經過長時間按摩的身體使不上力。

這種感覺就像獨自一人待在與日常生活相去甚遠的場所一樣。

不過她也猛然發現，這場所和她習慣的熟悉場所很類似。

英里子急忙坐起身。她心想，得早點離開這裡才行。

在連接N市與M市的大馬路旁的公寓裡，與丈夫相處融洽的優子，她的婚姻生活似乎只過了六年便宣告結束。

離婚的原因純粹只是推測，似乎是優子搞外遇。

當她的外遇穿幫時，優子當電工的丈夫對她的外遇對象暴力相向，因傷害罪而被當現行犯逮捕。

「電工都是兩人一組前往工作現場。」

接受雜誌採訪的，是優子前夫的同事，在雜誌上道出優子他們夫妻離婚的經過。

「……和優子的丈夫健二（假名）搭檔工作的，是一位名叫太郎（假名）的年輕小夥子，打從他高中畢業進入公司起，就一直是健二在關照他。就像是自己的弟弟一樣，用這樣來形容或許最貼切。

正因為這樣，如果工作提早結束，健二就會帶他回自己家，請他吃晚飯，而太郎騎摩托車翻車受傷時，因為沒有親人，住院手續和保險什麼的，也都是健二替他付的。

當然了，太郎也是個男人，雖然嘴巴上沒說，但應該是由衷感謝，很景仰他這位大哥。

但後來卻搞上大哥的老婆……這該怎麼說好呢，連我都同情起健二了。」

好像是那名像小弟的男人因摩托車翻車意外，造成手腳嚴重骨折時發生的事。雖然住院幾個星期後，順利出院，但優子的丈夫心想，他一個大男人自己一個人住，想必諸多不便，於是便將公寓裡的一間當置物間用的房間留給這名小弟住。

當然了，妻子優子也從旁協助，從餵他吃飯到擦澡，全都一手包辦。

某天，優子的丈夫到位於關西的親戚家辦事，事情就這麼發生了。

原本預定是要住兩晚，但因為事情提早辦完，所以優子的丈夫提早一天返家。他在東京轉乘電車，抵達家中時，已是晚上十一點多，還在東京車站為了他們兩人買了兩個鐵路便當。

而當他打開大門時，聽到屋內傳來很大的聲響。像是有人倒地的聲音，優子的丈夫一時還以為是小偷闖入。

「誰！」優子的丈夫怒喝一聲，一把抄起門口的雨傘，衝進屋內。

客廳一如平時。

接著他打開寢室房門，但空無一人。

優子的丈夫喚道「喂，太郎，你在嗎？」打開隔壁房間的隔門。

燈光照進那六張榻榻米大的房間，裡頭有一對全身赤裸的男女。

而從瀰漫房內的臭味可以得知，這對全裸的男女在這裡頭待了好幾個小時。

優子的丈夫朝滿身大汗的妻子，以及難看地晾著老二的小弟，凝望良久。

他想用自己的方法思索眼前究竟發生何事，也許妻子只是在幫受傷的小弟擦拭身體，眼看他一度差點就要露出鬆了口氣的神情。

優子一直低著頭。

那名小弟努力撐起他那行動不便的身軀，想在原地跪坐。

優子的丈夫一句話也沒說，就此背對他們兩人。

他正準備走出房間時，突然停下腳步，接著發出莫名其妙的吶喊，朝優子的臉又踢又踹，將爬著想要逃離的小弟拖回來，騎在他身上，打到他顴骨塌陷。

鄰居發現這場騷動而報警，公寓被亮著紅燈的警車包圍。

優子的丈夫被帶走時，激動的情緒仍未平復，在警察的臂彎裡不斷叫嚷著：「我要殺了他們！」

優子和那名小弟都沒提告，最後優子的丈夫獲不起訴處分，但她丈夫只寄出離婚申請書，並沒回到優子等候的公寓裡，從那之後便行蹤成謎。

而那名小弟之後辭去工作，在朋友的幫忙下前往東京，之後一度在義大利餐廳很認真地工作，但後來突然沒去上班，現在一樣行蹤成謎。

而另一方面，優子也離開當地，在北關東的M市落腳，開始在市內的一家小酒館上班。

大門傳來聲響，英里子就此回神。

「我回來了。」隨著這聲叫喚，丈夫壽雄從走廊上走來。

不知為何，英里子顯得莫名慌張。不知不覺間，屋內已變得一片漆黑，不過此時英里子就像還待在優子他們房裡，而丈夫正好闖進來一樣。

「抱歉，你、你等我一下！我剛才打起了瞌睡，忘記開燈……」

見英里子神情慌張，丈夫頗感納悶。

「後來預定的工作取消，我就回來了。晚餐晚點再弄沒關係。因為我要先換個衣服，去澡堂洗澡。」

丈夫似乎很期待上澡堂，只見他迅速換上運動服，拿著毛巾和肥皂便出門去了。

「嗯，路上小心。」

英里子刻意送他來到門口。

丈夫離開後，又恢復為平時那冷清的房子。

英里子就像在確認似的，環視室內。

剛才她身處於優子他們夫妻的房間裡，此時房內的景象再度清楚地浮現。眼前躺著一名腳上纏著繃帶的年輕男子。肚子上厚厚一層肥油的優子，跨坐在那名年輕男子身上。而優子那茫然呆立原地的丈夫，不知為何，怒火竟是衝著英里子而來。

「這和我沒關係！我什麼都不知道！」

英里子極力抵抗，但優子的丈夫沒饒恕她。

他的大手握住英里子的手腕，在那滿是淫汗的手臂壓制下，完全無法動彈。

「請住手！這件事和我無關！和我完全無關！」

英里子極力想甩開男子的手臂。但男子孔武有力，愈是想要掙脫，手腕和肩膀愈是疼痛。

「優子！妳快跟他說，這和我無關！優子！快啊！」

面對大聲呼救的英里子，優子就只是抬頭瞄了她一眼，仍舊跨坐在年輕男子身上，呼出灼熱的氣息。

英里子心想，在這裡挨優子丈夫揍的人是我。

接著她發現，這是因為她一直都很瞧不起優子的緣故。

「優子，對不起！妳原諒我！拜託！妳也拜託妳先生原諒我吧！」

英里子跪在地上懇求。

膝蓋一陣劇痛，英里子猛然回神。此刻她人確實是在自己家中的客廳裡，之所以感覺到劇痛，是因為她膝蓋跪在隔門的門檻上。

英里子惴惴不安地環視屋內，確認沒人後，誇張地吁了口氣。

「……老公？你出去了對吧？」

她試著向玄關處叫喚。當然沒人應聲。

沙發上還有剛才丈夫擺放的公事包。

英里子將公事包推開，坐向沙發。

被優子的丈夫握住的手腕隱隱作疼。她輕撫著又熱又疼的手腕，但旋即發現，實際上根本沒人握過她的手腕，為之一驚。

不過，手腕確實感到疼痛。

從那家咖啡館的窗戶可以望見被濃密森林包圍的神社。

在位於M市市中心的PARCO大樓內，一家最近重新裝潢的亞洲風咖啡館裡，英里子即將吃完她點的夏威夷米漢堡丼。

她昨晚突然興起到優子住過的M市看看的念頭。她也不知道自己為何會產生這樣的想法。本以為自己或許一早醒來就會忘了這件事，就此入睡。但她在平時的時間醒來，送丈夫出門，像平時一樣打掃洗衣，同時叫醒兒子征司，替他準備當午餐吃的早餐，待征司上學後，她很自然地開始準備前往M市。

「媽，妳今天要去哪兒嗎？」

征司出門前，打開冰箱取出牛奶狂飲，突然如此問道。

當時英里子當然還沒開始準備。

「為什麼這樣問？」英里子大為驚訝。

「不，沒什麼……」

「既然這樣，你為什麼問？」

「就只是覺得妳今天好像要出門。」

「我沒有出門的計畫……」

「是嗎。」

「為什麼你覺得我會出門？」

「也沒為什麼……就只是有這種感覺。」

征司似乎很受不了母親的一再追問，一臉納悶地出門去了。

仔細想想，他從小就是個直覺很敏銳的小孩。

有一次英里子和丈夫大吵一架，真的打算回娘家去。當然還沒考慮到離婚這一步，但如果她帶征司回娘家，丈夫一直都不來道歉的話，離婚也是不得已的結果。

可是一旦準備回娘家時，征司突然大哭大鬧起來，不肯離開家。而且明明知道父親不在家，還哭喊著：「爸爸！爸爸！」

不管哄他說要買他喜歡的卡通人物餅乾，還是搭電車，他都不為所動。最後英里子索性要強行抱起他，結果他竟然還咬了英里子手臂一口。

「這是套餐附的冰檸檬茶。」

在這突如其來的叫喚下，英里子抬起頭。

一名看起來像高中生的店內打工女生，端來了飲料。

「謝謝妳，放這裡就好了。」

英里子想在眼前的小桌子上清出空間。女孩也不幫忙，就只是一直靜靜等著她騰出空間。

「妳是當地人嗎？」英里子問。

放好玻璃杯，正準備離去的女孩，轉頭應了聲「是的」。

「妳知道這裡的鬧街在哪一帶嗎？」

「鬧街是嗎？」

女孩似乎不懂她這句提問的意思，側頭不解。

「也對，這一帶就算是最熱鬧的鬧街了。」

「呃……可以這麼說。」

「我要問的不是這個。舉個例子好了，酒館最多的地方大概是在哪一帶呢？」

「哦，酒館是嗎？」

「不好意思。我看妳還是學生，應該不知道吧？」

「不……前方那座神社後面，有很多酒館。那裡有很多經營多年的酒吧，最近也有不少酒店小姐，夜裡有很多在外頭拉客的男人，教人有點害怕。」

「是這樣嗎？」

英里子伸長脖子細看。因為是白天所以沒注意到，但經她這麼一說，隔著窗戶看到的那座神社後面的馬路，確實有很多掛著酒館招牌的住商混合大樓。

英里子喝了口冰檸檬茶。味道很淡，像在喝白開水一樣。

在不遠處的桌位上，一群穿著西裝，與店內氣氛不太搭調的男子們，同樣也在享用夏威夷米漢堡丼。

從他們的談話中所聽到的消息，那起殺人案的公審似乎在附近的法院舉行，他們就是前來採訪。

他們頻頻談到那名始終面無表情的男性嫌犯。據說男性嫌犯一直堅稱自己是無辜的。

「不過，不管試再多次，還是不習慣。我試著用自己的方式，緊盯著嫌犯的眼睛瞧。不是有人說眼睛不會說謊嗎？所以我在公審時，一直都盯著嫌犯的眼睛看，但還是看不出來……不過光想就覺得可怕。殺人者的眼睛，和不是殺人者的眼睛，竟然無法分辨。」

當中最年輕的男子說道。

至於其他幾名像是老前輩的男子，則像那名始終面無表情的嫌犯一樣，就只是默默扒著碗裡的夏威夷米漢堡丼。

離開咖啡館後，英里子不經意地望向同樓層的服飾店。每一家都是走年輕人走向，沒有英里子能穿的衣服。

可能是心理作用，總覺得很多衣服都比東京來得花稍。也不知道該說是花稍，還是該說它的服裝搭配很多都強調暴露。

離開平日沒什麼人潮的服飾商場大樓後，英里子走在公車行經的道路上。很不巧，今天看起來天候不佳，雲層低垂，有降雨之勢。明明才剛過四點，但這時候紅燈已顯得很耀眼。

由於是市內最繁華的鬧街，所以人潮熙來攘往。一輛又一輛駛來的公車上也都坐滿了人，車身搖晃，顯得無比沉重。

英里子走過斑馬線，望向一旁被群樹包圍的神社鳥居，邁步朝剛才從咖啡館俯視的區域走去。

順著大路左轉後，道路隨之變窄。

餐飲店的招牌從左右林立的住商混合大樓往外挺出。

這一帶沒有行人，顯得冷清空蕩。一旁的自動販賣機前，一名男性業者正在替罐裝咖啡補貨。

英里子在窄細的小路上邁步前行。

Stardust、Rouge、Proud、Girls8。這些顯眼的大招牌都是高級酒店，此外，大樓的樓層介紹板上，也會有各種五顏六色的酒吧或小酒館的小招牌。
明明還沒下雨，但不知為何已有雨的氣味。
整個市街似乎都已溼透。
繼續往前走，有一處設有紅綠燈的小十字路口，前方的道路更窄。以這處十字路為交界，馬路的氣氛截然不同。
林立的住商混合大樓以及招牌，明顯比前面看到的還要老舊，甚至連上面所寫的店名，例如花物語、看心情、貴婦人、緣……都顯得很老套。
如果要比喻的話，紅綠燈前方是女人，而過了紅綠燈，就成了老女人。
英里子走在自己擅自取名為「老女人」的小路上。可能是因為大樓的樣式老舊，從馬路望去，發現那宛如隧道般的通道一路往深處延伸，沿著通道，是一整排的小酒館店門。
一來可能是因為路燈尚未點亮的緣故，通道和大樓都透著一份陰森。二來也可能是因為明明設有招牌，卻沒半個行人。
英里子快步走過馬路。
實際走才發現，它僅有短短五十公尺的距離，轉眼便已來到另一條公車行經的道路上。
這條公車行經的道路，整排都是商務旅館和一般企業的出租大樓。

英里子想往回走，就此轉頭。

這時，她看見一名女子走進剛才她窺望的那條宛如隧道般的通道。

雖然穿著年輕，但那脂粉未施的側臉頗顯老態。就像一位老太太穿著剛才在PARCO看到的那些適合年輕人穿的服裝一樣。

英里子就像受到吸引般，順著馬路往回跑。

她來到那條宛如隧道般的通道，已看不見女子的身影，不知道她走進哪一道門。

英里子往隧道內走了三步，豎耳細聽，看有沒有哪裡會傳來聲響，但等了許久，卻都只傳來從外頭馬路上駛過的公車車聲。

她只知道優子上班的小酒吧好像就在這一帶。至於為何要找尋優子上班的地方，英里子自己也不知道。

找到之後，想看到什麼？

找到之後，想知道什麼？

明明人都來到這裡了，卻沒想過這些問題，英里子對這樣的自己感到訝異。

她朝通往二樓的樓梯坐下。

在那仿如昏暗隧道的通道裡，樓梯更顯幽暗。而且帶有黴味，臀部傳來冰涼的觸感。

在M市落腳的優子，已知同時在四家店裡工作。

在她三十多歲時，可能是在那處有紅綠燈的十字路口前上班，後來則是改到十字路口後方的酒吧上班。

當初優子還在十字路口前上班時，便曾引發傷害事件，而一度遭警方逮捕。開端是同樣在店裡上班的小姐之間的紛爭，說得更明白一點，似乎是為了搶客人而引發爭端。

一開始只是私下互說對方壞話，但好強的一方逐漸壯大支持者，形成小團體，開始惡整另一方。

雖然不清楚原因，但優子站在那名被欺凌的同事那邊，在酒吧關門後，痛毆對方那名帶頭的女子，就此以現行犯的身分被逮捕。

優子痛毆某人的模樣，英里子完全無法想像。如果反過來，是偷腥被撞見時，遭她丈夫毆打的畫面，倒是不難想像。

若真是這樣，這時候的優子恐怕已不是英里子所知道的優子，已完全變了個人。

優子四十三歲時，自行開店。正確來說，是她聽聞有位六十多歲的媽媽桑要關店的消息，就此頂下對方「球拍」的招牌。

這時有位大力提供她金援的男人。他在M市開自營計程車，名叫須崎守，當時已年約五十五歲，年輕時有過一段婚姻，但維持不久便離婚，沒有孩子，他的父母也算是小資產家，在市內擁有兩棟小公寓。

「須崎先生原本是英里子在『露露』這家店上班時的客人。」

一名知道當時情形的女子，接受某雜誌的採訪。

「……提到優子這個本名，我完全沒印象。我想，她到M市後應該是一直都用『英里子』這個花名。她改到其他店上班時，好像偶爾也會換名字，有人提到『那個英里子好像現在改叫○○了』，所以最後大家都叫她英里子……她很勤於寫信，賀年卡就不用說了，連中元節也會寄明信片來，而且上面都署名『英里子』，所以大家都記得這個名字。」

優子為什麼要自稱是英里子，沒人提到箇中緣由。當然了，英里子不知道優子是否真是借用她的名字來當花名，也不知道優子是否還記得她。

「英里子很會唱卡拉OK，所以常和客人一起高歌。和客人並肩坐在吧臺前……和上了年紀的客人合唱，都是選經典老歌，不過她自己獨唱時，好像大多是唱竹內瑪麗亞的歌。像是〈車站〉，或是〈打起精神來〉之類的情歌，獨自坐在吧臺角落唱，不過，與其說是唱得很投入，不如說那已不是在做生意，而是她自己愛唱……喝著客人請的酒，一整晚唱自己喜歡的歌，在男人的調情下，巧妙地閃躲，甚至是反過來引誘對方……偶爾就是會有這樣的女人。也不知道該說這是她的天賦，還是她原本就喜歡這種陪酒的工作。」

頂下酒吧「球拍」的優子，與提供她金援的須崎守展開同居生活。

從這時候起，優子每晚都穿著和服到店裡上班。

「就是說啊，明明須崎先生都會給她生活費……」

那名接受雜誌採訪的女子接著道。

「……坦白說，就算沒靠那間又老又舊的小店賺錢，她應該生活也不成問題。但她之所以沒結束那家店，應該是須崎先生希望她經營下去。他和英里子在其他客人面前唱男女對唱，應該會讓他產生一股優越感吧。不就是有這種男人嗎？可說是獨占的願望產生了偏差。」

事實上，原本是開私人計程車的須崎，後來深夜都不跑車了，幾乎每天晚上都到「球拍」報到。

「……不過做生意這種事，果然還是要有生活壓力才做得起來。因為沒有生活壓力，所以只要輕鬆做就好，別產生赤字就行，這種話說來簡單，但做生意可沒這麼簡單。英里子自己也太墮落了，不管什麼時候去她店裡，吧臺都一樣凌亂，廁所總是髒兮兮，看了教人心想，她到底上次是什麼時候打掃的……虧她穿了那一身上好的和服，但配上這種店，完全襯托不出她的上好和服。」

而這個時期，與另一本雜誌提到優子不分對象，任意在店裡誘惑客人的時期剛好吻合。

事實上，優子瞞著須崎，朝那些到店裡光顧的客人拋媚眼，一旦她看上眼，還會到對方上班的地方露臉，甚至為了享受春宵，還關掉店門口招牌的亮光，鎖上店門，在店內快活。

「……這單純只是我個人的想像，我懷疑須崎先生全都知道。就是因為知道，才喜歡這個女人。當然了，普通人或許覺得難以置信，但就像我剛才說的，他就是喜歡當著別人的面和英里子曬恩愛，所以怎麼說好呢，男人不是都有點那個嗎？將女人當作共享的玩物，以此為樂，不是嗎？」

也曾經聽說，優子想辦理結婚登記，但須崎拒絕。

「……須崎先生也不是個小氣的人，只要英里子開口說沒錢，他每個月都會拿錢供她零花，但因為前一場婚姻離婚收場時，在財產分配上有過很不好的經驗，所以他似乎拿定主意，日後再也不結婚。儘管如此，須崎先生如果有什麼萬一，他似乎打算讓英里子繼承他的公寓……而且還在英里子的建議下，投保了壽險。但他萬萬料想不到，自己竟會因此遭到殺害。」

須崎投保的壽險，死亡時可領取三千萬日圓的保險金，並非多龐大的金額。

後來須崎因這筆三千萬日圓而遭殺害。

那天晚上，喝得爛醉如泥的須崎走在長階梯時，一時踩偏跌落，扭斷了脖子，當場死亡。不，當初原本是這麼認為。

當時與須崎同行的，是一位三十多歲的男子，名叫吉澤晃德。

「簡單來說，他就是個人渣。高中畢業後，也不工作，整天只會跟母親要錢，連我們這些親戚都看不下去，幫他介紹工作，但他只有一開始顯得幹勁十足，一個禮拜過後，便常無故曠職，就算硬把他叫來，他也一會說肚子疼，一會說頭疼，然後一不注意就開溜……因為他小學畢業時，就曾經潛入親戚家，從錢包裡偷錢。當然了，大家都開罵，說他這樣未來堪憂，但偏偏晃德的母親一美（假名）又是那個態度。她在親戚面前磕頭鞠躬，哭著說她兒子不學好，都是她的錯，看她這樣，我們也就沒能再多說些什麼。不過，就是因為一美太寵兒子，晃德才會都不工作，向他那賺沒多少錢的母親討錢花用。因為他長得還算稱頭，所以開始會勾引年輕女孩……我想他一定幹了不少壞事。我們實在很想摀住耳朵，裝作什麼也不知道。他慫恿那些離家出走的女孩到那種風化場所上班……而更教人咋舌的，是他竟然覺得自己做這種事很酷。之前有一次他吹噓道『有辦法騙得了人，表示我頭腦好』，看了他那副模樣，雖然身為他的親戚，但我實在打從心底想『唉，真希望這輩子都別跟這個人扯上關係』。」

接受採訪的，是吉澤晃德的表舅媽，她接著說「我早就覺得晃德總有一天會闖出這種大禍」。

當初須崎的死因被認定是從樓梯跌落時頸椎骨折所造成。

那天晚上，須崎和晃德在優子的店「球拍」見面。兩人並非第一次見面，在店裡有過數面之緣，須崎可能也早已知道晃德和優子發生過肉體關係。

之所以這麼說，也是因為事件發生當晚，離開「球拍」的兩人接著一起走向附近的一家酒吧「輝夜」，該店的媽媽桑提出證詞，說當時他們兩人喝得酩酊大醉，不時提到3P、換妻之類的詞彙，還暗自竊笑。

「我知道他們兩人口中說到的那個女人，指的就是英里子小姐。我雖然和英里子小姐算不上熟識，但她偶爾會和須崎先生一起到我店裡來，而我也覺得她是個罪孽深重的女人……那天晚上，須崎先生他們笑得很邪惡，就好像英里子小姐就坐在兩人中間似的……我當時實在不敢看他們。」

店裡的消費是由晃德買單，從這點來看，可能是他主動開口邀約。

兩人當時點了一瓶麥燒酒，已全部喝光，走出店門時，須崎已步履虛浮。

「輝夜」所在的這棟大樓相當高，但可能是因為屋齡老舊，外型相當怪異。有一條從馬路直接通往二樓的陡梯，一般都會在二樓繞個彎，再連往三樓，但不知為何，這條樓梯來到二樓後，便是一處樓梯間，然後直接便連往三樓。

感覺就像車站月臺的鐵路天橋一樣。

附帶一提，「輝夜」位於這棟大樓的三樓，須崎就是從這個陡梯跌落。

但隔天便查出須崎的死並非意外事故。

恰巧在一星期前，這處樓梯裝設了監視器。

據說最近有人在這處樓梯進行違法藥物的買賣，商店街的振興工會對此感到擔心，因而暗中裝設。

監視器清楚拍到晃德將喝醉的須崎踢落樓梯的身影。

在畫面中，喝醉的須崎手抓著扶手，正準備慢慢走下樓梯。晃德毫不猶豫地一腳踢向他背後。

須崎從扶手上鬆手，身體浮向半空，就此一頭撞向樓梯。

須崎翻著觔斗，跌落樓梯下，一動也不動，晃德一直靜靜俯視著他。

聽聞頭頂傳來水管震動的聲響，英里子就此猛然回神。她一直坐在樓梯上，冷得臀部發疼。

水管會震動，表示某家店正在為開店做準備。

抬起頭一看，酒館的摩托車從狹窄的馬路上呼嘯而過。這條滿是酒館的街道，夜生活即將展開。

須崎這名優子的同居人被踢落的地方，應該不是這個樓梯，但英里子卻覺得自己似乎就在那個地方。

不過，她不明白自己為何會來到此地。

某本雜誌上還刊出優子因這起事件被捕前的照片。

與播報這起事件的新聞畫面上出現的逮捕後樣貌，簡直判若兩人。

雖然她化的妝濃得近乎滑稽，但她那盤起的黑髮顯得烏黑亮麗，那採隨興穿法的和服，衣襟處透著性感。

照片裡的優子由須崎摟著肩，正唱著卡拉ＯＫ。那表情無比陶醉，充滿自嗨感，完全不在乎別人的眼光。

以前某本書上寫過，自嗨感和幸福是不同的兩件事，不能混為一談。所謂的自嗨感，是超出幸福的層次，達到像無上幸福、陶醉這種神經方面的喜悅，是一種近乎疾病的極度滿足感。

照片裡優子的表情，清楚浮現這種樣貌。

那宛如隧道的昏暗通道，這時亮起了電燈。

雖說亮起了電燈，但只有一盞日光燈，並無多大變化。反而是白光照亮水泥牆，感覺更加寒冷。

英里子因感到寒意而直打哆嗦。這時，國中時代與優子打的那場網球賽緩緩浮現腦海。

英里子突然心想，或許不是那麼回事。

當時她以為男生們都是在嘲笑優子，替她加油，但會不會其實正好相反呢？

男生們會不會是見當時優子在球場上東奔西跑，每次用力揮動球拍，體操服便敞開，露出她頗有肉感的腹部，對此感到興奮呢？

他們當時一定還沒感覺出那就是一種情慾，就這樣在一旁聆聽優子每次把球打回來時發出的叫聲。

英里子站起身，來到外頭的馬路。現在的光線亮度，可說是白天，也可說是晚上。

自從知道優子的事件後，這幾天一直覺得有個模糊之物擱在心裡，但就算來到這裡，也沒能就此搞清楚一切。不，如果特別留意此事的話便會發現，這擱在心裡的模糊之物，何止是這幾天的事，根本就是她多年來一直存在的問題。

英里子轉頭望向那即將展開夜生活的酒吧街。

這時，手機傳來有新郵件寄達的聲音。

是前幾天去過的「AQUA BEAUTY」寄來的廣告信。英里子只看了一下標題，也不開啟郵件，正準備直接收起手機時，手的動作突然停住。

英里子開啟那封郵件，滑動那寫有本月服務特別優惠的內容，後面還附上店內電話。

她幾乎是無意識地按下按鈕。

電話只響了一聲，對方旋即接起。「這裡是AQUA BEAUTY……喂？……喂？」

英里子急忙將耳機貼向耳畔。

「喂。」

「是的，這裡是AQUA BEAUTY。」
「請問……可以臨時預約嗎？」
「今天嗎？」
「呃……是的。」
「好的，沒問題，什麼時候方便呢？」
「呃……」
英里子走向車站。拚命在腦中計算抵達的時間。
「……七點，不，七點半應該就能抵達。」
「好的，沒問題。您要指定治療師嗎？」
「啊……如果之前幫我服務的那位有空的話……」
「不好意思，請問您之前來過是嗎？可以告訴我您的大名和聯絡電話嗎？」
英里子告知手機號碼。
對方似乎馬上便找到上次的資料，回覆道：「七點半開始可以嗎？我們的工作人員佐野可以為您服務。」
英里子告知對方，她想要和上次一樣的服務，說完便掛斷電話。
電話一掛斷，她馬上便對預約的事感到後悔，再度拿出手機想要取消，但拿出手機後卻又心念一轉，既然都已經預約，那就去吧。

英里子快步走向車站，腦中什麼也不想。

「可以請您慢慢轉為仰躺嗎？」

按摩一路從背部做到臀部、大腿，結束時治療師對她如此說道。英里子不發一語地回應他的要求。

在治療師敞開的浴巾下，她光著身子翻身轉為仰躺後，柔軟的浴巾像在搔癢似地往下滑。

這位名叫佐野誠的年輕治療師，見英里子二度光顧，似乎相當開心。雖然按摩的動作和之前完全一樣，但明顯變得比上次更多話。在替英里子按摩的這段時間裡，他斷斷續續說出自己的事，例如他是愛媛縣松山人、高中畢業後便來到東京，一待就是十年、願望是想當演員，目前是劇團成員、偶爾會在連續劇裡演出小角色、如果三十歲前沒闖出成績，就要回松山和一般人一樣當上班族、和一般人一樣結婚、和一般人一樣有自己的家庭。

英里子仰身躺下後，坐在她枕邊的治療師把手伸向她胸口處。

果然和上次一樣，那雙使勁從鎖骨移往腋下的手掌，突然像要溫柔地包覆乳房般，往上滑動。

英里子合上眼。和上次一樣，一股沉重的睡意向她襲來。

「我有個認識的人，犯下殺人案。」

連英里子自己也覺得不可思議，嘴巴自己動了起來。不過那名年輕治療師的手指倒是絲毫不以為意，就只是回了一句「這樣啊？」不顯一絲驚訝。

「雖說認識，但也只是小學和國中同校，並非感情特別好。」

「是男性還是女性？」

「女性。」

「您說殺人……是怎樣的殺人案？」

「聽說是因為感情糾紛而為了保險金殺人。」

「感情糾紛？」

「也就是三角關係。」

「哦，這很常聽到。」

「人不是她殺的。聽說是她一名年輕的情夫，殺了她的同居人。」

「和她見過面嗎？」

「你是指誰？」

「您啊。」

「我？我沒有。自從國中畢業後，就再也沒見過她了。」

「我的同學當中，也有人上過電視新聞。」

「怎樣的新聞？」

「好像是幹電話詐騙的勾當，假裝是被害人的熟人，就此被捕。」

「是嗎？」

「他從以前就是個笨蛋。怎麼說好呢，感覺是個讓人看了笑不出來的笨蛋……」

明明是緊閉著眼睛，但不知為何，覺得眼前亮得刺眼。眼前有個紅色之物，但雙眼無法聚焦，看不清楚到底是何物。

英里子在閉著眼睛的狀態下，想看清楚那個東西。

她眼睛轉動了半晌，那模糊的紅色之物逐漸產生清楚的影像。

「啊。」英里子不禁發出一聲驚呼。

是鮮紅的曼珠沙華。可能是雨剛停，花朵上還留有水滴，在那綠色的花莖上爬行的瓢蟲，觸角頻頻輕撫莖上的毛。

這時，治療師突然移開原本擺在她脖子上的雙手，同時將蓋在她腿上的浴巾往下拉，她膝蓋以上完全裸露。

同樣一股冰涼的空氣流入她冒汗的大腿。

「我會慢慢地按壓，如果會痛的話請跟我說哦。」

治療師的雙手擺向她的骨盆上。感覺到他手掌厚實的鼓起處。緊接著下個瞬間，治療師的小指做出了其他動作。

他的手指在浴巾沒蓋到的大腿處游移，就像在寫什麼字似的。

英里子洩去全身的力氣。

在這個暗號下，治療師的手指倏然伸進她大腿內側。那是無比灼熱的手，會讓人忍不住雙腿夾緊。

那雙倏然伸進的手，繼續往深處挺進。

是要朝雙膝用力，還是放鬆力氣，全憑英里子決定。

這時英里子發現，治療師呼出的氣息變得有點急促。

英里子大感驚訝，原來我的身軀會讓這名年輕人興奮。而在驚訝後，那奇怪的感覺支配了她的全身。

是一種酥痲感。

英里子伸手想摘下眼前一朵綻放的曼珠沙華，但卻慢了一步，有人搶先摘下那朵花。

「還我。那是我的花。」

轉頭一看，優子就站在她面前。

「還我。那是我的花。」英里子又重複說道。

優子一臉幸福洋溢的模樣。接著英里子發現，自己此刻也露出和她同樣的神情，躺在那名年輕的治療師面前。

「……客人們並不是因為身體感到寂寞而來到這裡。是因為內心寂寞才來這裡。所以我們也希望能為客人的寂寞帶來些許慰藉，我們也同樣感到寂寞。」

突然傳來治療師的這句話，英里子聽了之後放鬆全身緊繃的力氣。他的手指正要碰觸她敏感的部位。

英里子急忙雙膝用力夾緊。

「請放輕鬆。」

那宛如在輕撫肌膚般的聲音，讓英里子差點又要鬆開雙膝緊繃的力氣，但她還是強忍了下來。治療師灼熱的手掌就擺在她膝蓋上。

「您從事什麼工作？」

治療師灼熱的手掌停在膝蓋上不動。他沒強行扳開她的雙膝，而是停在上面靜靜等候。

「我沒工作……我只是普通的家庭主婦。」英里子回答。

緊接著下個瞬間，她的膝蓋被灼熱的手掌包覆。

「這世上有真正『普通的家庭主婦』嗎？」

因治療師輕撫她膝蓋所帶來的搔癢感，英里子忍不住發出聲音。

治療師離開她膝蓋的手掌，再度準備伸進她大腿內側。

彷彿沉浸在自嗨感中的優子就站在她面前，將手中的曼珠沙華遞向她。

「這個給妳。」
英里子不自主地伸出手。
「……妳很想要對吧？喏，給妳。」
英里子本想收下，但突然想到這花有毒。
「妳不要嗎？」
優子如此詢問，英里子搖頭回答她「我不需要」。
「為什麼？」
「我也不知道……但我不需要。」
英里子猛然回神，溫柔地拒絕治療師伸進她大腿間的手。
張開眼睛後，眼前是治療師那張困惑的臉。
「對不起，謝謝。」
英里子以自己都覺得不可思議的冷靜聲音說道。
「沒關係嗎？」
英里子筆直地回望他那略帶溼潤的雙眼，接著微笑道：「……世上也有真正『普通的家庭主婦』哦。」

# 百家樂餓鬼

望著一整排的監視器，副理老吳打開蒸雞便當的蓋子。這是他要人專程到議事亭前地附近的一家新加坡餐館買來的便當，一掀開蓋子，頓時散發一股濃郁的香米氣味。

他以筷子夾起帶骨的肉，確認ＶＩＰ③的監視器。

目前在第三ＶＩＰ室圍坐在百家樂賭桌前的共有四人，畫面上出現的，從左到右依序是香港的珠寶商蔡夫婦、東京的大型貨運公司小開永尾，以及上海的年輕投資公司社長王先生。

「蔡夫婦什麼時候到的？」老吳問。「約三十分鐘前。聽說是帶著孫子一起來看太陽馬戲團。」助手羅伊在螢幕前說道。

「上星期不是也去過嗎？」

「那是其他孫子。我記得他說過，他在世界各地的孫子和曾孫，加起來一共有四十多人。」

「永尾先生情況怎樣？」

老吳一面用塑膠湯匙扒起香米送入口中，一面改變話題。

「輸掉約兩千萬港幣（約三億日圓）。」

羅伊將ＶＩＰ③的影像切換到大螢幕上，如此應道。

「我們借他多少錢？」

「剛才他又提出借款的要求，借給他五百萬港幣，所以合計共一千萬港幣。」

「上一次的欠款已經還清了吧？」

「是的。上星期永尾先生回日本後隔兩天便還清了。」

老吳就像在享受雞皮那咬起來充滿彈性的口感，一面咀嚼，一面望著螢幕上的永尾。

「永尾先生又在那裡碎碎念了。」老吳笑道。

「真的呢。」

羅伊將永尾的嘴巴畫面放大，臉靠向螢幕細看。上面映出永尾隆光那布滿鬍碴的嘴角。前幾天才剛把所有螢幕都換成4K解析度，所以客人激動的神情和蒼白的臉色就不用說了，只要畫面放大，就連毛細孔也看得一清二楚。

＊

並非每一張撲克牌上都浮現人臉。不過黑桃K是老爸，黑桃Q明明是黑色，但竟然是老媽。而黑桃J則是小我兩歲的弟弟。這就是我永尾家的成員。

仔細一想，其他J所浮現的，也全都是男人。

每個都是學生時代的損友。梅花J是慎一郎，紅心J是昆太，方塊J是南鄉——不過，不管是家人還是好友，只要是有人臉的牌，都是零分。完全沒分數。

既然要想起，與其想起家人或男人的臉，還不如想起女人比較好。

不過，比起紅心，我還是比較喜歡方塊。

我認為世上只有兩種女人。

會要東西的女人，和不會要東西的女人。

當然了，會要東西的女人才好。她們比較純潔。

「我真的沒關係～我什麼都不要～真的沒關係～」愈是會這樣客氣的女人，事後更會提出卑劣的要求。

所以就我的印象來說，會要東西的女人是方塊。而不會要東西，但最後變得很卑劣的女人則是紅心。

對了，好像是一年前吧，西麻布的酒吧介紹我一位剛出道的女演員。那女生感覺還不錯。

介紹者是廣告公司的一名男子，當時他喝醉酒發酒瘋，還說「那家開著水珠圖案的卡車，大家很熟悉的知名貨運公司，就是他老爸開的。只要是妳喜歡的東西，他或許都能買給妳哦」，把現場氣氛都搞僵了，但當時那名女生好像說了一句「既然這樣，就買你買不起的東西給我吧」。

「我買不起的東西？」

「因為從這方面來找比較輕鬆吧。比起你買得起的東西，買不起的東西應該會比較多。」

像那種女人真不錯。

之前看Ｙａｈｏｏ！新聞，得知她受到重用，擔任某某青春電影的女主角，在製片發表會上，她因為太過緊張，拿麥克風的手不住顫抖，顯得很稚嫩，一時蔚為話題，但那根本「全是裝的」。那個女生才沒這麼乖巧呢。

感覺她就像方塊5。說她是5，並沒有什麼特別的原因，但反過來說，她也絕不會是4或6。關於這點我也說不上來，但一定就是這樣。我大學時代交往過的結花，她就是方塊2。她是銀座當紅的酒店小姐，我當時才十九歲吧。如今回想，還真是青春啊。

不過，真正應該覺得「青春」的，是當時我劈腿的對象麻美。她是跟我同社團的同學。後來被專門經營波霸女星的經紀公司相中，一度做過偶像藝人般的工作。現在不知道過得怎樣？麻美應該算是方塊3吧。

我喜歡的女生大多會在方塊撲克牌中浮現。相反的，我不喜歡的女人則是會在紅心撲克牌中浮現。這是為什麼呢？不同於方塊，紅心2或3總是給人蠢女人的印象。

不過，所謂的蠢女人到底是怎樣的女人呢？要是有人這樣問，我也不知道該怎麼說才好……

難道就是不會要東西的女人嗎？

不吵也不討，反過來靜靜等著男人自己送上，就像這樣嗎？

「永尾先生，你要不要先把三明治吃了？都已經變得乾巴巴了。」

突然聽到橋口的聲音，永尾心想「咦？這又是什麼時候的事？」腦中一片混亂。

由於腦中一直浮現昔日女人的容顏，所以他一時間以為橋口的聲音同樣也是往日記憶，但其實橋口就在他身後。

「永尾先生，你的三明治……」

「啊，嗯……」

他朝橋口頷首，握著籌碼的右手很自然地往桌上寫有「ＰＬＡＹＥＲ」的區域伸了過去。

永尾一放下籌碼，荷官馬上開始洗牌。

「ＰＬＡＹＥＲ」的牌是黑桃8和紅心10。

「ＢＡＮＫＥＲ」的牌是黑桃2和梅花7。

8比9，「ＢＡＮＫＥＲ」贏。[13]

剛才放在桌上的一千萬日圓籌碼就此被沒收，下一局馬上展開。

「永尾先生，你最好吃點東西。你會撐不住的。自從你來到澳門後，已經一整天都沒吃東西了。」

「不是說了嗎，等運勢變好我就吃。」

自從來到澳門，從訂機票到安排飯店住宿，乃至於手頭不便時，幫忙交涉借錢的事，賭博仲介人橋口無疑是個可靠的男人，但偶爾也會像這樣展開攻勢，不斷提醒他「吃飯、吃飯」。

就算兩、三天沒吃飯也餓不死人的。

永尾確認過「路單」上的大路，這次試著賭「BANKER」。從剛才起，「BANKER」大多呈縱向相連。

永尾一放下籌碼，遊戲馬上展開。

「PLAYER」的牌是黑桃A、黑桃3。

「BANKER」的牌是紅心2、黑桃A。

4比3。

這時「PLAYER」叫牌紅心K，「BANKER」叫牌梅花10，結果「PLAYER」獲勝。

BANKER的縱向沒相連……

13. 百家樂的玩法，A是1點，2到9各為數字本身的點數，10、J、Q、K則為0點，相加後，以9點為最高。比誰最接近9點。

下注的這一千萬日圓籌碼又要被拿走了。

「永尾先生……」

「嗯?」

「我說,你最好先吃口東西比較好……」

「不是說了嗎,我知道。」

但他直覺運勢又會回到橫面上,這次他接著賭「BANKER」。

首先「PLAYER」得到的牌是紅心5。

嗯?紅心5是誰來著?

麻美嗎?不,不對。是那名新出道的女演員嗎?

正當他即將憶起時,永尾突然感覺到一股視線,就此從賭局還在進行的賭桌上抬起頭來。

對面坐著一位手掌很大的澳門荷官,名叫麥可,他的視線當然是投向手中的牌。一旁坐的是香港珠寶商的某夫妻,以及上海的一位投資公司社長。他們也都注視著洗好的撲克牌。

「是誰?」永尾環視室內。就在這時,他發現天花板的監視器,這房間他已來過很多次,但第一次知道那種地方竟設有監視器。監視器亮著紅燈,鏡頭上映照出天花板上的水晶燈。

「那個。」永尾不自主地朝站在他身後往賭桌窺望的橋口喚道。
「那個？」
橋口抬頭望向天花板。
「……哦，監視器是嗎？那種東西到處都有，你看，那邊也有，那邊也有……」
橋口陸續指出的場所，確實都有監視器。
永尾突然心想，現在是怎樣的傢伙在監視器後面望著我們呢？從那邊看這個世界，又是怎樣的光景呢？

＊

「這次換我去！」
小學生永尾衝出自己家中的警衛室。
「這次是幾個字？」同學們問。
「三個字！」
永尾飛快地奔過擦拭晶亮的走廊，衝下原木階梯。
當時永尾家的警衛室設有四臺監視器，分別標記為：
①大門外②玄關③停車場④後門
來到一樓的永尾，赤著腳衝出玄關，來到冰涼的石板地上回身而望，站在威儀十

足的監視器前。

此刻留在警衛室裡的同學們，應該正擠在一起望著他站在這裡的模樣，永尾先模仿前幾天大家一起去電影院看的成龍電影《醉拳》裡的動作，以此作為提示。

他腦中浮現眾人在警衛室裡笑得人仰馬翻的模樣。

接著他筆直地望著監視器，動起雙唇。

「少、林、寺」

每個字都清楚地做出嘴形。

重複做了五次後，永尾又奔回警衛室。而就在他從屋內的樓梯來到二樓的途中，傳來同學們展開推理的聲音。

「厚、哩、死？」

「第一個字是少嗎？」

「那就是少……」

「啊！是少林寺！」

這時永尾已回到警衛室，撲向答出的同學背後說道：「厲害！答對了！」

這次換答對的人衝出警衛室。

「幾個字？」

「四個字！」

永尾他們把臉湊向螢幕前。

②玄關的螢幕前，映出三名在前庭修剪花木的園丁。

剛上小學時，永尾便發現自己家很有錢。

因為沒有哪個朋友家中設有監視器，而且每次他到朋友家玩，對方的母親一定會說：「這裡沒有永尾同學家那麼寬敞對吧？因為我們家很窮。」

不過，對剛上小學的小男生來說，「家裡有錢」幾乎派不上任何用場。頂多就只是因為採傳統日式建築，屋內空間大得驚人，所以下雨天可以在外廊打保齡球，還能利用監視器玩遊戲。

曾祖父一手建立「永尾運輸」，如今已是擁有一萬名員工的大企業，在他訂立的教育方針下，永尾家的男人在小學時代都得上公立小學。

由於代代都採嚴格的教育方針，所以並非想要什麼，家人都肯買給他，相較之下，倒是父母在附近的商店街開電器行的昆太，都能盡情地玩電玩，房間裡也都擺滿了公仔。

永尾當然也跟母親抗議過。問她：「為什麼只有我得忍耐，不能玩電玩，也不能買公仔？」

這時母親一定會說：

「你不能當一個先甘後苦的人，而是要當一個先苦後甘的人。」

現在他能明白母親想表達的意思，但當時完全不懂。就孩子內心的理解，只會覺得「有錢人其實很窮」。

但到了小五、小六後，才逐漸看清世事。

舉例來說，家裡來了客人，母親帶著他前往問候。在面向庭院池子的外廊上，有名男子正和祖父在下將棋。雖然覺得很麻煩，但永尾還是端正跪坐向對方問候。男子停止下棋，問他從事什麼運動，永尾回答：「等我上國中後，我要參加棒球社。」男子聞言後笑逐顏開道：「這可真令人期待啊。年輕時，不管什麼項目都好，一定都要從事某種運動才行。」

日後永尾看電視時，上頭出現那名男子。他當上日本首相。

此外，永尾也是在這時候明白他們在世人眼中是怎樣的形象。

例如在看連續劇時，劇中一定會出現有錢人家，而且一定是有很多缺點的家庭。簡單來說，就是視錢如命、冷漠無情，而且面無笑容。

裡頭沒有像《義經千本櫻》[14]裡頭那名模仿白狐逗家人笑的醉酒父親，也沒有追著偷吃東西的家貓跑、跑得頭暈眼花的母親，當然更沒有因為偷夾菜吃，而被傭人追著跑的孩子們。

儘管如此，同學和他們的母親每次看到電視劇上那些富豪家為了繼承遺產而展開醜陋的爭奪，就會以那樣的形象套在他們家身上，永尾感覺得出來。

放學回家時，他到同學家玩，與自己的家庭比較後，若說有哪裡不同，那就是永尾家滿是笑聲，顯得很幸福。

每次到同學家玩，看到他們的母親，總會心想，為什麼這個人始終顯得這麼煩躁、不悅，而同學的父親總是說：「幹嘛到我們這種像狗窩般的家裡玩，去永尾同學家的豪宅玩不是很好嗎？」永尾總覺得納悶，不懂他說話為何老是用這種挖苦人的口吻。

當然，現在長大成人，他已能明瞭，他們之所以面露不悅之色，是因為生活沒有餘裕，但當時永尾覺得他們的不悅和挖苦很可怕，心想「好在我媽向來都心情很好，而且我爸也不是個愛挖苦人的大人」，發自內心感到慶幸。

他從國中到大學都是在採菁英教育的知名私立男校就讀。當然了，也會面臨嚴格的入學考，他都同時在外面上補習班準備考試。

雖然是從家附近的公立國小進入知名私校就讀，但他沒什麼特別印象。既然和同學們在教室裡所談的無聊話題都是一樣的內容，那麼，現在周遭沒有女生，談話內容的幼稚和愚蠢程度自然也就隨之倍增。

14. 人形淨琉璃及歌舞伎中的演出劇名。

不過，小學時代家中有警衛室的孩子只有他，但在現在這所國中，這種情況並不稀奇，甚至可以說，這樣的同學反而還比較多。

如此一來，就像小學時永尾很顯眼一樣，現在換成不是這樣的同學很顯眼。話雖如此，這裡的入學金、捐款、學費可不便宜，既然付得起，自然不可能家裡生活困頓。

同班同學裡，有個叫藤谷的怪人。永尾和他沒有特別的交情，但上下學都坐同一班電車。

說到藤谷的怪，他總說硬幣會害手指染上銅臭，所以老是把硬幣扔了。

第一次見識時，永尾忍不住發出驚呼。在放學回家的路上，藤谷在一家點心店買了東西，找回一圓硬幣和五圓硬幣，但他竟然直接丟到水溝裡。

「喂，你掉東西了。」

這當然是永尾自己誤會了。

「掉了什麼？」

「喏，錢掉進水溝裡了。」

「哦，我向來都會把一圓和五圓硬幣丟掉。那會害我手指染上銅臭。」

雖然不知道為什麼，但這令永尾感到毛骨悚然，血氣幾欲就此從他臉上抽離。藤谷似乎認為丟硬幣這種行為很帥氣，但永尾從他這種逞強的行為中感受到醜惡的扭曲心態。藤谷的父親好像是位註冊會計師。

永尾撿起他丟棄的硬幣。

「既然你不要，那我就收下嘍。」

他刻意以這種玩笑口吻說道。之前藤谷丟掉的硬幣從來沒人撿過，在場眾人皆大吃一驚。

嗯～永尾頓時明白。

我家果然是如假包換的有錢人。撿拾別人丟棄的錢，而完全不會感到羞恥的有錢人。

國中和高中時，永尾全力投入棒球中。進行愈多的守備練習，愈是醉心於球吸進手套中的感覺。

因為理光頭而曬黑的後頸，總是布滿汗水，然後扛著又重又大的袋子坐上擠滿人的電車。剛上國中時，感覺就像是這個大袋子自己在走路似的，但不知不覺間，手腳像竹子一樣不斷長長，猛一回神，發現自己已能輕鬆地將大袋子扛在肩上。

社員們拚了命練習，總教練和指導教練們也都完全沒偷懶，但升學學校的社團活動畢竟有其極限，國中時在地區預賽中打了三場後落敗，高中則是春夏兩季連續三年都首戰落敗收場。

儘管如此，在最後一場比賽結束後，還是忍不住熱淚盈眶。

「別在這種地方哭泣！好好看清楚你現在的樣子！現在你們是帥氣地以自己的雙腳站在這裡。聽好了，別忘了此刻的心情！」

大學時他加入帆船＆滑雪社，一個感覺很膚淺的社團。他並非真的想玩帆船或滑雪，但只要是給人膚淺印象的社團，不管什麼都好。整天投入棒球中的國高中時代，沒能好好體會的青春，接下來他想好好體驗一番。

每天早上起床，他都快樂得想熱舞。學校裡有很多愉快的夥伴，在葉山的帆船集訓，聚集了許多渴望玩樂的女子大學的女孩們，而回到東京後，他們駕著保時捷一路從六本木開往青山、芝浦兜風，在俱樂部裡通宵跳舞。儘管如此，年輕的肉體還嫌玩不夠，吵著還要。

一早離開青山的俱樂部後，有個朋友開車載著露營用的桌子，順便帶上保冷箱，裡頭裝有接下來要帶去千葉別墅的螃蟹。

「早餐就來吃螃蟹吧。」

在某人開的玩笑下，眾人原本理應已因跳舞而疲憊不堪的身軀，也跟著做出「再來再來」的反應。

惡作劇會愈演愈烈，他們各自開車來到表參道後，在人行道上打開露營用的桌子，一起大啖肥美的阿拉斯加帝王蟹。

雖然是一大早，但電車已開始啟動，陸續有通勤族從地鐵出口走出。一見人行道上這群圍坐在桌子旁大啖螃蟹的年輕人，眾人皆大吃一驚，為之傻眼，然後眼角浮現無比冰冷的視線。

儘管如此，這些胡鬧的當事人卻是樂不可支。一大早就在表參道大啖螃蟹的狀況，實在很好笑，笑意不斷湧現，怎樣也停不下來。

被世人嘲笑。

當時為何覺得很開心呢，難道那就是年輕嗎？還是因為自己深具信心，明白自己不是會被嘲笑的人。

上大學後，父親常帶著他上銀座的俱樂部。在店裡和各種人同桌，有財界、政界、文壇、演藝界，但他們全都太老了，著實無趣，當時他滿腦子想的都是待會兒要去的澀谷俱樂部。

不過，他的第一個女人結花，就是在這家店認識。現在仔細一想，那一切或許都是照著店裡媽媽桑的劇本在走。當時在大人們無趣的對話中，他猛然抬頭，發現隔壁桌的結花正望著他。

永尾臉上寫著「無聊」，結花臉上也寫著「無聊」，接下來自然就是手牽手一起逃離那裡了。

當時結花才剛滿十九。

擁抱結花的身軀，感覺就像擁抱世界。這樣的話，一個能擁抱世界的男人，不可能只滿足於一個女人。

開始交往後，結花還是沒辭去店裡的工作。雖然不記得自己曾經要求她辭去工作，但感覺似乎是曾經要求她辭去工作，但結花抗拒，於是他便當自己沒提過，就此化為記憶。

當時永尾很有女人緣，他甚至懷疑只要女人和他眼神交會，就會愛上他。現在回想，那大概是拜結花所賜。因為身旁有結花在，所以他展現出男人的從容餘裕。有從容餘裕的男人，看起來一定是魅力十足。

持續過著這樣的生活，轉眼間兩年的時光過去。升上大三那年，在嬉哈喧鬧下，就業的事也逐漸成為大家的話題。

不必擔心就業問題的永尾，儘管和夥伴們一起嬉戲玩樂，但總還是有種疏離感。覺得自己總是晚一步參與玩樂。

當然了，父親似乎不打算畢業後直接讓他進「永尾運輸」工作，而是想讓他到銀行或廣告公司去見見世面，但祖父則是抱持相反的看法。祖父極力反對父親的想法，他認為就算進銀行上班，也只會對男人的嫉妒心感到厭惡，而在廣告公司上班，則會被女人的貪婪給追著跑，既然這樣，還不如一開始就安插在看得到的地方，這樣馬上就能教會他明白男人的嫉妒心和女人的貪婪。

在這種狀況下，與忙碌的朋友們相比，他的時間多得無處打發，就在這時候，他遇見小學時代最要好的朋友勇吾。他是當初一起玩監視器遊戲的那群朋友當中的一個，但對方年紀輕輕才二十一歲，竟然已經結婚，還有個快要兩歲的兒子。

他們是在附近的兒童公園重逢。永尾為了抄近路，而從公園內橫越時，廁所傳來一聲男人的慘叫。永尾自然是打算裝沒聽見，直接路過，但湊巧從窗口望見裡頭的情景。

兩人目光交會後，一度移開目光。但之後他們同時發現，對方是自己的兒時玩伴。

勇吾抱著大哭大叫的孩子衝出廁所。

「你是永尾對吧？」

「勇吾？」

「最近過得怎樣？」

「你在這裡做什麼？」

「啊！」

他抱在手中的孩子，雙腳不斷踢向空中。可能他以為只要用力踢，就能像火箭一樣飛向空中，踢得特別帶勁。

「我太太說要讓他練習不穿尿布，所以沒讓他穿尿布就出門了，結果落得這個下場。她說一定沒問題，所以我連替換的褲子也沒帶。」

雖然不清楚是怎麼回事，但透過撲鼻而來的一股屎味，便可明白眼前到底是什麼狀況。

「你身上有沒有毛巾？」

在勇吾的詢問下，永尾也沒往口袋裡掏找，直接便回答道：「沒有，連手帕也沒有。」

「什麼嘛，出門好歹也帶條手帕吧。」

「那你呢？」

「我也沒帶啊。算了，我去那家便利商店買條毛巾回來吧，你先幫我抱一下這小子。」

「咦？我嗎？」

「不是你還會有誰！」

勇吾硬將朝著空中展開蛙泳的孩子塞給永尾。他用水龍頭大致洗過髒汙的雙手後，說了一句「這是我兒子新太」，就此衝向便利商店。

「咦！你兒子？」

永尾急忙問道，但根本無暇轉頭望向勇吾。

之後勇吾從便利商店返回，俐落地替他兒子善後。有沒有毛巾似乎影響很大，不過當永尾在一旁望著勇吾的俐落動作時，他心想，嗯，這真的是他兒子沒錯。

勇吾好像是在隔壁車站附近租了一間公寓房，一家三口同住。不過，他高中畢業後便在老家的建設公司上班，所以每天都會從永尾家門前路過。

「我們一直都沒見過面呢。」永尾覺得很不可思議，勇吾聞言後笑道：「就是說啊。我們人眼中只會看到自己想看的東西……就像是眼前站著一排女人，但還是只會記得自己喜歡的女人長相。」

永尾人生第一次真切感受到腳踏實地這句話的含意，就是他到勇吾他們住的公寓拜訪的時候。

他的太太春歌大勇吾兩歲，在生下新太前，原本是在整型外科當護士。

他們住的公寓，有兩間六張榻榻米大的房間。廚房的家電和餐具還跟新品一樣，除此之外，沒什麼特別之處，但不知為何，他們夫妻倆的生活似乎看重的不是人生，而是一天的生活。

例如週末時受邀到他們家吃飯，桌上擺出他太太親手做的菜以及罐裝啤酒。和勇吾邊看夜間職棒轉播，邊聊小時候的回憶，陪新太玩，時間轉眼即過。

永尾當然也曾和大學的朋友聚會，到某人家裡用餐，但與待在勇吾家的情況不同，那是截然不同的另一種時間流逝。

有一次，某位大學友人家中的庭院充當電影拍攝場地。由於來了一位那時候當紅的女星，所以那位朋友說「大家都來我家看吧」，邀他們前往。

永尾跟勇吾談到這件事，勇吾似乎以前就是這位女星的影迷，於是他開口道「既然這樣，那也帶我一起去吧」。

要帶他一起去當然沒問題，只不過，不知道勇吾能否融入他那些勢利的大學朋友們的圈子裡，不，應該說，他那些大學朋友不知道會對勇吾採取什麼態度，永尾有點擔心。

但勇吾顯得勢在必行，很難加以拒絕。最後永尾也沒多想，決定帶他一起去。

「這樣的話，春歌也一起去吧。我想，帶新太一起去應該也沒關係。」永尾試著加以邀約，但他們說新太要是突然哭了，會給人添麻煩，加以婉拒。

到了當天，永尾開車前來接勇吾。勇吾興奮雀躍地走出公寓，坐上前座，抱著新太的春歌也出門送行。

「路上小心。」春歌揮著手說道，接著她問了一句：「啊，對了，你晚餐打算怎麼處理。」

「我會回來吃。」勇吾應道。「那我走嘍。」

「路上小心。」

雖是平凡無奇的對話，但不知為何，永尾聽了卻高興得直想拍手。

永尾的大學友人想趁這次攝影的機會認識知名女星，與這個華麗的業界建立人脈，相較之下，勇吾比他們有價值多了。重要的是，勇吾知道哪裡才是自己該珍惜的。就這一點來看，比起那些勢利的大學友人，勇吾足足比他們高出一、兩個層級。

永尾一直都與勇吾保持往來，直到後來就業，忙得連睡覺時間都沒有，才沒再見面。

遇見勇吾後，就很多層面來說，他感覺卸下了肩上沉重的負荷。說來或許有點天真，萬一自己失去那些出身不凡的友人、顯赫的家世、前程似錦的未來，變成孤伶伶一人，感覺勇吾還是會陪在他身旁。

而勇吾也有他自己的想法，儘管沒像永尾想得這麼複雜，但他和永尾一起去魚池釣魚，談育兒和家計以外的話題，應該是想和推心置腹的同年齡好友共處，盡可能讓自己轉換心情吧。

永尾後來一如預期，進入「永尾運輸」工作，隔天便以社長室助理的特別身分，每幾個月就會到公司內的各個部門參加研習。

要學的事情很多，而且祖父和父親的期待又太急，他每天過的日子，就像已經吃得很撐，卻還硬要往他嘴裡塞食物一樣。

儘管如此，這麼做還是有意義。被迫吃了這麼多，理應會長出一身肥油，但他還年輕，有能力將它們全部燃燒。

早上他比任何人都早到公司，而加班結束後，便和關照他的部門上司或同事們一起喝酒，喝到半夜。每天都如此反覆。愈是和同伴們喝酒，就愈喜歡自己的公司。愈是和同伴們一起歡笑，就愈喜歡他們。

這樣的生活連續過了三年，他開始覺得這種一味接受知識和資訊的日子很無趣。他想靠自己的本事去闖蕩。

他馬上前去找父親商量，結果父親提到醫療廢棄物焚化這個剛成立的新事業，鼓勵他試試看。

在千葉縣內的大規模工廠和搬運系統已經完成，但國家的法律制度建立得不夠健全，實際運作只達到當初預定的三成左右。

第一次造訪這座工廠時，永尾在廠長的帶領下，站在俯瞰整個場區的通道上。通道所踩的地方，是以鋼材交織成格子狀的柵板，永尾腦中一直浮現他插在胸前口袋的鋼筆從格子的縫隙處掉落的情形。

他原本就怕高，一直緊握著扶手。廠長一直以為老闆家第四代的少爺此次是為了裁員而來，緊張得額頭直冒汗，以顫抖的聲音說明整套系統，不過緊握扶手的永尾同樣也掌心直冒汗，幾乎都快打滑了。

「在這個位置可以看得很清楚，這個ＭＭ型醫療廢棄物焚化爐，其水冷構造的燃燒室是其獨特之處……」

「請問一下，我之前請你準備一間從明天起就能供我使用的辦公室，不知道準備好了沒？」

永尾打斷毫無霸氣的廠長所做的說明，如此問道。

「哦，如果是那件事，我已經準備好了。因為您的職稱是企劃室長，所以我已做好這樣的安排……啊，前面看得到的那扇窗就是了。東西兩邊都有窗戶，西側可以看見工廠內部，東側則是可以遠眺海景。」

「那裡原本是做什麼的？」

「原本是我們的辦公室。我和副廠長一起共用。」

「那你們現在搬去哪兒？」

「我們改到一樓的派車中心。不，我們改去哪裡其實都可以。」

聽完廠長的說明後，永尾一時愣呆了，無言以對。廠長之所以用最好的辦公室，不是為了廠長自己。而是為了這座工廠。

「您要不要參觀一下？」在廠長的建議下，永尾走過那透明的柵板橋。

在工廠內作業的員工們，不時抬頭偷瞄走在頭頂上方的永尾他們，當目光交會，便又急忙移開目光。

那是在總公司不曾見過的眼神。

「呃，我先聲明一點，我之所以前來，並不是打算要對工廠做清算。」

那是厭惡的眼神。廠長那深低著頭的眼神，以及員工們抬頭仰望的眼神，都讓人覺得很不舒服，於是永尾忍不住這樣說道。

他被帶往的企劃室辦公室，裡頭擺滿了設置在工廠各處的監視器螢幕。

「這是？」永尾問。

「當初我被安排到這座工廠來的時候，設計圖就已是這樣的安排。啊，當然了，警衛室也有同樣的儀器。」

「這麼說來，這裡沒有常駐的警衛嘍？」

「是的，沒有。」

永尾湊近螢幕。五個並排的螢幕上，從工廠內部和停車場，乃至於派車中心和辦公室內部，這些影像都陸續交替出現。

永尾朝它凝望了半晌，發現它映照出工廠內的員工們仰望企劃室長的模樣。可能是他們沒料到自己的模樣會出現在監視器的螢幕上吧，他們的表情明顯對永尾這個外來者充滿敵意。

永尾頓時覺得自己變成一部監視器。

這三年來，他與關照他的部門同事一起喝酒同歡的景象浮現腦中。但他理應置身其中的身影，卻遍尋不著。

他環視那熱鬧的酒會，想知道自己人在哪裡，後來旋即明白。自己明明理應置身在人群中，和他們一同歡笑，可是現場卻只有他一個人緊貼在天花板上。

在同伴身旁時一直都沒發現，但從天花板往下看，頓時覺得同伴們的表情變得完全不同。

雖然聽得到笑聲，卻完全沒笑。聽得到說話聲，卻沒說話。儘管互拍彼此肩膀，卻完全沒碰觸。

「可以恢復原狀嗎？」

當永尾回過神來時，已對廠長如此說道。

「您所指的是……？」

「我說的是辦公室。這裡還是留給廠長你們使用，替我在一樓的派車中心安排個位子就行了，可以嗎？」

廠長一時顯得有些躊躇，但最後仍接納了他的意見，應道：「好，我明白了。那我馬上安排。」

幸好工廠的業績很快便有所提升。他們擁有當時最先進的焚化爐，在醫院廢棄物的運送方面也很專業。業績提升的理由很簡單，就是不用等工作上門，自己前往收取。

由於業績蒸蒸日上，永尾的父親欣喜不已。雖然不清楚父親是否知道工廠內的人際關係，但他曾經很唐突地對永尾說：「這樣就行了，公司不是交朋友的地方。」

雖是一家員工不到百人的小工廠，但可以確定的是，憑著自己的手腕，讓業績大幅成長，這讓永尾建立了經營者的自信。

可能也是因為這個緣故，從這時候起，他晚上開始大手筆玩樂。聚在一起的大多是大學時代的友人，他們的身分地位幾乎都和永尾一樣。簡單來說，在這裡，他可以不必當一臺監視器。

「我才沒監視呢。或許我的出身確實是一臺監視器，但我不會二十四小時監控。」永尾不必做這樣的說明，「當然，您說的是」也不會聽到這種客套的表面回應。

總之，當聚在一起的人都是監視器時，就沒有這方面的顧慮。覺得自己不是一個二十四小時都在給人評價的人，令他感覺放鬆不少。

經營父親交付他的醫療廢棄物焚化廠，以兩年半的時間由虧轉盈後，他再次被調回總公司。

雖然他才二十八歲，但如今公司主軸運輸以外的事業已交由他統籌，他以總部長的身分強勢回歸。

這時，在一名與他素有往來的年輕政治人物邀約下，他第一次前往拉斯維加斯。今後日本要是也通過賭場法案，這會是個做生意的好機會，所以想去親眼見識見識，基於這個用意，永尾展開這趟旅程。

以前他對賭完全不感興趣。學生時代玩過賭博麻將，但學生之間只玩便宜的賭金，就算賭運不錯，一時玩得興起，也不會徹夜不睡，沉迷賭局中，賭博對他來說，沒那麼大的魅力。

第一次到賭城拉斯維加斯，他贏了大把鈔票。這即是所謂新手的好運氣，有生以來第一次玩輪盤，他心想，這次押紅色，下次押黑色，玩著玩著，手中的籌碼迅速倍增，就此愈玩愈帶勁。接著他心想「好，就賭這一把」，以自己的出生月份賭單個數字，結果竟然中大獎。

他只玩了四、五十分鐘，但原本換成籌碼的一百萬日圓，竟然滾成了兩千八百萬日圓。

不過，之後他並沒有得意忘形，沉溺賭博。他明白這次贏了大把鈔票，只是新手的好運氣，而且光憑這短時間的興奮，他便已心滿意足，隔天他的選擇不是上賭場，而是欣賞鄉村歌手的表演。

而他與日後妻子由加里的邂逅，正好就是從這趟拉斯維加斯之旅返回後的事。

為了紀念義大利知名設計師造訪日本，在義大利大使館舉辦了一場派對，由於「永尾運輸」曾贊助文藝復興美術展，在這樣的因緣下也受邀參加。

設計師帶來的頂尖模特兒都很突出，不過，會場內最吸睛的日本女性，則非由加里莫屬。

他們湊巧坐同桌，展開交談。後來發現，他們湊巧也都固定會去東京一家飯店的運動俱樂部。

由加里與永尾過去交往過的女人有哪裡不同呢？

可能是由加里比誰都清楚自己想要什麼，為了達到目的，付出再多的努力也在所不惜，這樣的態度深深吸引永尾。

由加里想要的東西，與過去他所交往的女人想要的東西，等級相差太多。

在由加里的邀約下，永尾第一次前往非洲，那是他們認識兩個月後的事。當然了，永尾自認已聽由加里詳細說明過，但實際親眼見識難民帳篷的那幕光景，仍帶來很大的衝擊，做個奇怪的比喻，感覺像現在才發現自己有一顆不曾使用過的第三隻眼。

捲起乾燥紅土和沙塵的熱風。熱逾五十度的氣溫，令肌膚上冒的汗旋即蒸發。在隨時都可能被風吹跑的帳篷內，躺滿了筋疲力竭的人們，他們別說明天了，就連一個小時後的事也沒能力去想。

他和由加里所屬的非政府組織成員一起在這個帳篷裡待了五天。出發前，他雖是名門外漢，但同樣也抱持著如果在當地有幫得上忙的地方，什麼都願意做的想法，但最後他連餵極度衰弱的孩童喝水也做不到。

儘管心裡明白該做什麼才好，但身體就是動不了。

相反的，由加里的活躍表現，令他看得目瞪口呆。她家世清白，從明治時代起，家中便代代擔任外交官，是家中的獨生女，在大使館的那場派對中，那位外貌出眾的女性，此刻沙塵染白了她的黑髮和臉龐，她將手指伸進無法吞嚥食物，為此所苦的病人喉中，朝打亂配給隊伍的大漢們破口大罵。

永尾旋即明白，在這個帳篷裡，她備受倚賴。不管去到哪個帳篷，那些營養失調的孩子，還是會從抱著他們的母親懷中極力伸出枯瘦的手臂，要由加里也抱抱他們。

留在非洲的最後一天，永尾目睹了難民帳篷的現實面。

醫療帳篷前面，連日來大排長龍。當中有個抱著小嬰兒的年輕父親。那嬰兒的怪異之處一看便知。他的舌頭長著一顆大腫瘤。就像他的小嘴裡塞了一顆黑色高爾夫球一樣。

這父子倆排了一整天的隊，終於來到瑞典醫師面前。

那名父親一定以為只要請已開發國家的醫生診治，他的兒子就能馬上痊癒。

醫生的診斷結果為「在這裡沒辦法處理」。

如果是在設備完善的瑞典或日本，應該就有辦法治療，而且在惡性腫瘤長到這麼大之前，不可能會一直放任不管。

「我很遺憾，這孩子只剩半年左右的壽命。我們所能做的，就只有開止痛劑，稍稍緩和這孩子的痛苦。」

透過口譯聽完醫生的說明後，那名年輕父親的表情不顯任何情感。

護理師推著他的背，前往開藥的帳篷。走到一半，那名父親突然停步轉過頭來。

本以為他想說些什麼，大家都等著他開口。但他最後沒對任何人說些什麼，就只是重新抱好那癱軟的嬰兒，邁步離去。

隔年，永尾與由加里成婚。

在帝國飯店的孔雀東之間舉辦的婚宴，參加婚禮的人數逾四百人之多，場面盛大，但自從訂婚後，由加里便將婚禮的準備工作交給別人處理，她自己趁著和永尾結婚的機會，計畫重新設立一個新的非政府組織，忙著為準備工作四處奔走。

面對這樣的由加里，永尾家沒半句怨言，相反的，永尾的母親甚至主動想要幫忙，以顧問的身分參加，保證會在經濟方面給予私人援助。

當然了，永尾也對由加里為了成立新的非政府組織奔走一事沒任何不滿。非但沒感到不滿，甚至還四處向人炫耀。

婚後，平均一年一次，他都會在暑假期間和由加里一起前往非洲，這已成了他們的習慣。因為這個緣故，自結婚以來，過去每年都會去避暑的輕井澤別墅，他們一次都沒去住過。

一開始到難民帳篷時，他都只是跟在由加里身後，呆立在她身旁，但不知不覺間，他已能率先帶領大家工作。

抱起虛弱瘦小的嬰兒，以滴管將湯灌入他的小嘴裡。那虛弱無力的小舌頭微微動了起來。

永尾以手指在嬰兒的胸膛輕拍，向他傳送訊息。在心中默念：「活下去、活下去。」

嬰兒小小的手指，虛弱地回握永尾傳送訊息的手指。

「這就對了，要活下去，活下去。」永尾頷首。

＊

永尾在公司的地位，也對妻子的慈善事業提供了很大的援助。過去「永尾運輸」幾乎沒做過這方面的慈善活動，所以在永尾的安排下，可調度的資金變得充裕，而在由加里的提案下，連廣告公司也參與其中，所以企業形象跟著逐步提升。

當時真的是做什麼都很順利。

永尾愈來愈常被委以重任，而他可安排調度的金額也愈來愈大。當可調度的金額增加，身旁聚集的人自然也跟著增多。

永尾清楚記得當時某一天的生活。電視臺邀請他參加某個紀錄片的演出，內容是年輕經營者的平時生活，雖然最後他婉拒了，但對於自己的一天過的是怎樣的生活，他曾經刻意注意過。

那天，由加里因參加非政府組織的活動，人在日內瓦。

永尾一如平時，早上六點起床，先沖個澡，整理好床鋪後，來到一樓。坐向餐桌後，家中的幫傭佐佐木送來報紙和紅茶。

「早安。」永尾接過報紙，喝了口紅茶。

正準備返回廚房的佐佐木好像忘了說什麼，突然轉身。

「怎麼啦？」

「啊，不，沒事。」

他邊喝紅茶邊看報，突然想了起來。因為報上刊出名古屋一家養老院發生火災的報導。

「佐佐木太太。」

在他的叫喚下，佐佐木馬上前來。

「妳剛才想說令尊的事對吧？」永尾問。

「啊，不……」

「不好意思，我忘了。今天我一定會叫秘書去跟對方聯絡。」

前幾天佐佐木曾請永尾幫忙，她即將滿八十五歲高齡的父親一直找不到養老院，所以她請永尾幫忙，看能否介紹和永尾家有往來的不動產業者所經營的養老院給她。

這家不動產公司的經營者，與他們在那須的別墅是鄰居，兩家人素有交誼。當然了，只要永尾開口請託，不管那家養老院有多熱門，區區一個名額，對方隨時都能給予通融。

那天早上，在前往公司的車上，難得司機友井主動向他搭話，答謝他對於廢除幹部專屬司機制度，改由租車公司派車的提案提出反對意見。

就永尾的立場來說，其實怎樣都無所謂，但某天他在公司的地下停車場下車時，友井和幾名同事聚在他面前，直接找他談判。

當然，友井他們和幫傭佐佐木都不是直截了當地對他說「我希望你這麼做」。他們就只是對他說，我目前遭遇這樣的狀況，很傷腦筋，告知他實情，然後一副「接下來只能麻煩你了」的態度，把問題全丟給了他。

在抵達公司前就已遇上這種狀況，在公司內自然更不用提了，這天他在前往辦公室的路上，一名經營企劃部的中堅社員站在走廊上，向他逼問道：「對於擁有點子的員工，獨立設置創投公司的這套新體制，我想知道我的企劃不被採用的原因。」

「審查很公正。最後是根據幹部們的判斷，所以這也是沒辦法的事啊。」

永尾曉以大義，但那名中堅社員還是無法接受。

「可是我聽說這次的審查，倉野董事說話特別大聲。」

「那又怎樣？」

「通過這次審查的四個案子，全都是透過木下部長提出的企劃，不是嗎？」

「這有什麼不對嗎？」

「您不知道嗎？我實在不想背後說人壞話，但為了公司著想，不得不說……這套企業內部的創投體制，根本就是任由木下部長上頭的倉野董事他們的派系為所欲為。」

「派系……」

這誇張的說法實在很愚蠢。

不管發生什麼事，「永尾運輸」的老大永遠都是永尾一家，不過，派系鬥爭這種事，比起爭老大，往往爭老二的時候更會採取卑鄙手段。

「那麼，下次我會向倉野董事詢問看看有沒有這回事……當然，我不會提到你的名字。」

永尾逃也似的走進辦公室，鬆了口氣。秘書旋即現身，告知他一天的行程。討論、開會、用餐、上中文課、在眾營業所長的聚會中致辭、拜訪參議院議員會館、用餐……

他一面確認自己的行程，一面屈指算道「今天得去兩個地方鞠躬哈腰是嗎」。

當天晚上，在赤坂結束與接待對象的聚餐後，他獨自前往銀座。與他素有交誼的女人說要辭去店裡的工作。好像已經和媽媽桑談妥了，打算先在澳洲過一段悠閒的日子，回國後再自行開店。

「嗯～」永尾點了杯加水威士忌，邊聽她說。

打從剛才起，在別桌陪客的媽媽桑一直在觀察他們這邊的情況。

每天都有人要拜託他幫忙。完全沒人拜託他幫忙的日子，連一天也沒有。

他試著在回憶中搜尋沒人拜託他的日子。

當然了，自從他當上現在的職務後，可說完全沒這樣的日子。就算是當初待焚化廠的時代，也不記得有這樣的日子，自從出社會後就想不起來了。

他回溯記憶，本以為大學時代總會有吧，但仔細想過後，發現也常有人拜託他幫忙。

車子、別墅，偶爾是金錢。

「下次借我吧。」耳中響起的，都是朋友們親暱的聲音。

如果是專注在棒球中的高中時代，應該就會有了。

一早揉著惺忪睡眼趕赴晨練，在上課前一直練習到步履蹣跚為止，上課時則是和睡魔對抗，放學後則是繞著操場跑，每天都過這樣的生活。

雖然無法清楚指出哪一天，但他相信肯定會有沒任何人找他幫忙的一天。

就在這時，他認識在澳門當賭博仲介人的橋口。

自從第一次造訪拉斯維加斯，有過以一百萬日圓變成兩千八百萬日圓的大勝經驗後，他平均一年會去一次首爾或澳門的賭場。

他會興起去賭場的念頭，大多是在工作忙得要人命的時候，而秘書也總會驚呼連連地說：「雖然是週末，但在這種時候要在行程中空出整整兩天的時間，根本就不可

由加里透過鏡子，注視著在洗臉臺前點眼藥水的永尾。

「這次的非洲行是什麼時候？」永尾改變話題。

「啊，對了。這次媽替我們舉辦的慈善派對，你也會一起去吧？」

「什麼時候？」

「呃……記得是下下禮拜……我之前不是跟你說過，要你請秘書先幫你空出時間嗎？」

「是週末嗎？」

「沒錯。」

「啊，抱歉。這個月的週末我都得去澳門。其實不必等到日本賭場解禁，這次那裡要蓋一家美國出資的飯店，我們也要出資。」

永尾毫不猶豫地隨口撒謊。

「那麼，這次的非洲行是什麼時候？」永尾回到原本的話題。

「嗯？月底，二十九日出發，為期兩週。」

「我也去。」

「真的？」

「嗯，因為去年我都沒去。」

「你肯來的話，大家都會很高興的，可是你這樣會不會太累？」

「沒問題的。在帳篷裡忙個兩、三天，反而會更有幹勁。」

這並非謊言。要清楚明白自己能幫助別人，再也沒有比那個地方更適合了。

他在鏡子中與由加里目光交會。他明白由加里在邀他，但刻意裝沒發現。

自從勤跑澳門後，便完全提不起性趣。並不是因為由加里已不再有魅力，也不是對澳門的高級妓女完全不感興趣。不過，如果有那個時間，他寧可玩百家樂。

有一次，中國廣州的一名地產大亨帶著一名令人為之瞠目的美女來到VIP內。光看這女人的模樣，就會讓人忍不住想像她在床上會以怎樣的聲音嬌喘。

賭局玩到一半，永尾難得離席，回到自己房內。他打開電視的付費頻道，觀看成人電影，花短短幾分鐘的時間高潮射精後，迅速把手洗淨，又再度回到百家樂賭桌上。

向飯店借的錢，他一概不用自己的存款來償還。

他一般戶頭裡的存款並不多，轉往定存和投資信託的金額倒是不少，但提領手續麻煩。

如果只是幾千萬日圓，他只要以新事業開發資金的名義，一早向子公司的社長聯絡一聲，中午時錢就會匯入他的個人戶頭。

如果是從身為上市公司的總公司那裡調頭寸，可就麻煩多了，但如果是幾乎百分之百由永尾家經營的中堅子公司，則完全沒這個問題，事實上，他的父親和祖父在緊急需要資金時，也都會採同樣的方法，而永尾則是請他們調撥新事業的準備資金。

永尾家的人，從寄放在別人那兒的錢包裡拿錢來用。

如此而已。

日後當然會歸還。他對自己的能力有十足的把握。

一開始為了償還賭場欠下的賭債，他用這個方法借來三千萬。

當時他還不至於到趕著星期一一早從澳門返回羽田的程度，都是星期天晚上搭機返國，所以星期一早上，他和平時一樣吃完早餐後，在坐車前往公司的路上，打電話給「永尾融資」的社長。

「不好意思，突然打電話給你，可以請你今天幫我準備好三千萬日圓嗎？」

「日圓行嗎？」

「可以，就用日圓。」

「我明白了。」

就只有短短五秒的對話。

＊

已過深夜兩點，室內空氣沉積不動。每到這個時間，整間飯店的冷氣都會調高溫度。副理老吳突然開始微微冒汗。

從窗戶可以俯瞰澳門那宛如遺忘時間的夜晚。

冷氣甫一轉弱，澳門潮溼的夜氣便悄悄潛入原本又冷又乾的室內。可能因為這個緣故，他聞到其他人的汗臭。剛才吃的蒸雞便當，氣味仍殘留未散。

原本枯燥乏味的房間，就只是因為溫度上升，存在於房內的各種鮮活臭味突然全都甦醒過來。

老吳望著沒有動靜的螢幕，打了個大哈欠。這次在室內的各種臭味中，彷彿又摻雜了口臭，他急忙把嘴閉上。

就在這時，門被粗魯地打開，到外頭休息的助手羅伊神色慌張地衝了進來。

「副理，日本傳來壞消息。」

從走近的羅伊口中聞到潔牙粉的氣味。

「怎麼啦？」老吳一派輕鬆地問道。

「聽說日本警方準備展開行動。」

「日本？」

羅伊望向映照出第三ＶＩＰ室影像的螢幕。

螢幕中，圍坐在百家樂賭桌前的，有香港的珠寶商蔡夫婦和日本的永尾這三人，上海來的投資公司王社長已經結束賭局，回房去了。

「是永尾先生那件事吧？」

老吳注視著螢幕上的永尾，如此詢問。

「是的，照這情況來看，永尾先生回國後，有可能會背負瀆職罪而遭逮捕。」

「這麼快？」

「日本警方的動向，是從香港那邊的情報得知，所以不會有錯。」

老吳喝了口冷掉的咖啡，想先冷靜下來。

「香港方面怎麼說？」

「呃……」

羅伊取出一張字跡潦草的便條紙。

「……根據目前警方所掌握的情資，永尾先生向家族相關企業及子公司取得的不當借款，總額達一百八十億日圓。」

「一百八十億？」

「是的。其中有一家名為『永尾融資』的投資公司，那位社長似乎是個厲害人物，他從很早以前便暗中向警方洩漏這方面的情資。附帶一提，我們所計算的永尾先生個人資產，以及他家人的財產，主要是賣掉自家公司股票後的金額，估算得相當正確，如果連二等親也算在內的話，首先是永尾先生本人，約十八億，他弟弟十億，父親五十億，母親二十億，祖父二十二億，合算為一百二十億日圓。當然了，還有其他各種資產。也就是說，永尾先生目前的負債額，如果全家人都放掉持股，就能還清。」

「他的家人會這麼挺他嗎？」

「他們家人的感情出奇地好，一定會出手幫他。」

「那麼，那位『永尾融資』的社長這時候出手，在打什麼主意呢？」

「可能是想以『永尾融資』為主，買下永尾一家釋出的股權，加以獨占，然後回到母公司『永尾運輸』執掌大權吧。」

「原來如此……養虎貽患是吧。」

見老吳一臉感嘆，家中有位日本太太的羅伊對他說道：「如果以日本的諺語來說，這叫作『被自己養的狗咬了手』。」

「目前我們借了他多少錢？」

老吳突然恢復職業性的表情，如此詢問。

「一千萬港幣。」

老吳拿起話筒。

「叫人在第三ＶＩＰ室的賭博介紹人橋口先生接電話。」

老吳望著螢幕上前往叫喚橋口的工作人員身影，同時以手中的鋼筆在便條紙上畫著米老鼠。雖然只是隨手畫畫，但臉部輪廓和體形，連他自己也覺得畫得唯妙唯肖。

「喂。」

話筒傳來橋口的聲音。螢幕角落映照出橋口的身影。

「永尾先生好像要被拔去羽毛了。」老吳說。他同時以螢幕確認橋口的反應，不過橋口的表情不顯一絲慌亂。

「這樣啊，是哪兒來的消息？」

「剛才從香港那裡得知。」

「已經迫在眉睫了嗎？」

「好像是。」

「馬上和我們公司聯絡，因為這次的一千萬港幣是我們代墊的。」

「這點我倒是不擔心，不過，永尾先生要怎麼辦？」

「怎麼辦？你的意思是什麼？」

「如果要幫忙找地方讓他藏身，我們倒也不是沒有辦法。」

「哦，真感謝你的好心啊。」

螢幕裡的橋口，望向正注視著撲克牌的永尾。

當然了，儘管說可以幫忙他藏身，但這需要相當的費用，如果國際刑警組織發布通緝，他將會在馬尼拉的貧民窟裡和娼妓落寞地度過餘生。

「我想，永尾先生應該已做好被逮捕的心理準備，會乖乖回國吧。」

傳來橋口的聲音。

「我明白了。那麼，他離開時的接送禮車和班機，都還是照原本的預定吧？我記得他這次要我們訂的班機，不是飛往羽田，而是從香港直接飛往奈洛比[15]。」

「是的，那就麻煩您了。永尾先生的夫人在那裡推動非政府組織的活動。永尾先生好像偶爾也會參加。」

「哦，這樣啊。」

「待會兒等永尾先生手中的籌碼輸光時，我一定會讓他退出賭局。」

「明白了。」老吳掛斷電話。

永尾在非洲的難民帳篷裡從事義工活動，回國後可能會直接被警方限制行動。

老吳再次望向螢幕。永尾再度動著嘴巴，喃喃自語。

＊

對了，「永尾融資」的社長叫什麼來著？保田？長田？記得好像是這類的姓氏……說起來，我和他也算認識多年了。他原本很受我老爸賞識，但因為有點得意忘形，而遭外貶，當初要是順利的話，現在他肯定已經當上董事了。

15. 肯亞的首都。

不過，名字這東西還真是不可思議。有的名字一次就能記住，有的卻是見過好幾次面，見了好幾年，但就是記不住。應該是腦袋產生抗拒，認定「我不想記住這傢伙的名字，我不喜歡他」。

在固定於星期一召開的營業會議上也是如此。每個傢伙都是彷彿會發出乒瑯聲響的死硬腦袋，就此一字排開，口中說的話，淨是「我會全力以赴」、「會卯足全力」、「會拚了這條命」好好努力，全是一些連要拿去餵豬都不行的廢話，要是問他們實際要怎麼做，卻又不約而同地低頭裝沒聽到。再來就只會靜靜等著我發言。而當我拗不過他們，提出點子，說一句「這麼做的話，你們覺得呢？」他們便會拍手道：「真是太棒了，請務必交由我們來執行。」單純只是因為完成一個議題，便樂不可支。

既然這樣，那算了，當我以半自暴自棄的心態移往下一個案件時，他們便又嚷著那個案件需要多少錢，這個案件需要多少錢，對各部門所需的經費無比貪婪，這個也想要，那個也想要，這個不夠，那個不夠的。

坦白說，當我默默聽他們說時，都在心裡想：「喂喂喂，為什麼這些傢伙都這樣花我們家的錢啊？」甚至忍不住很想朝他們大吼：「喂喂喂，我說你啊，如果這是你自己的錢，你會這樣浪費嗎？」

事實上，他們就是把公司的錢當成別人的錢，才會這樣胡亂揮霍而不當一回事。

如果是在自己家，走出廁所時會關燈對吧？只要哪家店便宜一圓，就會到那裡買啤酒對吧？既然這樣，為什麼只有在花公司錢的時候，這麼大手筆啊？不使用的時候，好歹把廁所的燈關了吧。既然想喝啤酒，就到便宜的店家買啊。

這種小鼻子小眼睛的事，我也不想說。不過，付給你們的薪水可是一毛不少哦。好歹領多少錢做多少事吧。

光是這一小時的會議，知道得付你們多少薪水嗎？哪天用自己的月薪除以時間換算一下吧。領這麼多錢，卻在企劃書上亂塗鴉是嗎？你是在想午餐要吃什麼嗎？

唉，這種會議實在無聊透頂。真是受夠了，好想玩百家樂。

自從謊稱需要新事業開發資金，而向「永尾融資」借了三千萬日圓後，永尾每次在澳門賭輸回國，就會又增加借款。

由三千萬變成五千萬、一億，由原本的兩、三個月一次，變成每個月兩、三次，上禮拜三億，這禮拜又追加三億，就像是從ＡＴＭ提領生活費一樣，持續借錢。

當然了，永尾也不想借錢。當他對「永尾融資」的欠款達到十億時，他自己心裡也暗呼不妙。

不過，如果用一億日圓來賭一把，倒也有可能在短短幾小時內就贏回來。事實上，他就曾在兩小時內，由兩千萬的賭資增加為三億。

他明白這種情況再繼續下去著實不妙。但除了靠百家樂把錢贏回來之外，再也沒別的方法可以扭曲劣勢。這是為了戒賭而賭，為了還債而舉債。

這時，十幾年沒見的兒時玩伴勇吾打電話來，向他邀約道：「偶爾出來一起喝個酒吧。」

在他人生中最輕狂的大學時代，就只有和勇吾在一起時，才對自己的未來感到期待。已經結婚的勇吾，在小小的公寓房子裡和妻兒一同生活的身影，讓他明白什麼叫做腳踏實地地過日子。

在接到這通電話前，他甚至沒想起過勇吾，但是聽勇吾一樣是那開朗的口吻，永尾深信這是個轉機，一定是個為他帶來好運的轉機。

兩人約在學生時代常一起去的那家居酒屋。

因為工作有點拖延，永尾遲到三十分鐘才到，這時勇吾已在吧臺裡喝著生啤酒。背影顯得有點疲憊，但朝他叫了聲「喂」之後，他馬上轉頭應了聲「噢」，有股力量瞬間將永尾帶回那懷念的時代。

「最近可好？」

「你呢，最近過得好嗎？」

兩人互相拍著肩膀，接著各自點了自己想要的餐飲，然後提到自己想聽和想說的事。在人與人之間的交往中，這是很理所當然的行為，但這時感覺尤為特別，尤為奢侈。

「我兒子今年要升高中了。你的呢？」
「我還沒孩子。」
「像你們那樣的家世，應該會一天到晚吵著要你『早點生個繼承人』吧。」
勇吾還是和以前一樣朗聲大笑，聽著他的聲音，便覺得一個背負一百億日圓債務的男人，在這裡吃著一百五十日圓的可口大蔥雞肉串，實在很好笑。
一百五十圓的大蔥雞肉串是現實，一百億圓是虛幻。怎麼想都覺得是這樣才對。
他們笑談過往，笑到嘴巴都痠了，一面開店裡新來的打工小妹玩笑，一面喝著廉價的酒，吃到肚皮發脹這才離開。
在民營鐵路的陸橋旁，鐵路因駛過的電車而發出悲鳴聲。
「我說……」
先開口的是永尾。才一開口，他便發現自己竟然想跟勇吾說出自己目前欠債的事，為之一驚。
緊接著下個瞬間，勇吾轉過頭來，反過來對他說了一句：「我說……」似乎是因為電車的聲音，而沒聽到剛才永尾說的話。
「嗯？」永尾問。
「……嗯。」不知為何，勇吾顯得吞吞吐吐。
這時，永尾不自主地嘆了口氣：「唉……」

勇吾此刻看他的眼神，與會議室的部下們如出一轍。

「……我在想，不知道能否跟你借點錢。」

「咦？借錢？借多少？一百億日圓嗎？」永尾刻意開朗地回應。

「怎麼可能嘛。如果有五百萬，我就能度過難關……」

「我知道了，好啊。」

「真的？」

「當然是真的，沒問題！」

「太好了……其實我一直很猶豫。從剛才起，我雖然嘴裡吃著烤雞肉串，但是都食不知味……不過我心想，你一定不會有問題的。你一定會幫我。」

「我會借你錢的。」

「嗯，不過這對你來說，應該不算是太大的金額吧？」

那可口的大蔥雞肉串，其實有點發酸。而那冰涼的生啤酒裡，好像帶有那名打工小妹的口水。

「你以為我是誰啊。」永尾笑道。

「說得也是。謝啦！」

兩人相識多年，第一次握手。那手掌滿是溼汗，觸感有點噁心。這就是永尾人生中唯一摯友的手掌。

「剛才『永尾融資』的社長又打電話來了，請問要怎麼處理？」

在秘書的叫喚下，原本從窗戶望著汐留這片高樓大廈的永尾，突然驚慌地叫了聲：「嗯？」

「『永尾融資』的社長打電話來。從上禮拜起，他每天打電話，昨天還親自來了一趟。」

聽到這裡，永尾重新將視線移向窗外，應道：「哦，我知道了，我會主動跟他聯絡。」

這裡與香港的摩天大樓比是矮了點，但想到幾小時後就可以玩百家樂，這股興奮感在他心裡慢慢沸騰。

「我待會要到羽田去，幫我備車。」

「您一樣會在機場那裡休息一下嗎？」

他朝準備走出辦公室的秘書說道。

「嗯，只要做個按摩，很快就可以準備搭深夜一點半的班機。」

「我明白了。馬上幫您安排。」

「啊，對了。麻生小姐，我記得妳下禮拜也休假對吧？」

「不好意思，我想休個暑假，會一直休到星期四，不過在您從非洲返回的星期五當天，我會到公司上班。」

「要和妳先生到哪兒玩嗎？」

「不，小女在加拿大讀大學，所以明天要到溫哥華去。」

「星期六、日、一、二、三、四。七天五夜是吧。行程很匆忙呢。」

「因為要是待太久，會和女兒吵架……而且，雖然同樣是七天五夜，但與人在香港和肯亞的專務您相比，可優雅多了。」

聽秘書這麼說，永尾自己也忍不住低語一聲「真像急行軍呢」。

待秘書離開後，永尾打電話到「永尾融資」的社長手機。

幸好對方沒接。

「與我父親一起討論的事，請再等一個星期。下星期五我會從非洲返回，到時候再與你聯絡。」他很快說完後，馬上掛斷。

才剛掛上電話，對方便打了電話過來，但永尾沒接。

這三個月來，他一直像這樣把見面討論的事往後延，不把話說清楚。而兩個星期前與對方談及此事時，那位社長言語犀利地說：「如果你不找你父親商量的話，我就會和我該找的單位談這件事。」當永尾發現他所說的「該找的單位」似乎是指警局時，朝他咆哮道：「你當你在跟誰說話啊！」

這時，那傢伙露出奇怪的表情，似乎帶有幾分喜悅。

哦，來了，來了。

最後抽的一張牌是方塊3，「BANKER」贏。我投注的五百萬日圓籌碼，賺了一倍回來。

照路單上顯示來看，「BANKER」的縱向應該會繼續下去才對。不過，今天每次只要我中獎，路單的規則就大亂。這表示今天的運勢走向全是我創造出來的？媽的，原來是這麼回事。直到剛才我都還以為創造今天運勢的人，是那名香港珠寶商的太太呢……啊，真是失算。不過，現在發現這點，就結果來說一樣是好的。人總會犯錯，而人與人之間的好壞差異，就在於能不能發現錯誤……

好，就賭「PLAYER」一千萬日圓。

來！再來！再來！夠了，別再來了！

別再來了！很好，很好，很好！最後的籌碼大反攻，轉眼變成兩千萬了。非常好，就這樣保持下去。

今天幾乎都沒出現「PLAYER」的縱向。因此，如果是以前，我會乖乖地回頭押注「BANKER」，但就像剛才我說的，今天的運勢全由我一人創造。我與路單的顯示正好很不對盤。這表示接下來要押「PLAYER」縱向。

現在是勝負關鍵。離飛往奈洛比的班機起飛還有幾小時的時間？已經沒時間了。好，這時候就得用全部籌碼擲一把。現在不贏更待何時？在我贏錢之前，不能讓這個運勢溜走。

來，再來，再來……喂！

真的假的……這股運勢就這麼斷了嗎？

有人拍他的肩，永尾就此轉頭。不愧是老練的賭博仲介人，橋口就站在他身後。

「離班機起飛已沒時間了。我可以先借個三百元港幣嗎？我想玩到最後一刻，這次至少要贏回一千萬港幣……」

他話還沒說完，不知為何，橋口已拉著永尾的手臂，讓他從椅子上站起身。

「你、你幹嘛？」

「永尾先生，今天就到此為止吧。」

「為什麼？離班機起飛還有四十五分鐘耶。」

「先吃點東西吧。」

「我會在機場吃的。」

「今天就到這兒吧。」

雖然臉上掛著微笑，但他緊抓永尾的手使足了勁，微感發疼。

「知道了啦，那今天就算了，而且我接下來要去非洲。」

當橋口拉著他的手臂準備走出VIP室時，永尾突然抬頭望向監視器。

明明是走慣了的地方，但不知為何，今天卻特別感到在意。因為這個緣故，他想起自己小時候，和同學們利用家裡的監視器玩遊戲的往事。

「您要先回房間沖個澡之後，再去機場嗎？」

一走出VIP室，頓時感到一股血氣就此抽離的疲憊感。他忍不住抓住橋口肩膀，應道：「不，直接去。」

「我明白了。那麼，我請人去房間幫您拿行李，您先到交誼廳喝點東西吧。反正您和平時一樣，就只會用到盥洗用具而已對吧？」

「沒錯，床單完全沒弄亂。」

永尾想笑，但只發出沙啞的聲音。

沉重的睡意向他襲來。在他閉上眼的瞬間，差點就這樣站著暈倒。

他搭電梯來到一樓大廳，走進位於巨大水晶吊燈下的交誼廳。一旁有一般客人用的賭場，熱鬧地傳來吃角子老虎的聲音。

「永尾先生，您是在星期五當天回到日本對吧？」

「我記得是星期五深夜。」

「如果發生什麼事，可以和以前一樣跟我聯絡沒關係。」

「咦？這話什麼意思？」

「不，沒什麼特別含意。」

「接下來得在非洲待一個星期，沒辦法工作，所以下個週末應該是沒辦法來了，不過，下下禮拜的連休，就能一直待在這兒了。」

「……我靜候大駕。」

永尾坐在柔軟的沙發上。身體深深陷進裡頭。

「橋口先生，我快睡著了，你可以跟我說說話嗎？」

永尾開玩笑地說道，但橋口則是一本正經地回應。

「從香港到奈洛比要花幾個小時呢？」

「十五、六個小時。」

「從奈洛比到那處難民帳篷呢？」

「搭車兩、三個小時。」

「很難在那裡久待吧？」

「不過，得要有人前去幫助他們才行。」

「真了不起。」

「咦？」

「永尾先生，您真的很了不起。」

「才沒有呢……」

永尾的眼皮幾乎都快閉上了。前方再過去一毫米，就是夢鄉了，他站在這個地方，聽到有人誇他了不起，感覺真舒服。

不論是在飯店飛往機場的直昇機上，還是從香港飛往奈洛比的飛機上，永尾一直都在沉睡。

當他踏上奈洛比機場的土地時，因為睡太久而頭痛，走在昏暗的機場大廳時，他一再伸手抓向扶手或牆壁，以撐住自己的身體。

一如平時，是由加里他們經營的非政府組織成員前來機場迎接他。

永尾在飛機上除了水和紅酒外，幾乎什麼也沒吃。睡意消失後，現在改為強烈的空腹感向他襲來。不過他已坐進前來迎接的廂形車內，由於當地治安不佳，他沒辦法在鬧街下車用餐。

永尾打開滿是塵埃和手垢的車窗。熱風和乾燥的黃土氣味襲面而來。

「你來這裡多久了？」永尾對年輕的工作人員問道。

「快半年了。」

那名曬得黝黑的青年，有一頭油膩的長髮。

「從幾年前開始，這一帶已變得很安全了。」永尾說。

「好像是呢。聽說以前要在這一帶下車行走，根本無法想像。」

布滿塵埃的車道沿途，滿是攤販的帳篷。人潮熙來攘往，生氣勃勃，看起來不像是人在動，而是整個街道在動。

「你還會在這裡待上一陣子嗎？」永尾問。

「會，我是有這個打算……」

「那之後呢？總不能永遠都當義工吧？如果你是真的想投入這個工作的話，那就另當別論。不過，這似乎是個窄門呢。」

「說得也是……」

聽這名青年如此悠哉的口吻，永尾露出苦笑。

車子穿過鬧街，行駛在路面沒鋪好的道路上，朝熱帶草原的筆直道路而去。

難民帳篷的停車場裡有一整排的聯合國大型卡車。遠處的沙丘峰峰相連，美不勝收。

廂形車停在卡車中間，下車後，強風撲面而來，沙子吹進耳中。

「現在正好是午餐時間，我想由加里小姐應該是去幫忙做飯了，要我請她去事務所嗎？」

青年從駕駛座下車後，同樣因塵埃而皺起眉頭。

「不，我自己去就行了。」

穿過入口處，前往配給一天三餐的廣場。他深色的影子緊跟在腳邊。他感到急躁起來，粗魯地甩動雙腳。但就算再怎麼用力甩動，影子也不會脫落。

這次他改為像拖著影子走。他明白自己太過在意此事，可是一旦開始在意後，彷彿就像真的拖著什麼在行走似的，步履變得很沉重。

繞過組合屋蓋成的總部轉角處後，發現前方的廣場聚滿了人。大鍋升起一道蒸騰熱氣，使得遠方沙丘的影像為之搖曳。這時，一名年幼的女孩背著個小嬰兒，從醫療用的帳篷裡衝出。為了趕上供餐，赤腳踩在灼熱的沙地上，向前奔去。這女孩看起來約七、八歲的年紀。

永尾也跟在這孩子身後走向廣場。大人們在煮著熱湯的大鍋前大排長龍，那名背著嬰兒的女孩排在最後。

由加里在隊伍前面擺放餐碗。一名高大的白人男子，粗魯地將湯倒進由加里擺好的餐碗裡。

雖然不知道裡頭裝了什麼料，但那是料多實在的白色濃湯，附上一樣看起來很扎實的麵包，遞交到難民手上。

「辛苦了！」永尾朝由加里喚道。

「咦，這麼早就到啦？」

「會嗎？只是剛好準時而已。」

「澳門那邊情況怎樣？」

「什麼怎樣？」

「工作啊。一切順利嗎？」

「嗯，謝謝妳的關心。一切順利……對了，妳身體還好吧？」

「嗯，來到這裡之後，馬上就退燒了，很神奇對吧。看來，我的身體很渴望這裡的氣溫和溼度。」

由加里以毛巾用力地擦拭臉上的汗水，但她似乎沒空多聊，馬上又開始擺起了餐碗。

在一字排開的帳篷下，許多收容者喝著熱湯。只聽到餐碗和湯匙碰撞的聲響，每個人皆沉默不語。

裝有熱湯的餐碗和湯匙，與難民帳篷的占地、沙丘、地平線、天空相比，顯得無比渺小。目睹這樣的對比後，興起一股絕望之感，心想，他們以這小小的一支湯匙，能和什麼對抗呢？

現場有躲著烈陽，以一塊破布蒙著頭的男人。有一面餵嬰兒吃奶，一面喝著熱湯的女人。

永尾就像受到牽引般，往他們走近。被許多隻手揮趕開的蒼蠅，改停向永尾臉上。

永尾一度抬起手想要揮趕，但不知為何，力量從那隻手上洩去。也不知道是不是因為明白他不會揮趕而開始聚集，永尾的臉上陸續聚滿了蒼蠅。

今年能撥往這裡的資金或許也會增加；已決定要加入之前在董事會議題中提到的「1％俱樂部」。如果告訴由加里這件事，她一定很高興吧。相當於經常性利潤1％以上的金額，會自動投入社會公益活動作為支出。這麼一來，就能以高出過去數倍的規模來推展這項活動，而更重要的是，企業形象也會就此提升，感覺「永尾運輸」將就此躋身日本頂尖企業之列。

不知何時，剛才那名背著嬰兒的女孩拿著配給的熱湯和麵包，走進永尾所在的帳篷內。女孩背著嬰兒，坐向大人中間，先啃了一口麵包。

她背後的嬰兒一臉病容，他將會在這位小姐姐背後慢慢死去。為什麼沒人肯救他們？不管是不是偽善，是否只是為了自我滿足，這都不重要。能幫他們的人舉個手吧！好好看清楚眼前這個現實！

永尾臉上聚集了更多蒼蠅。大家都望著這位不揮趕蒼蠅的日本人，覺得很匪夷所思。

永尾環視在場的眾人。面對突然移動目光的永尾，眾人都把臉轉開。

就在這時，飢餓感再度襲來。那是宛如空蕩蕩的胃遭到擰扭般的飢餓感。永尾朝腳下那名喝著熱湯的女孩身旁坐下。女孩背後的嬰兒一臉痛苦地呼吸著。

永尾從女孩手中搶走熱湯。突然被搶走熱湯的女孩，為之一愣。

永尾接著從女孩手中搶下湯匙，把臉埋進碗中，大口喝起了熱湯。好鹹的一碗湯。但他空蕩蕩的胃卻感到無比歡喜。

你們真該好好看清楚這個現實！別把臉轉開！這世界就是這麼現實。這現實是有辦法改變的！靠我們的雙手去改變！我們要改變這些孩子們的未來！

男子們將搶走女孩的食物，貪婪地喝著熱湯的永尾團團包圍。被搶走碗的女孩死命抱住永尾的手臂，哭喊著要他還來。但永尾還是緊抓著碗不放。女孩背後那名嬰兒，虛弱無力地搖晃著腦袋。

# 萬屋善次郎 16

在狗屋裡的雷歐也清楚聞得到。

在黑塚婆婆的請託下，他馬上從倉庫取出鐮刀，但刀鋒已鈍，於是他先開始磨刀。

善次郎原本就有雙巧手，所以很擅長這項作業，就連鐮刀在磨刀石上滑動的聲音，聽起來也很俐落。

磨完刀後，他開始割草。幾乎都已覆蓋在道路護欄上的芒草，他以厚實的手一把握住，毫不留情地用鐮刀割斷。割下的芒草放在獨輪推車上，等裝滿了便運往後院焚燒。

不過他割了一個小時左右，卻沒什麼進展，他原本的目標是一路割到彎道反光鏡的位置，但現在只完成一半。

不過，他將芒草連根割除，所以有一陣子都被芒草遮蔽的小河，現在又可以從車道這裡望見了。

雷歐當場趴在地上，朝善次郎用牽繩繫住的脖子使勁，就像在說「我要到小河那裡去」。

「回去時會繞去那裡。」

善次郎輕撫雷歐的喉嚨，雷歐這才很不情願地站起身。

待會在消防小屋的那場聚會肯定有酒，喝醉後的善次郎向來都不會記得和雷歐的約定。

面向北方的杉林已是一片昏暗，潮溼的夏風吹過杉林。

穿過這座杉林走一小段路，有一條從縣道岔出，通往村落的岔路，而在這處三叉路的入口處，有一處大家稱之為「消防小屋」的老舊集會所。

一如平時，這裡的大門和窗戶都敞開著，所以早已聚集在此的村民們發出的聲音，傳進了善次郎耳中。

善次郎就像是由雷歐拉著走似地來到了消防小屋，他將長長的牽繩綁在寫有「禁止違規丟棄垃圾」的看板下方，對雷歐說：「你在這裡等著。待會兒我會拿吃的來給你。」接著用力朝牠的脖子撫摸幾下，就此走進消防小屋。

玄關處散亂地擺著沾滿泥巴的草鞋和鞋子，善次郎同樣很有規矩地脫下鞋子。他將脫下的鞋子整齊地擺在角落，不過現場只有他的鞋子尺寸特別大，光是擺在那兒，看起來就像是踩在別人的鞋子上一樣。

「看，善次郎先生來了。」

人在入口處的黑塚婆婆，跟在座飲酒作樂的男人們說道。

「噢，善次郎也來啦。來這邊坐，來這邊！」

如此說道，將善次郎喚至身旁的是黑塚婆婆的先生，他名叫伊作，同時也是這村莊的主事者。

善次郎依言坐向伊作身旁。「來，喝吧。」伊作遞給他一個玻璃杯，朝裡頭倒酒，如此說道。

「那我就不客氣了。」

「孩子的媽，拿點什麼來給善次郎吃吧。他自己一個大男人，應該是都沒吃什麼像樣的東西吧。」

「是、是。善次郎先生，吃生魚片好嗎？」

在黑塚婆婆的詢問下，善次郎應道：「好的，謝謝您。」正準備站起身時，黑塚婆婆笑著道：「不用起身了。像你這種高頭大馬的男人在這裡走動，反而礙事。」

這處二十張榻榻米大的空間裡，擺了幾張桌子，其中一張坐的都是女性。黑塚婆婆從那張桌子分來一些生魚片。

坐在這張桌子旁的，幾乎也都是黑塚婆婆的家人，而她養的狗巧克力，一會兒坐在她們腿上，一會兒在桌下東奔西跑，相當忙碌。

「對了，善次郎，你養蜂的工作應該很順利吧？」

善次郎的啤酒杯裡仍留有泡沫，伊作這次改朝裡頭倒日本酒。伊作已年過八旬，由於長年務農，所以現在仍可輕鬆地單手拿起一升裝的酒瓶。

善次郎等著伊作倒酒，待倒滿後，他仰頭喝了一大口。

「說什麼順利，還差得遠呢。得再花幾年的時間，才能夠靠養蜂為生。」善次郎謙虛地應道。

「說得也是，至少也要兩、三年才會有個雛形。」

對於伊作這番話，其他老爺爺也紛紛附和。「就是說啊，不論是旱田還是水田，也都要經過好幾年的辛苦忍耐，才能有一番作為。」

「不過善次郎可真不簡單。像他這樣，為了照顧父母而專程返回老家的兒子去哪裡找？真的是沒人像他這麼孝順。像草間爺爺家、大鳥婆婆家，他們的兒子都沒人回來，最後只能被送往養老院……草間爺爺和大鳥婆婆明明都哭求著說要在這裡終老呢。」

黑塚婆婆端來裝有生魚片的盤子。那看起來令人食指大動的比目魚生魚片，淋了滿滿的芥末醬油，幾乎都快泡在醬油裡了。

「正雄先生過世多久了？」

在伊作的詢問下，善次郎應道：「快一年了。」

「已經快一年啦……正雄先生應該是因為覺得難為情，所以沒向你說謝謝，不過，他其實對你這個兒子一直都心存感謝。」

聽伊作這番話，善次郎點頭應了聲「是」。

「你回到村裡，已經多久啦？」

「已經快三年了。」

「這樣啊，快三年啦。」

伊作就像感覺不出三年的歲月有多長似的，一時間頻頻轉動眼珠，接著像是要切換腦中的思緒般，喝起杯裡的日本酒。

「……對了，你養的蜜蜂，能賺多少錢？」

坐附近的老先生們也對伊作的詢問很感興趣，紛紛把臉湊近。

「目前還不行……」善次郎先搖了搖頭，然後說道：「……以目前的情況來說，我好不容易繁殖了八十群，但得依季節來對蜂群做分割，或是確保作為蜂蜜來源的植物充足，如果不夠，就得餵牠們食物……光是養蜂，我自己一個人就已快要忙不過來。如果要將採集到的蜂蜜漂亮地包裝販售，靠我一個人實在沒辦法。」

對善次郎如此詳細地說明，也不知道伊作理解多少，只見他直截了當地問道：

「靠那八十群蜜蜂，可以賺多少錢？」

「一年八、九十萬吧。一個月大約有七萬左右。」

「哦，一個月七萬的話，那很棒啊。你已經開始領老人年金了吧？這樣的話，年金加上蜜蜂，就能供自己生活了。」

這時黑塚婆婆端來一盤涼拌茄子，轉移話題道：「對了，善次郎先生，之前你告訴我的事，也跟大家說說吧。」

善次郎一時間不懂她指的是哪件事，但吃了一口茄子後猛然想起，微微發出

「哦～」的一聲沉吟。

「哪件事啊？」

伊作也伸手拿起涼拌茄子送入口中。

「就是『振興村莊』的事啊。」黑塚婆婆坐向伊作身後。

「振興村莊？」

面對納悶不解的伊作，黑塚婆婆接著道：「善次郎先生說，這一帶是養蜂的好環境。對吧？」

黑塚婆婆猛然拋來這個話題，善次郎坦率地點頭應道「沒錯」。

「事實上，善次郎先生送我的蜂蜜，真的很好吃對吧？那些貨車賣的蜂蜜根本就沒得比。不論是甜度還是味道，都非常有水準。」

「那蜂蜜真的很好吃。色澤濃濁，乍看覺得不是很好吃，但實際嘗過後，確實沒吃過這麼可口的蜂蜜。」

伊作就像在回想那股美味般，伸舌舐脣。

「真正的好蜂蜜不是透明的。」

這時善次郎插話道，眾人皆一臉認同地應道：「哦，這樣啊。」

「渾濁的蜂蜜才是真正的高級品。」

「哦，我都不知道呢。」

「這麼說來，這一帶的環境很適合製作這樣的高級蜂蜜囉？」

伊作拉回話題。

「好像是。」

接話者是黑塚婆婆，她接著道：「善次郎先生說，如果製作蜂蜜當作我們地方的特產，或許就能為這一帶招來人潮。」

「哦？為這一帶招來人潮？」

但黑塚婆婆這番話，卻引來伊作的驚呼。

「……妳說為這一帶招來人潮，來這裡做什麼？」

「當然是來買蜂蜜嘍。」

就像是要為如此回答的黑塚婆婆幫腔似的，善次郎也補充道：「只要開設蜂蜜的專賣店，或是作一些有特色的蛋糕，那些都市人也會到這裡光顧。」

「蜂蜜蛋糕？誰會專程跑到這種深山裡來買那種東西啊？」

伊作就像很受不了這種蠢念頭似地，笑著說道。

「不不不，只要這裡可口的蜂蜜做出口碑，人潮就會從四面八方湧來。」

黑塚婆婆一本正經地應道，但包括伊作在內，其他老先生們似乎並不認同，紛紛大笑道：「哈哈哈，有人會到這村子買蜂蜜？這是在說夢話嗎？」

「善次郎先生，聽說你以前在東京時，認識在瓶子工廠工作的人是嗎？只要請對方幫忙的話，就能製作外形時髦，連在大都市也可能會流行的瓶子或標籤對吧？」

黑塚婆婆望著善次郎問道，善次郎點頭。「嗯，要是我請對方幫忙的話。」

「還有，這是之前我在電視節目上看到的，有一群鄉下的老太太四處撿拾落葉，靠這樣來做生意。你不也是跟我一起看的嗎？東京的高級懷石料理店用落葉來當裝飾，所以賣出很好的價錢，連落葉也能拿來做生意呢。」

「那種東西……」

伊作似乎也記得那個節目，但那終究是電視裡的世界，與他們居住的村莊似乎沒半點關聯。

「不過，如果蜂蜜的生意做得起來，我們這個村落也有工作上門的話，我們家的久子或許也能回故鄉來。她的丈夫都過世了，實在沒必要繼續住在那個小公寓裡，做清掃的工作。」

伊作一面聽她說，一面心不在焉地想像村裡擠滿來自全國各地人潮的景象。

縣道沿線開設漂亮的蜂蜜專賣店和咖啡廳。縣道旁的芒草完全割除，立起一整排的黃色旗幟，隨風搖曳。旗幟上畫有可愛的蜜蜂插圖。這裡多的是閒置的土地，所以店家附設的停車場很寬敞。在這寬敞的停車場裡停滿了車，掛著全國各地的車牌。

「真有那麼簡單嗎？」

經過一段長時間的想像後，伊作偏著頭說道。

其他老先生也覺得坐立不安，認為自己也得給個答覆才行，於是紛紛順著伊作剛才那句話，異口同聲地應道：「沒錯，會有那麼簡單嗎？」

因為這個緣故，眾人突然收起這個話題。話題轉向拖拉機的收購價格，待七點過後，戶外開始變暗，參加聚會的居民們開始有人踩著酒醉的虛浮步履踏上歸途。

和負責善後的女性們一起留下的善次郎，將桌腳折好，立在牆邊，同時將空瓶收好放進箱子裡，自己攬下所有得花力氣的粗重活。

「善次郎先生，這裡的垃圾也麻煩您了。」

「要是等垃圾車來收，會發臭，就用善次郎先生的焚化爐來燒吧。」

婦女們很理所當然地請年紀較輕的善次郎處理粗重活。

今年十一月，善次郎就滿六十二歲了。儘管如此，在這個村落裡就唯獨他的年紀比眾人小上一兩輪。

大致整理過後，善次郎走出消防小屋。他喝了不少酒，滿臉通紅，呼出的氣息滿是酒味。

「好了，雷歐，我們要回去了……哦，你全都吃啦。」

剛才酒席間吃剩的食物，黑塚婆婆裝進碗裡，拿來給雷歐吃。

黑塚婆婆養的那隻小型犬巧克力，平時只吃狗糧，所以她看雷歐啃著帶骨的雞腿肉，似乎覺得很稀奇，在一旁觀看良久，百看不膩。

雷歐一面啃肉，一面發出低吼。

「大型犬果然還是有點可怕呢。」

黑塚婆婆打了個哆嗦，抱起嬌小的巧克力走進屋內。

雷歐由善次郎牽著，走在夜路上。今晚明月高懸，就算沒用手電筒一樣看得到路。

太陽下山後，山裡彌漫秋天的氣息。

「啊～醉了，醉了。」

善次郎心情愉悅地說道，他粗獷的嗓音被吸入繁星點點的星空。

雷歐用身體撞善次郎的腳，向牠撒嬌。牠是隻大型犬，每次碰撞，微醺的善次郎便會步履踉蹌。

「別這樣，雷歐。」善次郎笑道。

儘管如此，雷歐還是不肯停。

在夜氣沁涼的縣道上，留下這一人一狗長長的影子。

*

下午時，一輛計程車來到黑塚婆婆家門前。對方在外面按鳴喇叭，而巧克力早已吠叫提醒黑塚婆婆。

「好、好，知道了。巧克力，過來這邊！我要搭計程車到ＭＡＸ去！」

黑塚婆婆叫喚撲向窗口狂吠的巧克力。

她在玄關穿鞋，抱著巧克力走出家門。每次都是同一位司機，他走下車打了個大哈欠。

「辛苦您了。」

「午安。婆婆，今天只去ＭＡＸ嗎？」

「嗯，去買點東西。」

「不去看風溼的醫院嗎？」

「那裡就不去了，就算去得再勤也治不好。」

「不去拿藥嗎？」

「嗯，不需要了。」

司機打開後車門，黑塚婆婆「嘿咻」一聲坐進車內，司機把手搭向她上下車會發疼的膝蓋。

「好了，那我們出發嘍。」

計程車在屋子占地內的碎石子路上揚起塵埃。車內有一股紅茶的甘甜芳香，可能是司機喝的茶吧。

「婆婆，有點冷吧？要開暖氣嗎？」

面對司機的貼心，黑塚婆婆應道：「謝謝。不過我現在抱著這隻狗，所以沒關係。」

「巧克力幾歲了？」

「六歲。巧克力，你六歲了呢。」

巧克力前腳搭在窗框上，腹部伸得老長，望著窗外流動的景致。

村落的老人們之所以能以低廉的車資搭計程車出外購物、上醫院，全是因為這一帶被指定為「限界村落」[17]。

事實上，位於山腳的加油站倒閉，村裡的人要加油時，非得前往單程就要二十多公里遠的鎮上才行，於是伊作等村裡的男人們直接上村公所談判。

當然了，一開始行政機關遲遲沒有下文，但剛好這時地方電視臺聽聞加油站倒閉的風波前來採訪。

別說加油站了，就連販售日用品的商店也沒有。村裡的老人們就算想到城鎮去，也沒有縣營公車可搭。

村裡的老人們成了悲劇主角，備受矚目。最後雖然只換來了一項臨時因應措施，

17. 因為人口過少，村內人口50％以上都是六十五歲以上老人，很難維持社會性共同生活的村落。

而且還有上限限制，但至少他們從行政機關那裡贏得村民專用的「計程車搭乘券」。
而這全是伊作的功勞。
伊作原本感覺就像是村裡的主事者，而從那件事之後，就某個層面來說，他可說是高高在上。
計程車載著黑塚婆婆從村落來到縣道，接下來的路況是連續大彎道，所以車速放慢。
現在還看不到山裡的楓紅，但縣道旁的白色芒草倒是長得相當茂盛。
「這一帶的野草要是不割除，很危險呢。」
長得比人還高的芒草輕撫著車窗，司機忍不住抱怨道。
「……要是對向來車加速的話，就會撞上了。」
「之前善次郎先生才割過的。」
「妳說的善次郎先生，是住在彎道前方的那個人嗎？」
通過一個左彎的大彎道後，前方是一處面向北方的土地，連接蓊鬱的杉林。來到這裡後，就像突然烏雲密布般，感覺光線變暗不少。
善次郎家就在前方。
過彎時的離心力，差點令黑塚婆婆跌倒，她急忙抓住握把。巧克力感受到婆婆的慌張，開始汪汪叫了起來。

卡車的貨架上有鐵絲網。在一個關動物用的籠子裡，關了兩隻狗。
「這是什麼？」竹見站在一名以前見過面的記者身後問道。
「聽說是嫌犯和被害人養的狗。」
那名記者轉頭說道。
當中的那隻大狗，身上的毛糾結凌亂，毛色髒汙，而且像是長了疥癬，腹部的毛都脫落了，皮膚呈現暗紅色。儘管如此，牠對圍在四周的記者們所回瞪的眼神依舊兇猛，從沉聲低吼的口中頻頻垂落口水。
另一方面，那隻小狗似乎也因為這陌生的環境而顯得情緒激動，在狹小的籠子裡東蹦西跳，不斷汪汪叫，但這兩隻狗並沒打架。
聚在一起的記者們在確認過籠子裡關的是狗之後，便離開車子，回到原本的位置上。
「嫌犯的狗是在哪裡發現的？」
那名見過面的記者正準備走回校舍時，竹見向前詢問。
「聽說是剛才從山上跑下來的。」
「只有狗嗎？」
「好像是。牠們無精打采地從縣道上走來，警方發現後便加以保護。」
「這麼說來，只要順著狗的腳印，不就能發現嫌犯嗎？」

「是啊，警方已循線追查了。」

那名記者說完後，便回到廂形車內。

這時背後微微發出金屬聲，竹見不經意地回身而望。關著那兩隻狗的鐵籠，門是開著的。也不知道是門沒鎖好，還是狗兒們自行打開。總之，門現在是開著的，那兩隻狗已離開鐵籠，正準備從貨架上躍下。

「啊……」竹見指著狗兒們叫道。

但卡車附近已空無一人，沒人發現竹見的叫聲。

躍下貨架的狗兒們，在雪地上全速往村子的方向奔去。大狗不時做出停下來等小狗的動作。

「啊！狗跑了！」

就在竹見大喊時，有個更大的叫喊聲蓋過他的聲音。

「……抓到嫌犯了！在山中抓到嫌犯了！」

從校舍的方向傳來這個聲音。

竹見反射性地跟在狗兒後頭，往前奔去，卻因為地面泥濘而腳下打滑。他不自主地停下腳步，那兩隻狗已在雪地上一溜煙跑遠了。

「……嫌犯身受重傷！不過還有意識！像是自己刺傷腹部！現在正送往村子！」

在校舍內以及聚在前庭烤火的記者們，急忙展開行動。他們各自坐上自家的計程車從善次郎家門前路過。

司機、黑塚婆婆，甚至是巧克力，目光都望向那怪異的光景。

在駛離善次郎家一大段路後，司機這才開口道：「那到底是什麼啊？」

司機頻頻望向後座，而黑塚婆婆則是額頭仍緊貼著車窗，望著後方。

「……我晚上載著這裡的客人行經這個地方，感覺很不舒服呢。駛過昏暗的山路，車燈前方突然出現那棟屋子，就連我這樣的大男人也忍不住會叫出聲來，真的很可怕。」

司機誇張地打了個哆嗦。

黑塚婆婆這才從窗前移開額頭，回應道：「善次郎先生應該也不是為了要嚇人，才擺出那種東西。」

「可是，看了還是很不舒服啊。像那樣擺出一排假人模特兒，而且還幫它們化妝，畫得跟妖怪一樣，甚至穿上奇怪的衣服……」

善次郎家門前，確實如司機所言，擺了十具左右的假人模特兒。每一具都穿著禮服，但因為長期風吹雨淋，衣服上的亮片和華麗的刺繡都已髒汙，呈現出一種詭異的氣氛。

而且這群假人突兀地出現在蓊鬱的杉林裡。

「也不知道是多久以前的事了，我當時因為很好奇，把車停在前面，前往一探究竟。」

司機在大彎處轉動方向盤，如此說道。

「……我才剛下車，往屋子走近，就有狗朝我猛吠，我嚇得腿軟。那戶人家養了一隻大狗。」

「是雷歐吧？」黑塚婆婆應道。

「牠叫雷歐是嗎？我不知道，只知道是一隻大狗，可能都沒洗澡吧，毛色很髒，光是靠近就聞得到臭味。」

「沒聽說雷歐會咬人呢……」黑塚婆婆低語道。

可能是沒聽清楚，司機轉頭問道：「咦？妳說什麼？」

「那戶人家養的雷歐，應該是不會咬人才對……不過，轟木老先生倒是曾被咬過。」

「真的？太可怕了。」

「所以我先生他們在聚會中決定，不能將雷歐從狗屋放出來。」

「這麼說來，那隻狗一直都待在狗屋裡，不能出來嗎？」

「只有白天的時候。晚上大家都待在家裡，就可以放牠出來。不過說來也真是可憐，那麼大的狗，卻待在那麼小的狗屋裡……」

黑塚婆婆轉頭往後望。當然了，別說雷歐的狗屋了，就連善次郎的家也已經看不到了。

那天，黑塚婆婆一如平時帶著巧克力出外散步。雖然仍豔陽高照，但下過雷陣雨後，涼風從山上徐來。風中帶有泥土的氣味。

黑塚婆婆正準備喝水壺裡的麥茶時，牽繩從她手中掉落，巧克力就此往前奔去。那是蓊鬱杉林的前方，他們平時固定會折返的地點。

「巧克力！巧克力！」黑塚婆婆慌張地叫喚。

平時很膽小的巧克力，不論是在家中，還是出外散步，幾乎都待在黑塚婆婆腳邊，寸步不離。

就像有什麼在叫喚牠似的，牠在縣道的白線上一路往前跑。

「巧克力！巧克力！危險啊！」

黑塚婆婆一面轉緊水壺的蓋子，一面緊追在後。她當然沒有邁步奔跑的腳力，儘管如此，她還是想盡可能加快速度，結果雙腳差點打結。

巧克力的身影消失在彎道處，黑塚婆婆再度大叫一聲：「巧克力！」

轉過這處彎道，前面就是善次郎的家。

先聽到的是巧克力的低吼聲，巧克力很少會低吼。

接著是某人的呻吟聲，是男人的聲音，發出「唔……唔……好痛、好痛……」的呻吟。

最後是雷歐的吠叫聲。那是抱持恐懼和不安，像在威嚇對方似的，從腹中深處發出的吠叫聲。

黑塚婆婆急忙繞過彎道。

首先看到的，是嚇壞了的巧克力，牠一察覺到黑塚婆婆的氣息，馬上飛奔而來。前方有名男子倒臥地上。仔細一看，是轟木老先生，他按住右大腿，與隨時都可能會撲向他的雷歐保持距離，拖著身子，在柏油路上不住後退。

「雷歐！雷歐！」黑塚婆婆馬上大聲叫喚。

雷歐發現黑塚婆婆後，一時間停止吠叫，但旋即又朝轟木老先生發出低吼。

「怎、怎麼了？」

黑塚婆婆走近轟木老先生，她抱在懷裡的巧克力不住顫抖。

按住自己大腿的轟木老先生，手掌被鮮血染紅，血還滴落縣道的白線上。

雖然覺得難以置信，但黑塚婆婆還是喝斥一聲：「雷歐！」

這時轟木老先生大叫道：「我被咬了！我被咬了！」

黑塚婆婆急忙取出手機。除了接女兒久子打來的電話外，她幾乎不曾用過手機。但她還是撥打了一一九。

轟木老先生大腿流出的鮮血，將他髒汙的工作長褲染黑。

黑塚婆婆在轟木老先生面前蹲下身，以手巾按住他的傷口。這時巧克力從她臂彎中逃走，奔向情緒激動的雷歐身邊，在牠周圍叫個不停。

雷歐見巧克力那一如平時的模樣，突然回過神來，變得安分許多，壓低身子擺出服從的姿勢，抬眼望著在牠四周蹦蹦跳跳的巧克力。

「救護車馬上就來了。」

黑塚婆婆一面說，一面按住傷口。從破裂的長褲中露出的傷口，明顯是撕裂傷。被救護車載走的轟木老先生並無大礙，但日後他兇巴巴地對善次郎說：「你要是沒辦法賠償的話，就殺了雷歐。」

善次郎當然是一再向他道歉，但他心裡也不相信雷歐會咬人，心裡的疙瘩全表現在臉上。

結果對方改為批評他不知反省，身為飼主卻沒善盡管教的義務。

這時，轟木老先生可能太過氣憤，用力地一拳朝善次郎身旁的雷歐頭部砸下。由於事出突然，雷歐沒能躲過，痛得昏倒在地上。

善次郎大為震怒，一把揪住轟木老先生，伊作他們拚命勸阻，從那之後，兩人便沒再進一步討論此事，村落方面禁止白天時將雷歐放出狗屋，以此作為村裡的規定。

坐在前往城鎮的計程車後座，隨著車子舒服搖晃的黑塚婆婆，想到這裡，重重嘆了口氣。

某個懷念的記憶從腦中甦醒。

那已是距今兩、三年前的事了。一如平時，在消防小屋裡召開聚會。在伊作所坐的桌位旁，剛好善次郎也在，正開心地喝著酒，所以黑塚婆婆認為這是個好機會，便提議要善次郎將之前告訴她的那件靠蜂蜜振興村莊的事，也一併告訴伊作他們。

這場聚會與雷歐咬傷轟木老先生的事，不知道哪個比較早？

這麼重要的事，偏偏怎麼也想不起來。

總之，善次郎在當時的聚會中，向伊作他們提到這一帶採集的蜂蜜品質非常好，如果擴大養蜂規模，在村裡設置專賣店和咖啡廳，應該會有很多人前來。

伊作他們一開始似乎也聽得一頭霧水，但彷彿又覺得這個提議充滿了夢想。不過事後仔細想想，那正是一切的元兇。

簡單來說，善次郎根據當時在消防小屋裡的談話氣氛，認為身為村莊主事者的伊作對這個振興村莊的提案也相當贊成。

他馬上開始為擴大養蜂規模做準備，還向鎮上的信用金庫借來一筆資金。當時善次郎好像養了八十群蜜蜂，他一口氣將數量擴增三倍，還在鄉公所職業介紹所的介紹下，雇用了一位年近半百的男子。

他們兩人每天一早就上山工作，伊作他們看在眼裡，也覺得他很認真可靠。

黑塚婆婆還記得，某天晚上伊作吃完晚餐，喝著燒酒時，心情愉悅地對她說：「如果善次郎的養蜂事業真的推展順利的話，為了村子著想，我也得出點力才行呢。」

事實上，伊作原本應該也是打算，只要善次郎說一聲，就會全村總動員，一同協助這個振興村莊的事業。

但後來因為某件事而完全翻盤。

這件事並沒有誰對誰錯。每次在村裡的聚會中碰面，善次郎和伊作就會針對振興村莊的事展開討論。不過，他們都認為自己是最後向村公所報告此事的人，這點兩人的想法有所出入。

善次郎應該是認為，要直接跟想法守舊的公務員談判，應該由年紀較輕的他來才對；而伊作也有他自己的想法，他認為這個重責大任該由他這位村莊的主事者來承擔。

不管怎樣，大家都看得出來，為了在這個限界村落振興村莊，要直接和政府機關談判、請他們撥出預算不是一件簡單的事。正因為如此，他們兩人都想要自己攬下這個苦差事。

然而……

善次郎卻自己專斷獨行，跑去跟鄉公所談判，伊作聽聞此事時憤慨不已，當時人在一旁的黑塚婆婆永遠忘不了丈夫的神情。

而向伊作通報此事的人，正是轟木老先生。

當時轟木的喉嚨長疙瘩，固定到鎮上的醫院就診，在那裡遇到一位認識的公務員，對方跟他說：「看來，你們的村莊今後會很有意思呢。」

轟木老先生聽得一頭霧水，默默聽對方說明原委後，明白是在聚會中大家常討論的善次郎養蜂一事。

「哦，那個啊。那種計畫八字都還沒一撇呢。」轟木老先生如此接話道，但那名公務員卻是一臉驚訝地說道：「不不不，都已經核撥預算了呢。」

「預算？」

「就是支援養蜂振興村莊的預算啊。」

「咦？」

轟木老先生從醫院火速趕回村落後，馬上前來找伊作。

他似乎原本滿心以為只有他一人被蒙在鼓裡。

但當然連伊作聽了之後也是青天霹靂，他自然不會知道善次郎竟然會專斷獨行，直接跑去找鄉公所談判。

「……原來如此，連伊作先生你也不知道啊。」

得知不是只有自己被蒙在鼓裡後，轟木老先生鬆了口氣，就此進一步道出詳情。

善次郎的提議，似乎時機掌握得剛剛好。

去年剛就任的地區振興課課長，在前一個任職處正是用這個手法成功振興村莊，就此闖出名號，雖然同樣的手法不見得可以再次成功，但當他聽完善次郎提出的點子後，馬上便展開行動。

轟木老先生說完此事後，伊作臉上浮現憤怒的表情。他正在吃的栗子皮鯁在喉嚨，咳嗽不止。

伊作馬上說要去見善次郎，和轟木老先生一同出門。

送他們離去的黑塚婆婆，朝伊作背後說道：「以善次郎先生的為人，應該是打算麻煩事全部自己來，等事成之後再向你報告啊。」但伊作置若罔聞。

根據事後聽聞得知，伊作他們到善次郎家中後，善次郎馬上說出黑塚婆婆所猜想的那番話來。

「我想先知道鄉公所方面有什麼看法，就試著自己一個人去詢問看看，結果經過一番周旋後，竟然當天就見到了課長。我向課長說明後，他跟我說『我明白了，這資料我帶回去看看』，所以我向他行了一禮說『那就麻煩您了』。當然了，我並不認為他會馬上採取行動。我想等對方跟我聯絡之後，再通知你們一聲。不過，當對方跟我聯絡時，竟然就跟我說『可能會核撥預算，我們進一步討論吧』。我大吃一驚，接下來完全照著對方的步調走，談得相當順利，我原本想等正式通過後再跟你們說，不，應該是說，等通過後再提，你們應該也會比較高興。想著想著，時間就這麼蹉跎了。」

就伊作來說，應該是沒必要對善次郎這番話緊咬著不放。

雖然都沒被告知，心裡不高興，但既然鄉公所肯出振興村莊的預算，那也是可喜可賀的一件事。

然而，一旁站著轟木老先生。在轟木老先生面前，伊作為了展現自己身為村落主事者的威嚴，刻意擺出嚴厲的態度。

「就算你和鄉公所的人談得再順利，也不該這麼自作主張吧？我們村落有自己的做法。」

話說出口後，伊作漸漸覺得自己被人瞧扁，實在很窩囊。平時善次郎的沉默寡言是優點，但現在突然看起來像是在瞧不起人。

「如果有預算核撥到村落裡，也不能都由你自己一個人決定怎麼使用。」伊作接著道。

善次郎只能應一聲「是」。

「你是不是有點瞧不起我們啊？」

雖然這句話就像是在找碴一樣，可是說出口之後，便覺得原本一直住在東京的善次郎似乎不光對伊作他們，就連對這個村落也同樣不抱持敬意。

「蜂蜜固然也很重要，但既然核撥了預算到村子裡，那麼還有許多其他的事應該先做。」

聽伊作這麼說，轟木老先生一直嚷著「沒錯、沒錯」，大表贊同。

「北谷山崖的網子，那裡都還沒進行補強。佐久十字路口的地面裂開，公路護欄傾倒，也還沒修復呢。如果有錢用在蜂蜜上，大家更希望移動式診療車的造訪次數能多增加一些。」

這時，轟木老先生提議道：「說得是啊。搞什麼蜂蜜嘛。既然有錢用在蜂蜜上，還不如派牙醫來看診，至少一個月來一次也好。」

善次郎靜靜地聽他們兩人說。待在狗屋裡的雷歐很擔心主人的安危，頻頻發出低吼。

說話真的是很玄的一件事，這件事逐漸在村民間傳開，但傳話的內容卻逐漸在改變。

也不知是在哪個環節被扭曲，最後聽到的版本，是善次郎想將村裡的水源賤價賣給某個黑心企業。

為什麼會傳出這樣的話來？詳情當然不得而知。不過，唯一想得到的線索，就是幾年前曾有個傳聞，提到有某個國外企業想買下流經村落的佐久川上游土地，大家便說「佐久川將會乾涸」、「水資源會被搶走」、「附近將會蓋一座產業廢棄物堆放場」，整個村落疑神疑鬼，陷入恐慌中。而當時的這種情形，可能與正好從東京這個大都市返鄉的善次郎所做的行動，在某個時間點產生了交會。

最後，鄉公所原本推動的地區振興預算，也就此無疾而終。

明明是對村子有益的預算，但如果村裡的居民們都反對，自然不可能核撥。

好不容易才交涉到這個地步，善次郎當然不會輕言放棄。

他幾乎每天到伊作家低頭懇求，說他絕對沒打什麼壞主意，想證明自己的清白。

但就算伊作同意，其他村落的住戶也不同意伊作這麼做。

黑塚婆婆見善次郎額頭緊貼地面，苦苦哀求，心裡著實不忍。不過，在村裡居住多年的老太太心裡明白，只要一度在村裡失去眾人的信賴，就得花很長的時間才能重拾人們的信任。

當初剛嫁到村裡時，黑塚婆婆曾聽人說過。

「村八分[18]還算客氣呢。剩下的那兩分，只要是屬於婚喪喜慶，還是會有往來。不過，這個村子比其他地方還要嚴苛。萬一發生了什麼事，別說村八分了，根本就是村十分，完全拒絕往來。」

許久沒搭計程車到鎮上採買的黑塚婆婆，在那位好脾氣的司機幫忙下，買了許多因為太重而平時不太會買的麵粉和調味料。

平時她都是利用星期一和星期四到村子裡來的貨車採買補貨，價錢比鎮上的平價超市還要貴上許多，有的甚至貴到兩倍以上。

回到村子後，司機幫她將買來的東西全搬往廚房。

「我這就去泡茶，吃塊長崎蛋糕再走吧。」黑塚婆婆說道，但司機說他還有其他客人，也沒喝茶就離開了。

黑塚婆婆先將生鮮放進冰箱，接著她著手泡茶，想先休息一會兒。

不知不覺間，已來到散步時間，巧克力在客廳裡直繞圈圈。

「喝完茶就去。巧克力，你真了不起。一直都待在車上乖乖等呢。」

在黑塚婆婆的撫摸下，巧克力像平時一樣，以後腳站立。

「哦~真棒、真棒。」

受到誇獎後，巧克力就此以自豪的神情昂首闊步。

不慌不忙地喝完茶後，黑塚婆婆拿起牽繩，走向玄關。興奮的巧克力以幾乎快要撞向牆壁或屋柱的衝勢緊跟而來。

18. 村八分是日本傳統中對於村落中破壞規矩的人所做的消極制裁行為。在人們共同生活的十件重要事情中，除了協助埋葬及滅火這兩件事情（如果置之不理會造成他人困擾）外，其餘的八件事情（成人禮、結婚、生產、照顧病人、房屋改建、水災時的照料、每年的祭拜法事、旅行）則完全不和當事人有任何交流及協助。

來到屋外，繫上牽繩後，黑塚婆婆本想像平時一樣往山的方向走去，但巧克力卻罕見地一動也不動。

「怎麼啦？你不想去嗎？」

愈是拉牽繩，巧克力愈是緊踩地面不動，牠想走以前散步的路線。

從村落前往縣道，沿著佐久川走一段路，路過善次郎家，來到光線昏暗的杉林後再折返。

這是以前他們走的路線。

黑塚婆婆猶豫了一會兒，接著問道：「你想去那兒對吧？」

巧克力適時地叫了聲「汪」。

黑塚婆婆拉著牽繩，朝以前走的路線而去。巧克力馬上走向前，嗅了嗅雜草的氣味，接著又快步向前。

伊作吩咐過她，絕不能帶巧克力到善次郎家附近。

伊作還曾經很誇張地警告她說，如果巧克力被善次郎的狗咬死，我絕不饒妳。

「雷歐哪會咬巧克力啊。」黑塚婆婆想加以反駁，但由於轟木老先生就曾經被咬，所以她還是乖乖聽伊作的話。

為了振興村莊的預算而和村落的居民們起爭執後，善次郎幾乎都足不出戶。

不過，有一陣子他還是繼續養蜂，但後來也結束養蜂的工作，偶爾會看到他的身影，往往都是在自家後院種菜。

也不知道他會不會出外採買，有沒有好好吃飯，雖然就住附近，但村落的居民們都不清楚善次郎平時過著怎樣的生活。

不過大家都看得出來，善次郎變得愈來愈不愛乾淨。留著骯髒的頭髮和鬍子，不剪也不刮，穿著滿身髒兮兮的衣服，還聞得到像是好幾個禮拜沒洗澡的異味。

而他養的狗雷歐也一樣，關在狗籠裡，流著口水，發出低吼聲，整個髒到不行的雷歐，可以說就是善次郎的寫照。

黑塚婆婆心想，雖然善次郎外表像熊一樣，所以引人誤解，但他其實是個心地善良的男人。

據說他在東京當車床技工時曾經結過婚，不過一直無子承歡膝下，而結婚十年後，他的妻子因白血病過世，他應該一直都是個體貼妻子的好丈夫。當然了，黑塚婆婆並非毫無根據，自己做這樣的推測。

雖然善次郎從未提過自己的過往，但只要看過他照顧自己年邁父親的模樣，便不難想像他是如何看顧自己罹患白血病的妻子。

善次郎幾乎每天背著自己臥病在床的父親出外散步。

兩個大男人沒有交談，就這樣默默地走在山路上。

妻子亡故後，善次郎一直都沒續弦。

他一直在姐夫的工廠認真工作，直到屆齡退休，退休後，原本想兼職當大樓管理員，但當他得知自己在村落裡獨居的父親身體狀況不佳後，也沒跟姐姐商量，就自己整理好行囊，搬回故里。

在全是八十多歲老人的村落裡，六十多歲的善次郎算是年輕人。割草、修補漏水、電器產品的配線、拖拉機的修理、清掃水溝……只要村落的人們請他幫忙，他都二話不說。而每次村民們也都會付他一千或兩千日圓當工錢。

「巧克力，既然都來到這兒了，就到底下的河灘去吧。喏，你看。那裡滿滿都是大波斯菊呢。」

來到縣道上的黑塚婆婆，望著為河灘點綴色彩的大波斯菊。淡紫色的花瓣隨風搖曳，就像在說什麼悄悄話一樣。

黑塚婆婆就像被花朵的聲音所吸引般，走下河灘。她抱在懷裡的巧克力躍向地面，四處嗅聞大波斯菊的氣味。

河面波光粼粼。耳畔突然傳來聲響，她急忙伸手揮除，原來是蜜蜂。幸好沒被螫傷，是一隻外型渾圓的蜜蜂，仔細一看，不光只有一隻，有十幾隻蜜蜂成群飛行。

「巧克力，我們走吧，這裡有蜜蜂。」

她再次抱起巧克力，從河灘回到縣道上。

她就此順著縣道走向善次郎家。就像計程車司機說的，一靠近便聞到一股惡臭。

並非是什麼特別的臭味，真要說的話，是一種野獸的臭味。

一開始隨風吹來，還勉強能忍受，但漸漸臭得教人皺起眉頭。

擺在家門前的那一排假人模特兒，一樣穿著骯髒的衣服，有些甚至缺頭斷手。

雖然不是剛才河灘上的大波斯菊，但這些假人模特兒看起來也像在說話。

不過它們的談話，感覺不像大波斯菊那樣會讓人想豎耳細聽，而是讓人想摀住耳朵的可怕內容。

儘管如此，黑塚婆婆還是心想，這麼久沒到這裡散步了，或許會帶來什麼契機吧，就此朝雷歐所在的狗屋走近。

「雷歐，雷歐，好久不見了。你過得好嗎？」

雷歐在狗籠裡縮著身子。牠腹部長了疥癬，掉毛的皮膚透著暗紅色。

「好可憐啊……很癢對吧？得早點帶你去醫院看醫生才行。」

雷歐在狗籠裡緩緩站起身，靠向柵欄想摩擦身體。

黑塚婆婆伸出手。雷歐想舔她的手，但有柵欄阻擋，舌頭伸不出來。

巧克力以前腳搭在柵欄上，站起身子，不斷搖尾巴，這是他睽違已久的問候。

雷歐用力嗅聞巧克力的氣味。

黑塚婆婆突然感覺到一道視線，猛然回頭。

但感覺不到人的氣息。當她再次望向狗屋時，她從微微打開的住家大門縫隙處，看到善次郎靜靜注視她的雙眸。

黑塚婆婆微微發出一聲驚呼，跌坐地上，就像看到怪物似地大吃一驚。她急忙掩飾自己的失態，像在裝傻似地笑道：「啊，嚇了我一大跳……善次郎先生，你看雷歐，牠肚子長疥癬呢，好可憐。得帶牠去看醫生才行。」接著她站起身，拍了拍屁股的泥巴。

但善次郎卻仍待在門後，沒有動靜。

「善次郎先生，你看他的疥癬……」

這時，善次郎不知低語了一句什麼。不過因為他人在門後，所以聽不清楚。

「咦？你說什麼？」黑塚婆婆反問。

「……不要跨越那裡。」

善次郎只從門縫處露出他厚實的嘴唇。

黑塚婆婆轉頭望。在假人模特兒排成一直線的地面，以黃色油漆寫著「禁止進入」四個字。

黑塚婆婆一時全身發毛，但她假裝沒發現，試著改變話題。

「善次郎先生，你有好好吃飯嗎？」

善次郎沒回答。
「……偶爾也該洗個澡才行。你自己一個大男人，或許會覺得很麻煩……」
善次郎的眼睛一直緊盯著地面上寫的「禁止進入」。
黑塚婆婆把手指伸進柵欄裡，想撫摸雷歐，雷歐將鼻子湊向她的手指。
背後傳來關上門的聲音。黑塚婆婆笑著對雷歐說：「我會再來的。」
她起身想離去，但巧克力仍緊靠在柵欄前，不肯離去。
「好了，我們走吧。」黑塚婆婆拉扯牽繩。
緊貼著柵欄的巧克力，一再轉頭望向老太太，搖著尾巴，就像在說「再待一會兒嘛」。
雷歐伸出舌頭，想舔巧克力的臉。

*

「……現場極度混亂！看得到嗎？目前警方禁止任何人進入，不過這條縣道前方就是嫌犯的住宅！目前不知道嫌犯的下落！有人說他逃往山中！是的，從我們現在所站的位置看不見，不過，要是再繼續往前走，就可以看到那棟家門前擺了一排老舊的假人模特兒，氣氛很詭異的屋子！我們現在所站的位置就是命案現場，通往佐久村的三岔路……啊，好像剛好搬運遺體過來了！就在前面！快拍前面！是的，現在村落裡又有某人的遺體被運了出來！放在救護隊的擔架上，運到縣道上了！」

以激動的口吻說個不停的記者竹見亮太，呼出的氣息像棉花一樣雪白。

昨晚這個地區難得下起大雪。此刻清晨已放晴，但地上厚厚一層積雪，吸走山中所有的聲音。因為這個緣故，只有各電視臺的記者們實況轉播的聲音，特別從眼前的景致中獨立出來。

在雪白的世界中，只有他們的腳因泥巴而顯得髒黑。

載著遺體的救護車鳴響警笛，奔馳在縣道上。似乎不太習慣雪地行駛的當地駕駛，因發車時重踩油門，造成輪胎空轉。

「……是的，現在遺體被運走了。是的，會繼續實況報導……對於佐久村落發生的一連串殺人事件，警方認定有可能是連續殺人案，正展開搜查。目前已得知的被害人有……」

高空直昇機的聲響愈來愈大，竹見也跟著提高音量。

「聽得到我的聲音嗎？是、是，目前已得知的被害人，有九十歲的黑塚伊作，他八十六歲的妻子黑塚志津、八十五歲的轟木昌五、七十八歲的多部良一、他七十六歲的妻子多部章子，一共五人，不過，如果剛才救護隊員以擔架搬運的人也是的話，這村落一個晚上就有六人喪命了！」

直昇機在空中盤旋一陣子後離去，四周只剩從山上吹落的寒風呼嘯聲。

結束實況轉播，放下麥克風的竹見，因灌進衣襟裡的寒風而猛打哆嗦。

成為當地電視臺記者，至今已是第四個年頭，從未報導過如此重大的案件。

竹見打開放在口袋裡的罐裝咖啡。是他來這裡的途中買的熱咖啡，但現在早已變得冰涼。

「松本先生，你裡面穿幾件衣服啊？」

竹見朝和他一樣直打哆嗦的攝影師問道。滿臉鬍子的松本應道「羽絨背心、刷毛衣、運動衣、襯衫、T恤」，還刻意從褲子裡拉出來數，露出白皙的腹部後，這才喊一聲「啊～好冷」，直發抖。

不遠處，其他電視臺的女記者正好也在實況轉播。

「……第一發現者是長期在這個地區擔任郵差的瀧井文彥。由於今天早上積雪，他沒騎車，改為開車，但他發現從縣道前往村落的積雪道路上，有鮮紅的血跡。瀧井先生原本還以為是有人受重傷，因而順著血跡往村落而去。就此得知血跡一路通往黑塚夫婦家，他前往敲門，但沒人回應，於是他自行開門進入。根據瀧井先生提供的證詞，當時他看到屋主伊作先生渾身是血的屍體倒臥在玄關處，而他妻子志津女士則是倒臥在裡頭六張榻榻米大的房間裡。鮮血四處飛濺，隔門、牆壁，以及天花板的日光燈罩上都是，據警方說，這次喪命的人，全都像是被鐮刀這類鋒利的器具所殺害。」

結束實況轉播的女記者朝竹見瞄了一眼，兩人在其他的報導現場有過數面之緣。

女記者朝他走近，說道：「好久不見，我是立花。」竹見也急忙低頭行禮，回道：「我是竹見。」

這時，某個記憶從腦中甦醒。竹見有位姓野田的前輩，說他在參加某個業界的聚會後，在酒局中與這名女記者混熟，當天晚上就到飯店開房間。聽說當時兩人都醉了，行為相當大膽開放。

前輩野田的家中有妻兒。

「剛才擔架運走的被害人，可有相關資訊？」

女記者突然問道，竹見回答她：「不，還沒。」就在這時，不遠處的一群圍著刑警問話的記者們，突然朗聲喊著：「剛才擔架上的被害人，是村裡的居民木多小夜子女士，七十二歲！」

竹見馬上記在記事本上。那名女記者同樣邊記邊低語說著：「一個晚上死了六個人……」

「嫌犯的住處看過了嗎？」竹見問。

「站在封鎖線前看過。」

「如何？」

「這個嘛……感覺很不舒服。狗屋很臭……」

「我想也是。」

「竹見先生，接下來你們要去避難所是嗎？」
「是的。」
「那就在那裡見吧。」
女記者捲起麥克風的電線，往廂形車的方向走去，腳印清楚地留在雪地上。
這時竹見猛然想起，野田前輩說過，在飯店和她做愛時，曾讓立花舔他的手指，她一直舔個不停。
此刻村落裡的居民都到山腳下的小學避難去了，嫌犯田中善次郎依然在逃中，所以避難所受到重重戒護。
竹見也回到廂形車內。先坐進駕駛座的攝影師松本，在暖氣送風口前不住搓著手說道：「啊～好冷。」
「請開往佐久小學。」
竹見告訴松本目的地後，望向窗外。
覆著皚皚白雪的杉林，陽光正要照向它。葉子上積著厚厚一層閃閃發亮的白雪，叫什麼來著？棉帽？戴雪？記得好像有這樣的稱呼。
車子的雪鏈發出聲響，緩緩順著縣道而下。
由於眼前是一片雪景，感覺就像第一次造訪，但其實竹見對這座佐久村有個懷念的回憶。

那已是四年前的事，當時他還只是個菜鳥記者，擔任前輩野田的助手，第一次負責的節目就是這座限界村落「佐久」的特集。當時附近唯一的加油站倒閉，縣營公車也停駛，這個村落完全淪為一座陸上孤島，當地居民槓上行政機關，竹見將它製作成紀錄片節目。

結果村裡的居民從行政機關手中贏得了計程車搭乘券。

當時居民們接獲通知時的喜悅，竹見至今仍記得很清楚。別說記得了，他就是在那時候第一次真切感受到自己所從事的報導工作有多重要。

接獲這次案件的通報後，竹見馬上在前往的途中，於車內回顧那份老舊的特集影片。警方已公布姓名的被害者當中，黑塚伊作、他的妻子黑塚志津、轟木昌五這三人，是在竹見的採訪節目中特別以字幕介紹姓名的重要人物。而在採訪過程中，伊作先生提到他戰死的哥哥們時臉上的神情，以及到他家拜訪，志津女士端出自己作的萩餅，說要給他點心吃時，那和善的笑容，一一浮現竹見心頭。

採訪的最後一天，伊作先生握著他的手，遲遲不肯放。那是長年務農的厚實手掌。

志津女士則不知是從哪個電視節目學來，半開玩笑地說要「抱一個當紀念」，於是便由年輕的竹見當代表，擁抱她嬌小的身軀，當時她羞紅了臉，顯得很難為情。

面向西邊的小學教室充當避難所。

竹見抵達時，村裡的男人們在前庭和操場角落臨時設置的抽菸處，圍坐在焚燒柴火的鐵桶旁。大家熱絡討論的話題，是研判已逃往山中的嫌犯田中善次郎究竟是走哪條路徑進入雪山。

竹見走近那群男人說道：「可以請教各位幾個問題嗎？」裡頭或許有以前採訪過的人，但遺憾的是，他已不記得，而村裡的男人們似乎也都沒人記得竹見。

竹見為了讓他們繼續談下去，他先問在場眾人認為嫌犯現在會躲在什麼地方。此時制止在場眾人，率先開口的，是一名滿臉皺紋，宛如老樹一般的老翁。

「我們也正在談這件事，如果沒下雪的話，他現在應該已越過竹岳，下山來到琴浦那一帶。不過，就算善次郎再厲害，在這場大雪下，應該也無法動彈吧。竹岳以前是他養蜂的地方，他可能就躲在那一帶，我們大家正在討論這件事。」

「他養蜂是嗎？」

「嗯，有一段時期還進行得很順利。」

在那名滿臉皺紋的老人後頭接話的，是另一位門牙都已掉光的老先生。

「當時還做得有聲有色。不過這一、兩年，他已經沒辦法幹活了。」

「沒辦法幹活？」

暖爐旁。

「也該去替老爺爺他們泡茶了。」

「那裡有剛才鄉公所的人帶來的包子。」

「剛才用的水壺和茶葉擺哪兒去啦？」

當中看起來最年輕的老太太這樣說道，走出教室。

竹見默默行了一禮，走進教室，假裝欣賞貼在牆上的學生們習字作品。

「伊作先生的女兒們應該也快到了吧。可別搞錯地方，跑到村子裡去啊。」

「村子前面聚集了那麼多警察，就算搞錯跑到村子去，警方也會叫她們到這兒來的。」

「話說回來，接下來不知道會怎樣。」

「聽說要在這裡過夜。沒浴缸，沒棉被，也沒衣服可以替換。」

「哎呀，對了，喪禮的事該怎麼辦？」

「喪禮？」

「對啊。伊作他們夫婦、轟木家的昌五、良一和章子，還有小夜子……」

「對哦。伊作和良一家有女兒在，沒什麼問題，但轟木昌五和小夜子家，就得靠我們來善後才行。」

「那麼多血，要怎麼清洗乾淨啊？」

「有專用的洗潔劑。」
「我們是可以幫忙善後，可是他們留下來的房子該怎麼辦？」
「不知道耶，因為沒人住。」
說到這裡，竹見轉頭喚道：「不好意思，可以請教妳們一些問題嗎？」
一時轉為沉默的老太太們，應了聲「是、是」，把原本伸展或彎曲的腳全都縮了回來。
「我想請教一下昨晚發生的事。」
竹見如此開啟話端，一名像是主事者的老太太，可能是在歷經這幾小時的風波後已經習慣，毫不遲疑地開口說道：「哦，昨天晚上啊……」
「……我們村裡的人，晚上都很早睡。九點一過，每戶人家應該都已熄燈。發生那場騷動，是今天一早，郵差發現伊作先生他們渾身是血地倒臥家中之後的事……他馬上打電話報警，而當時人在附近的我們，也因為聽到聲音而出來查看。如果沒下雪的話，平時大家都會更早走出家門，但因為那天下雪，我們這些老先生老太太不太會出門……在警察來之前，大家都頂著雪站在伊作先生家門前。之後有人說到：『咦？轟木老先生還沒來，也沒看到良一先生。』大家分頭叫他們來，結果發現和伊作先生他們一樣，渾身是血……」
「真可怕，我們大家全都聚在一枝太太家中，嚇得渾身顫抖，直到警方到來。」

「警察來了之後，對血跡展開調查，認定善次郎有嫌疑，那好像是上午的事吧。我們聽了之後，再度渾身發抖，心想，如果是善次郎的話，確實有可能這麼做。」

「真是可憐，善次郎這一、兩年變得性情古怪，好像非常神經質。有時好幾天足不出戶，有時卻又一整天站在家門前，獨自喃喃自語……之前偶爾我們也曾對他說：『善次郎先生，你要振作一點啊。』但他卻朝我們丟石頭罵道：『囉嗦！』所以最近就算他站在家門前，我們也都避免跟他目光交會。」

「剛才我聽這位小菅婆婆說，昨天伊作先生他們好像又和善次郎起衝突了。」

竹見望向人稱小菅婆婆的那位老太太。

她看起來年近百歲，一頭稀疏的白髮，縮著身子跪坐在坐墊上的模樣，就像脊椎被人抽走了一樣。

「小菅婆婆！妳看！警察來了。妳剛才說的話，再說一次給他聽！」

一旁的老太太在小菅婆婆耳邊大聲喊道。竹見並未刻意糾正。

「哦，這樣啊。」

小菅婆婆似乎聽到了，她就像在調整下巴的位置般，動了動下巴，然後娓娓道出。

「伊作和善次郎都不是壞人。不過，像他們那麼固執，最後雙方都鬧僵了。昨天多部家的良一和章子當中間人，想讓他們兩人當面談談。在這個小小的村落裡，彼此一直這樣仇視，也不是個辦法啊。」
據小菅婆婆所言，昨天下午，多部夫婦半強迫地帶著伊作到善次郎家。
「……善次郎家門前不是擺了一排人偶嗎？好像叫假人模特兒是吧？你們知道善次郎為何要擺那個嗎？他是想要那些人偶向他道歉，才擺在門外。並不是為了嚇唬我們才那麼做。我看著善次郎長大，所以我了解他。」
小菅婆婆說到這裡，她身旁那些原本端正跪坐的老太太們，紛紛開始改變坐姿，提出反駁道：「小菅婆婆，雖然妳這麼說，但伊作先生和我們可不這麼認為呢。」
不過，小菅婆婆就像沒聽到似的，接著往下說。
「總之，多部夫婦帶著伊作前去，但善次郎不肯開門。在良一的說服下，伊作原本也想好好和善次郎談，但他是個急性子的男人，吃了一頓閉門羹馬上火冒三丈。」
伊作大感不耐煩，在門外破口大罵。
「喂！善次郎！你應該聽得到吧！我們村子裡不需要像你這樣的傢伙！既然你討厭這村子，就快滾出這裡吧！順便把你這隻病狗帶走！等你們離開這裡，我們馬上舉杯慶祝！」
多部夫婦極力勸阻情緒激動的伊作。人在家中的善次郎則是沒任何動靜，不過狗屋的雷歐一直發出低吼。
伊作還將擺在善次郎家門前的假人模特兒一一踢倒。

「這種看了就不舒服的東西，別亂擺！既然住在這個村子裡，就該遵守村子的規則！不想配合，就離開這裡！你要是不走，我就放火將你這間破屋燒了！」

最後伊作被多部夫婦拖著離開那裡。理應在屋內的善次郎完全沒現身。

「一開始，伊作也把事情想得太簡單了。」

小菅婆婆說到這裡，又開始動起她的下巴，很在意她那老出狀況的假牙。

「……善次郎開始不和村民講話時，伊作一樣認為他有辦法解決。他以為只要自己和善次郎促膝長談一番，大家就都能變得和過去一樣……可是，事情可沒那麼順利。結果他開始認為不肯乖乖聽話的善次郎，根本就瞧不起他。一旦鬧僵的關係，是沒那麼輕易恢復的。何止不會恢復，這就像親生父子一樣，正因為是這麼近的關係，才更會打從心底憎恨對方。古往今來，殺人案往往都發生在家人當中。」

這時窗外突然一陣喧鬧。竹見望向窗外，發現記者們正湧向駛進前庭的一輛小卡車。

竹見對老太太們說：「不好意思，我馬上就回來。」便急忙走過冰冷的走廊，朝玄關而去。

一來到走廊上，他馬上感受出暖爐在老太太們所待的教室裡帶來多大的溫暖。竹見將手中的圍巾纏向脖子。

來到外頭後，他小心翼翼地踩在泥濘的地面，朝記者們包圍的那輛小卡車走近。

車，爭先恐後駛離。輪胎濺起混有泥巴的雪水，飛向空中的飛沫在陽光的照耀下閃閃生輝。

車子陸續從站在校門前的竹見面前飛馳而過。

太多事同時發生，竹見就這樣愣在原地。這時駛來一輛車，在他面前緊急煞車。

「喂，竹見，我們走！」

從駕駛座上探出頭來的，是與他同行的攝影師松本，「啊，好！」竹見急忙坐進前座。

「那兩隻狗……」

在踩下油門往前疾馳的車內，竹見無意識地說道。

「咦？狗？」

攝影師一邊猛切方向盤，一邊問道。

「剛才那兩隻狗從車上……」

因為不習慣在雪地上駕駛，竹見說的話，攝影師完全沒聽進耳裡。

車子行駛在縣道上積雪的輪胎凹痕上，雪鏈發出聲響。

竹見先和總公司聯絡，告知已抓到嫌犯的消息後，由於可能趕得上現場轉播的節目，所以公司下達指示，要他先做好轉播的準備。

竹見馬上在狹窄的車內著手準備。

繞過幾個大彎後，原本開在前頭的車子堵塞。記者和攝影師紛紛從停下的車子裡走出，爭先在雪道上跑了起來。

「喂，我們走！」

攝影師熄火後，走下車，從後座取出攝影機，扛在肩上就跑了起來。竹見也跟在他後頭，調整麥克風。

這時手機響起，是總公司的攝影棚打來的，從他插在耳中的耳機裡傳來聲音說道：「現場轉播要進來囉，準備好了嗎？」

「可以，沒問題。再一、兩分鐘就會抵達現場。應該能傳送那名被帶下山來的嫌犯畫面。」

警方在前方不遠處拉起封鎖線，前面擠滿了記者和攝影師。封鎖線對面停著一輛救護車。

耳機裡傳來攝影棚下達的指示。

救護隊可能會用擔架運著嫌犯從山路走下來，竹見站著背對山路，等候攝影師給他信號。

「好，開始。」

接獲來自攝影棚的信號後，竹見開始以略顯激動的口吻播報。

「這裡是佐久村！從今天早上持續展開逃亡的嫌犯，剛才已在山上被警方逮捕！

目前還沒有進一步的詳情傳來，但嫌犯身受重傷。根據推測，是嫌犯自己刺傷腹部所造成！」

這時周圍一陣喧譁。

竹見反射性地轉頭望，抬著擔架走下山路的救護隊身影映入眼中。

「現在正運下山來，推測擔架上的人就是嫌犯！」

站在封鎖線內的警察喊道「後退！請不要進入！」將想要靠近的記者們往後推。

竹見的耳機裡傳來「繼續播報！」的指示。

「好的。在此繼續播報……目前警方已逮捕嫌犯，不過嫌犯帶在身邊一起逃亡的家犬，剛才似乎已先下山了。研判搜索隊是順著狗兒的腳印，在山中找到負傷的嫌犯。」

竹見這時又回頭望了一眼。救護隊朝他走得更近了，已即將來到廣場。

躺在擔架上的嫌犯似乎是名大漢，救護隊六個人一起扛。用橘色床單包裹的身軀，看起來相當高大。

竹見再次面向攝影機時，突然從草叢裡竄出一隻小狗，朝救護隊的腳下不斷地「汪、汪」狂吠。

是剛才從卡車的籠子裡逃脫的其中一隻小狗。

牠一面汪汪亂叫，一面撲向救護隊員的腳，想要咬人。

但牠的模樣與強壯的隊員相比，實在太過嬌小，反而看起來像會被踩扁。

但小狗還是緊緊纏住男子們的腳不放，死命地「汪汪汪」叫個不停，不斷追著他們跑。

就在這時，那隻狗咬向一名救護隊員的長褲。

由於正忙著扛擔架，那名被咬的隊員無法將牠甩開。牠死命地緊咬不放。腳整個離開地面，在雪地上被拖行。

緊接著下個瞬間，那名隊員抬起腳狠狠一甩。他的腳由前往後用力甩動，但那隻狗仍緊咬著腳尖不放。但是當隊員用單手用力朝牠一拍後，牠發出「嗚」的一聲，就此撞向地面。

儘管如此，牠馬上又起身，朝隊員們追去，又要張口咬人。

這時，從廣場趕來支援的兩名警察擋在前面。他們在那隻想要靠近隊員的小狗面前蹲下身，「到旁邊去！喂，到旁邊去！」作勢驅趕。

但小狗這次轉為咬向警察們的手臂。「汪汪汪」不知道想說什麼，不管再怎麼揮牠，打牠，牠還是一直迎面衝來。

一名年輕警察發起火來，想要一腳踢向那隻小狗。這時，背後的草叢一陣晃動，剛才那隻大型犬從中竄出。

「啊……」

竹見周遭的人們也都發出驚呼。

那隻突然竄出的狗，看起來就是這般巨大。

像是為了守護小狗才現身的大型犬，抖動牠那因疥癬而脫毛的腹部，壓低身子，在警察面前低吼。

連警察看了，也紛紛拔出警棍。

「請快點搬走！快點！」

年輕警察向扛擔架的隊員們下達指示。緊接著下個瞬間，大型犬從警察們腳邊穿過，想衝向載著牠主人的擔架。

警方幾乎是反射性地朝牠揮下警棍。

竹見不禁閉上眼。

明明有這麼多人，不知為何，竟安靜無聲，連白雪從葉子上落地的聲響也聽不到。

那隻狗挨了一記警棍，就此一聲不哼地倒臥在雪地上。

牠的腹部上下起伏，狀甚痛苦，垂落在雪地上的舌頭，冒出騰騰熱氣。

另一隻小狗在牠身旁一直「汪汪」叫個不停，既像要嚇唬那些員警，也像是要守護那隻倒地的大狗，一直狂吠不止。

扛著嫌犯的擔架，乘機把人運上救護車。

這時竹見大吃一驚，倒抽一口氣。

可能是他想多了，感覺那個床單包覆的身軀，看起來足足小了一圈，而且顯得很沉重。

救護車的車門關上，倒臥在雪地上的那隻大狗，這時發出聲音。

那不是吠叫，肯定是想要說些什麼。

# 白球白蛇傳

荒川和隅田川中央有一處寬廣的河中沙洲，F車站就位在此處，它是一九八五年作為東北本線支線而建造的埼京線開通時，伴隨著一起設置。

一天的乘客人數高達兩萬人，由於與市中心連結便捷，現在車站周邊仍持續展開中高樓層的大樓建案。

一旁是與車站緊鄰的F公園。園內40％是人工池，池畔建了一座荷蘭風車小屋，充當公園的象徵。穿過這座F公園，便來到荒川的河堤。河岸地有整建好的高爾夫練習場和棒球場，而最重要的是這些景致絕大部分都是藍天。

荒川的河堤前仍在蓋新的大樓。在一樓的店面空間裡，機車行和兒童運動教室相鄰，一邊店內擺設大型機車，另一邊則是能從窗戶望見裡頭孩童用的攀岩設施。

在這棟大樓的入口前，從剛才起就聚集了一群騎著單車的少年。少年們穿著同樣的棒球制服，也不知是因為個子矮，還是制服太大件，看起來就像「6」、「8」、「25」這幾個背號直接騎在單車上一樣。

少年們一會兒抬頭仰望大樓，一會兒窺望入口大廳，當中背號6的少年推著單車走向入口處。來到對講機面板前，他單手扶著單車，按下某個住戶的房號。

山之內的車子就停在馬路對面，他坐在車內觀察他們的舉動。雖是在馬路對面，但這並不是什麼多寬敞的馬路，所以連少年按下對講機的鈴聲也聽得一清二楚。

等了一會兒，似乎沒人應答，少年轉頭和其他少年面面相覷。

「果然搬走了。」

說這話的人，是背號8的少年，他似乎已經死心，踩在踏板上的腳使勁，做好隨時都可以出發的準備。

「不，他應該還在……」

按下對講機按鈕，背號6的少年如此應道。「大成自己不是也說了嗎，就算他還在，也沒辦法參加今天的比賽。」其他少年插嘴道。

「不是大成，是他母親說的……」

6號伸出手，準備再按一次對講機。這時喇叭傳來聲響，以不堪其擾的聲音問道：「哪位？」

「啊……您好。」

6號慌了起來，轉頭看其他少年。少年們個個神情緊張，無法動彈。

「哪位？」

「我是石田。我……我來接大成同學。」

可能是太過緊張，6號的聲音很大聲，顯得有點突兀。

緊接著下個瞬間，對講機突然掛斷，像是粗魯地掛上話筒般，發出咔嚓的刺耳聲響。

「就說吧，不可能啦。」

8號又說了。

「但至少還在，他還沒搬家。」

6號似乎還沒放棄，站在對講機前不肯離開。

「我要先走了，要是再等下去，會遲到的。」

8號開始踩起單車，11號和25號也朝他身後追去。

只剩下仍站在對講機前的6號及其他三名少年，不過那三名少年與其說是刻意留下，不如說是錯過離去的時機。

6號拖著腳步從對講機前走了回來，那走路姿勢彷彿掛在肩上的大包包裡裝了石塊似的。

這時，他背後的入口大門開啟，裡頭走出一名同樣穿著制服的少年。

少年們就像目睹幽靈現身似的，發出「哇」的一聲驚呼。走出的那名少年見狀，白了他們一眼笑道：「有必要那麼驚訝嗎？」

「大成，你可以去嗎？」

可能是太喜出望外，6號幾乎都快跳了起來，前往迎接少年。

「可以去……只是我沒單車。」

「坐我的就行啦。」

名叫大成的少年，乖乖地坐向6號的單車後方。

他的體格比其他孩子足足大上一圈。因為這個緣故，只有他的背號1號看起來比別人來得小。

「我們走，快遲到了！」

少年們的單車競相往河堤而去。

山之內熄去手中的菸，準備發動引擎。但他向朋友買來的這輛十五年車齡，里程數已達十萬公里的Range Rover不肯乖乖配合，怎樣就是發不動。

——今天的比賽狀況如何？老實說吧。

「我認為我投的球不太會跑。不過唯獨變化球投得不錯，所以連續解決了打者。我明白不能像過去的比賽那樣，以外角為主的配球來壓制打者，所以一直刻意多投內角球。為了不在選拔賽上採用同樣的模式，我想重新評估配球。」

——九局時，有點陷入苦戰吧？

「是的。想到大家都打得很認真，一路打到最後一局，交接到我手上，所以我心想『得好好壓制才行』。」

以上是與成都高中一年級的早崎弘志投手的談話（一九八九年，清田球場）

——早崎有可能成為出色的投手吧。

「因為他從少棒聯盟時代，就是地方上表現傑出的選手。身為他的教練，也覺得他沒辜負我的栽培。不過，過去他都只是個靠蠻力投球的選手，這次的比賽也是，但他已漸漸學會在不利的情況下，依舊能主導整場比賽。」

——還有，現在難得看到那麼炯炯有神的眼神呢。剛才聽您這麼說，我突然覺得，就好的層面來看，他似乎是那種「我就是我」的類型，身為王牌投手，就是需要這種個性對吧？

「他不服輸的個性，確實比誰都來得強。但他還只是個孩子。今天的比賽也是如此，一旦情況開始走下坡，就投得拖拖拉拉。今天是因為有我們的打線援助，但如果是平時，他應該會投得更亂。」

以上是與成都高中的前澤五郎教練的談話（同年、同球場）

一般車輛禁止進入河岸地。剛才那群少年的單車已騎下河堤，往河岸地的球場而去。

不得已，山之內只好倒車，這時剛好有名年輕男子騎著單車而來，向他喚道：

「你是來看棒球的嗎？」

他後方的兒童椅上，坐著一名年幼的小女孩，一臉睏樣。

「是的……」

「這樣的話，你從那裡下去，有個高爾夫練習場的專屬停車場。就算停那裡，他們也不會多說什麼。」

他自己似乎也停過幾次。山之內向對方道謝後，開始倒車，依言朝高爾夫練習場駛去。

下車後，潮溼的風吹來，無比舒暢。可能是因為今年少見放晴的緣故，河堤的芒草仍是一片青綠。

山之內拔起一根芒草，沿著河堤走向球場。有多久沒走在如此寬闊的場地上呢？最近一直都窩在狹小又散亂的工作室裡，連怎麼伸懶腰都忘了。

山之內動作生硬地伸了個懶腰。這裡就是這麼開闊的地方，彷彿有人在高空對他說「還不夠，再多伸展一點」。

走著走著，心情也跟著變好。在這處沐浴在陽光下的球場上，少年們已開始展開賽前的暖身運動，而觀眾席上也零星坐了幾名家長。剛才那群少年應該也在裡頭，但目前還看不出來。

他沿著安全護網往三壘方向的觀眾席走去。與剛才那群少年穿同樣制服的孩子們，坐在選手席內。

剛才告訴他可以把車停進停車場的那名年輕父親，坐在一共五層的觀眾席最上層，兩人剛好目光交會。

山之內向他點個頭，順著通道的階梯，一次兩階往上走去。

「剛才真謝謝您。」

「可以停車對吧？我開車時也都是停那裡。」

山之內就此坐在他身旁，望著少年們練球的球場。

荒川的河面折射日光，無比刺眼。因為這個緣故，球場上練習傳接球的少年們，看起來就像站在扭曲變形的熱氣中一般。

「待在向陽處就是特別熱。」那位年輕父親脫下羽絨衣。

「咦，你家寶貝呢？」

山之內沒看到剛才坐在單車上的女孩，如此詢問。

「我太太帶著到那邊的公園去了。」

順著他的視線望去，在球場對面的廣場上有一整排遊樂設施。

山之內移回視線，環視坐在觀眾席上的其他家長們。

因為都是小學生的父母，所以當然個個都很年輕，待在裡頭才發現自己都已算是老爺爺的年紀。

「咦？」

就在這時，一旁的年輕父親發出一聲驚呼。

「……大成來了。」

他站起身，視線望向那名背號1號，剛才其他少年前往迎接，從大樓裡走出的男孩。

一名看起來像大學生的教練，叫幾名選手過來集合。那位背號1號，名叫大成的男孩也在其中。

由於風向和球場吆喝聲的緣故，只隱約聽得到教練的聲音。

「……健太，你聽好了……原本的先發……換成大成……如何？」

原本應該是預定由背號1號，名叫大成的少年擔任先發吧。不過，好像是因為他缺席，才改為指定這位身材纖瘦、名叫健太的少年擔任先發，現在正在向他下達指示。

「不好意思。」

突然有人推了山之內的膝蓋一把，他就此站起身。原本坐他身旁的年輕父親神情慌張地衝下樓梯，朝教練他們所在的位置而去。

既然都站起來了，山之內也順便跟在他後頭。

由於那名年輕父親衝向選手席，觀眾席上似乎微微蒙上一絲緊張的氣氛。可能大家都在豎耳細聽教練說話吧。

「教練！」

那位年輕父親隔著安全護網喚道。教練似乎沒聽到，但站在前面的少年們倒是先發現了。

「教練，不好意思。我知道家長不該過問此事，但您這麼做，會不會有點……太那個呢？」

這位父親明顯情緒激動，與剛才跟他說「如果要停車的話，可以停高爾夫球場的停車場」的神情相比，簡直判若兩人。

「哦，是健太爸爸啊。」

教練發現後，摘下帽子向他問候。

「或許每個孩子也都一樣，不過，我家健太說他今天會先發，一直都很認真調整呢。可是您現在卻……」

「啊，不，健太爸爸……」

「我並不是要大成別出賽，不過，也可以派他擔任中繼吧？」

「是的。不過，想到今天可能是大成最後一次上場……」

「不，就是因為這樣，今後才得在沒有王牌投手大成在的情況下和人比賽啊。」

山之內聆聽兩人的對話，望向少年們。

成為大人們討論話題的大成和健太，連頭都不敢抬，其他孩子也惴惴不安地望著他們兩人。

「健太爸爸。」

背後突然傳出一個聲音，山之內也轉頭而視。在觀眾席的最前列，一名雙手拿著熱水壺和紙杯的婦人站起身來。

「這件事就別再提了吧，之前不是都討論過這個問題嗎？」

這名婦人應該同樣也是球隊成員的母親，現場只有她顯得很幹練。從她的模樣和口吻可以清楚感覺得出她的自信，可見她平日處理的都是得扛責任的工作。

山之內本以為在她的指責下，眾人都會接受。但緊接著下個瞬間，在家長群裡有位年紀較大的父親插話道：「不好意思，請等一下。」

「……的確，原本應該就如同這位太太所說，但各位不覺得這次的情況不太一樣嗎？」

「哪裡不一樣？」

婦人似乎不喜歡別人對她有意見，說話口吻明顯改變。

「總之，這次的事，孩子們也全都瞧在眼裡。」

又有另一名男子在一旁插話，感覺每個人都向年輕的教練流露出「請他定奪」的眼神。

教練就像要閃躲眾人的視線般，轉身面向球場。而在教練面前，同樣站著一排低頭望向地面的少年。

「……健太，按照原訂計畫，由你上場先發。」

聽聞教練這句話，最驚訝的人就屬那位叫健太的少年了，他點頭應了聲「是」，然後頻頻窺望他身旁那名背號1號的大成，就像在詢問「真的可以嗎」。

緊接著下個瞬間，大成低垂著頭，以球套朝健太的屁股拍了一下。就像是這個暗號朝健太背後推了一把似的，他馬上朝教練點頭應道「好的」。

提出抗議的健太爸爸似乎也鬆了口氣，又回到觀眾席的上層座位，其他家長對教練的決定似乎也沒有異議。

持續做暖身運動的對方球隊選手返回選手席時，棒球主審來到球場上。

「好，上場吧！」

在教練的吆喝下，少年們朗聲回應，走出選手席。

山之內望著留在選手席內的大成，他的側臉不顯懊悔之色，而他的眼神，就像和同伴們一同奔向球場一樣興奮。

＊

山之內第一次訪問早崎弘志，已是距今二十六年前的事了，當時早崎只有十六歲，還是個高一學生。

那一年，全國誕生了許多才高一的王牌投手，而雖然帶有獨特的犀利球路，但投到後半球路大亂的早崎，並沒有多顯眼的表現。儘管如此，他以王牌投手的身分經歷過高二的選拔賽以及夏季賽這兩次大型比賽，就此成為未來備受矚目的選手之一。

當時山之內曾到位於T市的早崎家拜訪。

在T站下車，走一小段路，來到一條小河前。在走過鐵橋前，他先看過地方導覽圖，得知前方是一處河中沙洲。

走過鐵橋，來到一座古老的神社。由於是秋高氣爽的好天氣，於是山之內信步走進神社境內。但甫一走進，全身便被一股沉重的氣氛籠罩。雖然陽光普照，但顏色斑駁的鳥居、古老的正殿橫樑和屋頂，以及腳下碎石子，感覺全都一片濡溼。

不經意地望向導覽板，上頭介紹到，江戶時代在這處河中沙洲設有妓院，這座神社是妓女們的信仰中心。不過這裡似乎有供奉蛇形燒陶的風俗，神社內各處都擺設了大大小小的蛇形燒陶，看起來猶如整座神社被珊瑚礁包覆一般。

山之內望著神社境內，覺得很稀罕，這時，一名像是前來參拜的老翁向他搭話。

老翁知道山之內是外地人後，便針對神社的由來說了一番和導覽上的介紹差不多的解說後，詢問他為何造訪此地。他的口吻當然沒有半點質疑的意味，或許單純只是以詢問代替問候，但是當山之內回答：「我來採訪甲子園的選手。」對方馬上表情為之一變，開心地問道：「是弘志對吧？早崎弘志是嗎？」

聽他的說話語氣相當親暱，本以為是早崎弘志的親戚，但詢問後得知，就只是住附近的鄰居。

「這樣啊，記者跑弘志家採訪是吧，我可是打小看著弘志長大呢。」

「請進、請進。」

父親用掛在脖子上的毛巾擦拭沾滿西瓜汁的手，同時手忙腳亂地在狹小的屋內來回走動，說道：「我這就開冷氣。」

弘志的好體格似乎是遺傳自父親，這位父親研判已年近六十，但肩膀和手臂的肌肉，是每天靠力氣掙錢的人所特有。

「不用客氣。」山之內婉謝他的招待，但父親還是從冰箱裡端來冰涼的麥茶。似乎是特地準備，還附上與這個只有男人的家庭不太搭調的透明玻璃杯。

端出麥茶後，父親從門口叫喚人在隔壁房的弘志。

叫喚後，父親詢問：「會順便拍照嗎？」山之內回答：「會，如果您同意的話。」父親馬上補上一句：「換上學生制服再過來！」接著他才注意到自己的穿著，急忙披上一件開襟襯衫。

這時，弘志的二哥倒是比他早一步現身。

他也是位體格健壯的青年，雖然看起來不太正派，但笑起來露出一口健康的白牙。當時長男到栃木縣的汽車工廠上班去了。

這兩位體格魁梧的男人在狹窄的房裡走動，讓空氣更顯悶熱。他們自己似乎也明白，便輪流拿起冷氣遙控，一會兒按強風，一會兒調降溫度。

「喂，孝介。你去幫山之內先生切西瓜。」

「西瓜?放哪兒啊?」

「不就在流理臺嗎。」

「沒冰啊?」

「剛才冰箱裡拿出來,還是冰的。」

山之內心想,現在婉謝也很尷尬,索性不發一語地聽兩人對話。

這時弘志出現,雖然一樣是健壯的體格,但與他那渾身土味的父親和哥哥相比,給人的感覺宛如溫室栽培出的蔬菜,活像是以這處廉價公寓當電影背景,一名演員站在其中。

「真的有現役選手的光輝呢。」山之內坦率地讚嘆道。

弘志的父親似乎對他的反應相當開心,笑逐顏開地說道:「哪有什麼光輝啊,發光的就只有他那顆光頭啦。」

——最後決定不加入職棒,而是要上大學是嗎?

「職棒的球探給了很高的評價。就實力來說,就算加入職棒也不意外,不過最後還是選擇上大學。總之,現在會先鍛鍊身體,等四年後再來挑戰職棒。」

——你這是照著你父親的話講對吧?

「沒錯,是照著我爸的話講。」

以剩下的錢應付一個月的生活，應該是相當吃緊，但自從弟弟上大學後，他每個月都會匯同樣的金額回家。

大四那年春天，早崎弘志肩膀受傷。所幸不是多嚴重的傷勢，但他可能是感到沮喪，就此找當時的教練談就業的事。

既然是東都大學聯盟裡表演活躍的棒球社王牌投手，有意延攬的公司自然不少，當時教練拍胸脯向他保證，如果是日本最大規模的證券公司，隨時都能替他介紹。

不過，命運往好的方向走。在那年的選秀會上，太平洋聯盟的X球團指名選中早崎弘志。他以第二順位被選中，是早崎所屬大學棒球社創始以來，最高的上位指名順位。

說到X球團，並非每年都打進總冠軍賽的球隊，但正因如此，球團對早崎寄予厚望，破例開出三千萬日圓的簽約金、九百萬日圓的年薪，給予極高的評價。

這一年早崎第一次參加在沖繩舉辦的春訓，山之內前往採訪。

——以職棒選手的身分參加第一次的春訓，有何感想？

「總之，我希望從一開始就先好好做準備，鍛鍊出可以表現自己的堅強體魄。當然了，我會在沖繩一直留到最後，讓自己可以在開幕戰時以一軍的身分上場。」

——濱口教練說：「今年會刷掉調整特別慢的選手，讓表現好的選手升上去，應該會有很大的變動。」還說，今年加入的兩名新人，就動作來看，已有一軍替補選手的水準，應該可以上場與人一較高下。

「目前我不執著於一軍或二軍，只想在實戰中好好表現自己。」

——對了，你爸爸和哥哥都好嗎？

「很好，託您的福。謝謝您的關心。」

——他們應該很高興吧。

「該怎麼說好呢。當然是替我高興，但我還得繼續朝更高的目標加油才行，而我爸爸他們也很明白這點，所以很少露面。」

——選秀會上指名的時候也沒露面嗎？

「那天晚上曾打電話到宿舍給我。」

——為什麼？

「其實也沒什麼。這種場合，他們會難為情。」

——那麼，我換個問題好了……簽契金你打算怎麼使用？

「咦？要回答這個問題嗎？」

——我不會寫出來的。

「我爸爸一直叨念著，要我把錢存起來，所以我都不太能花用……就只有買了輛車。」

——哦，進口車嗎？

「算是吧……不能再透露了。下個月交車，那就下次球場見吧。」

薑不愧是老的辣，濱口教練在這次春訓所做的預測神準無比。接下來這四年，早崎都是一軍替補選手的身分。

不過到了第五年，情況有了很大的改變。

一直到前一年為止，就算早崎升上一軍，也大多是擔任中繼投手，但從第五年開始，他從一開幕就固定擔任先發投手。

可以想得出幾個他狀況變好的原因。首先是他矯正了原本下半身比較刻意用力的姿勢。他原本沒有續航力，每到後半姿勢就會跑位的投球方式，透過這樣的矯正而得到持久力。除了他原本就犀利的曲球外，又加上可以操控自如的伸卡球，在配球上豐富多變，這點也影響很大。

而在私生活方面，前一年他遠征北海道時認識了一名女性，兩人步入禮堂。對方是在北海道電視臺工作的美女記者，她報導的節目向來都收視長紅。

而當時的早崎和女性又是保有什麼樣的關係呢？山之內從當時和早崎同期，而且兩人素有交誼的笹本選手那裡，聽他半開玩笑地談及此事。

「你也知道的，那小子長得帥，在甲子園時代就很受歡迎。高中的宿舍就不用說了，就連他老家，也都會收到許多來自全國各地的女球迷寫的信。不過，他父親對這種事管得很嚴，有一次他偷偷和同校的女生約會，他父親得知消息，甚至還殺到購物中心來找人。他好像不是對自己兒子說教，而是對那女生說：『妳能對這孩子的未來負起責任嗎？現在可是這孩子人生中最重要的時刻啊。』那女生當然是嚇得臉色發白，落荒而逃。而那小子也真有一套，本以為他會對如此失禮的父親展開反抗，但沒想到他反而心存感激，還說：『他是個全心為我著想的父親。』大學時代好像也是這種感覺。當然了，他父親並沒有在一旁監視，但他從大一就擔任王牌投手，就像有誰在守護他似的。當然啦，他也會玩樂，不過一切好像還是以棒球作為生活重心。但也正因為這樣，當上職棒選手後，才會完全大解放。簡單來說，他對女人完全沒抵抗力。像我都是適可而止地玩玩，而他則是連那種讓人看了會覺得『咦？這種你也要？』的女人，也不放過……當中最令我吃驚，甚至該說是佩服的，就是他一一和那些寫信給他的女人見面。當然了，有些女孩甚至會在信中附上自己的照片，但裡頭也有很多來路不明的人。但那小子卻都一一和對方見面，完全不當一回事，甚至叫去他下榻的飯店。或許他也有他喜歡的類型，但就我看，只要對方是女人，這小子根本一概來者不拒。事實上也確實是如此。我偶爾也見過女人走出他的房間，算不上是什麼美女……當然了，女球迷當中也有很多正經的女孩。不過，這種女孩就算再喜歡這位選手，也不會因為一句『那麼，下次我們在飯店見吧』，就答應這種邀約。

……所以我才認為，如果是在六本木的酒店認識的女孩，就可以盡管泡妞無妨，但也不知道為什麼，他好像對那種女人不感興趣，總之，他就是對寫信給他的女球迷特別執著。話雖如此，他也不會和她們長期交往。不知道是多久以前的事了，他曾經惹過麻煩。有個像是九州來的女孩，說她被早崎硬拉進房間裡，還強暴她。那女孩的男友是流氓，似乎是受男友教唆加以恐嚇，最後球團介入，事情鬧得很大。不過，早崎留有當時和那女孩往來的電子郵件，就此反過來警告對方，要以恐嚇罪來反告她，事情才就此平息。

……所以囉，當他和優里結婚時，我真的是大吃一驚。詢問後才得知，優里在電視臺播報局擔任記者，才貌雙全。當時我沒多看兩眼，但倒是多問了兩次。因為不光是我，球隊裡的每個人都認為早崎是會毀在女人手上的那種人，所以完全想不到他竟然能找到一個讓他戰績提升的好老婆。因為自從開始與優里交往後，他便不再對女球迷下手。就像大雨說停就停一樣，以前的他到底是怎麼回事啊……」

早崎弘志與優里的婚宴，在東京的飯店盛大舉行。

棒球相關人士自不待言，連他高中、大學時代的朋友、媒體相關人士也全都齊聚一堂，宛如藝人的婚宴一般，在隔天的體育報上也有大篇幅報導。

幾個月後，早崎的大哥典明也結婚了。對方是多年來都跟他一起在各個工廠工作的女性，如果公司提供夫妻住的宿舍，就一起同住，如果沒有，就各自住在單身宿舍，而這次趁著結婚的機會回到老家，他們各自擔任警衛的工作，照顧已沒在工廠工作的父親。

「球季期間弘志比較忙，都很少回老家，不過優里倒是常來。尤其是有地方比賽時，常會回到家中，和公公一起看球賽。她說，和公公一起看，球隊常會獲勝。每次優里來，我公公和我先生都很高興。因為她人長得美，男人當然喜歡囉……因為這個緣故，我一開始也有點吃味，不過優里真的是個好人。我這可不是在嘲諷哦。不知不覺間，我已感覺她就像我的親妹妹一樣。」

據說當時大哥的妻子曾這樣跟左鄰右舍說。

婚後的隔年球季，早崎從開幕戰便擔任固定先發。

在第二戰，他達成職棒生涯首次的無安打比賽，證明他是真的處在顛峰狀態，令眾人印象深刻。之後仍表現活躍，光是前半個球季就拿下八勝，而第一次入選職棒明星賽，他也不顯半點緊張和壓力，輕輕鬆鬆就連續奪下七次三振。

在這場比賽中，早崎弘志就此揚名全國。

現在仍保有他接受職棒新聞採訪的影片。

那是在球場練習時進行的簡短採訪，他很幽默地回答女播報員的提問。

——聽說早崎選手每天在練習前所做的伸展運動很特別。

「哦，那個嗎？」

早崎馬上趴在地上，屁股抬高繞圈圈。女播報員看了之後，笑出聲來，早崎接著道：「真是失禮。這是讓股關節放鬆的重要伸展運動。」接著便加快了屁股的扭動，逗得女播報員更加合不攏嘴。

——聽說自從職棒明星賽後，你的女性球迷變得更多了。

「真的很感謝。現在想想，我幹嘛那麼早結婚啊。」

——啊，你好壞。

「開玩笑的。我對太太可是忠貞不二呢。」

——真的是呢。聽其他選手說，比賽結束後直接回家的人，就屬早崎選手了。

「才沒有呢，前輩們個個也都是馬上回家投入太太的懷抱。」

——啊，你說這話的時候嬉皮笑臉，聽起來好像別有含意哦。

「才沒有呢。」

——平時會和夫人一起聊到比賽內容嗎？

「我們常聊。雖然有人說像我們這樣相當少見，不過就某個層面來說，有時候外行人反而會注意到一些事。」

——例如呢？

「像之前有一次，我太太指出我一個問題點，我也覺得有道理。那是關於我的投球姿勢，而且不是在投球過程中，是在投完後。」

——投完後是嗎？

「沒錯。是投完後，恢復原本姿勢時……我有時會朝臀部用力，然後右腳往回收，恢復原本的姿勢，有時則不會這麼做。做了一番比較之後發現，這麼做的話，下次的球路就會比較犀利。因為這是身體的動作，所以應該不算是迷信。」

影片中，早崎一再做出這個動作。他確實朝臀部用力，接著右腳往回收，而有沒有這一連串的動作，看起來確實會對下次的投球姿勢造成差異。可能是他向前挺出的左肩略微下垂，或是右肩過度施力。

正當早崎又要重複做出同樣的動作時，畫面外頭有人大喊一聲：「喂！」當時擔任教練的山本跑來，向早崎訓斥道：「你在幹什麼啊！」接著向記者低頭道歉道：「啊，不好意思。剛才的訪問取消，最後那一段請不要播出。」

影像到此中斷。最後映出的，是早崎那錯愕的臉龐。

附帶一提，這段訪問影片並未實際播出。仔細想想，在這段影片中，早崎如此毫無防備地說出自己的習慣動作，充分說明了他在這個球季中有多麼春風得意，同時又是處在怎樣的顛峰狀態中。

在這個球季中，早崎奪下二百一十六個三振，這在中央聯盟和太平洋聯盟中，當然都是首屈一指的成績，不過早崎在這一年創下的紀錄中，特別值得一提的是他的三振數還勝過投球局數，也就是說，他平均一局可奪下一個以上的三振。

在這種好成績下，隔年他的年薪幾乎躍升一倍。

在這一年的球季結束時，早崎在許多電視節目上演出。當時邀請各種運動員來參加的談話節目正開始走紅，而外型潔淨、精悍的早崎，馬上吸引了女性觀眾的目光，雖然播放的期間不長，但後來連一流的不動產公司也請他拍攝大樓分租的廣告，而這時他也買下自己期望已久的保時捷911 Carrera。

同樣在那個時期，早崎的母校出了一位速球投手，暌違多年，山之內再度到T市採訪，於是順道去了早崎的老家一趟。

他打聽到的地址，還是和以前一樣，因此說起來，這也是理所當然，早崎的老家和以前一樣，仍是那棟老舊的公寓。

自己引以為傲的么兒開始在職棒界發光發熱，入選職棒明星賽，贏得三振王的名號，球季結束後還四處上電視節目，所以山之內自行想像他的老家已全新改建，但出現眼前的，卻是和以前一樣的公寓。不知為何，不光只有早崎的家人，甚至連年輕時就不斷採訪早崎的自己，都有種被他遺忘的感覺。

不過，早崎許久未見的父親和哥哥，倒還是完全和以前一樣，他們邊喝酒邊開心地聊著，說他們的兒子和弟弟就是因為平時努力不懈，才有今日的活躍表現。

「年薪好像也增加不少呢？」山之內問。

「球團給予他正確的評價，是最令人高興的事了。」長男說。「嗯，沒錯。」父親也點頭。

「……不過，錢這種東西，往往有進就有出，有些世界不是我們這種窮人所能了解的。因為他得花錢請後輩，要是在這方面小氣的話，就無法保有職棒選手的風光了。」

相對於神情愉悅的父親，長男則比較現實些，他嚴厲地說道：「不過，運動選手的生涯向來都不長。該節省的時候還是要節省才行。那小子從小我們就都不讓他操心錢的事，所以他的金錢概念有點問題。」

「不過，他有優里這位能幹的老婆在，不會有問題的。」

「話是這樣沒錯啦。看他辦那場婚宴的揮霍方式，雖然他是我弟弟，還是不免替他捏一把冷汗。」

「所以我才說嘛，在那種小地方上摳門的男人，成不了大器。」

兩人持續展開爭執，但不管怎樣，還是都以表現傑出的早崎自豪，而早崎自己也在球季結束時多方接受採訪，宣布要連續奪得下個球季的三振王，並拿下兩位數的勝投數，而看過那篇報導的人，也都相信他應該有這個能耐。

然而，他的活躍表現卻在這一年宣告結束。

據說是因為準備不足，造成右肩受傷。

「狀況不佳也是原因之一，但歸咎起來，是他太情緒化了。」

當時山本教練對早崎的投球內容如此評價道。

「……總之，被打出安打，他就發火。不管再怎麼叫他冷靜，他也靜不下來。甚至連我看了都傻眼，又不是剛開始玩棒球的小鬼。總之，當他開始狀況不佳後，接下來就一團糟了。因為他根本無法重新振作。可能他原本就是這種自暴自棄的個性吧。就只是因為之前狀況好，所以才沒發生這種自暴自棄的情況。之前有一次，他擺出很孩子氣的態度，所以我大聲向他喝斥道『大家可不是為了你一個人而在這裡打棒球啊』。……他整個人愣在原地。」

表現傑出的隔年，早崎繳出二勝七敗的成績。第二年更慘，一勝三敗。在球季尾聲，他右肩脫臼傷癒歸隊，好不容易取得一勝，演出一場賺人熱淚的復活劇，但之後登板的機會愈來愈少。

而就在他取得三振王，發光發熱的四年後，早崎年紀輕輕才三十一歲，就決定引退。

他職棒生涯的成績為十九勝二十六敗五和。

＊

在埼玉縣A市經營貨運業的田所誠，第一次遇見早崎，是早崎引退後隔年的事。

因貨運業工會舉辦員工旅行，前往札幌，在薄野的螃蟹料理店享受完宴會後，覺得沒喝夠，於是便和三名年紀相近的夥伴前往當地的小酒館，就此巧遇早崎。

田所稱不上狂熱的棒球迷，但從小就是X球團的支持者，而和他同年的早崎在選手時代的活躍表現自然就不用說了，就連早崎從今年開始改當投手教練的事，他也都知道。

對球迷而言，在小酒館巧遇自己欣賞的選手，簡直可說是近乎奇蹟的體驗。當然了，他沒機會上前搭話，不過，剛好與他同行的業者們當中，足球迷比棒球迷多，所以田所告訴他們：「現在人在吧臺喝酒的，曾經是X球團的選手，名叫早崎弘志。」而眾人聽了之後，仗著幾分醉意，外加眼前沒其他樂子，紛紛幼稚地大呼小叫道：「好厲害哦！」接著便都圍在早崎身旁。

早崎本人也早已喝醉，對於眼前這些朝氣蓬勃的「暫時性」球迷，他似乎也不以為忤，還以卡拉ＯＫ唱了一首他的拿手歌，Mr. Children的〈無盡的旅程〉，而更重要的是，田所他們三人的酒錢，他主動說要買單請客。

三個星期後，田所再度巧遇早崎。在大型宅配業者旺季時，田所的貨運公司會支援他們的業務，這時田所承接的送貨工作，目的地正巧是早崎家。

前來應門的人正是早崎。田所為之一驚，不自主地為先前讓他請客的事道謝，結果沒想到早崎竟然也記得他。看來，在薄野的小酒館裡，有人可以如數家珍地說出他當現役選手時的成績，令他相當開心。

「您住這裡嗎？」

田所難掩心中的驚訝，早崎回應道：

「你認為我應該住在更好的地方是嗎？」

「咦？不過，這裡已經算是這一帶最好的大樓了吧？」

「算是啦，而且離球場也近。」

走廊深處傳來他太太訓斥男童的聲音。不過，男童似乎是做了什麼惡作劇，他太太認真的語氣中，夾帶半點笑意。

緊接著下個瞬間，小男童衝向走廊來。

「爸爸，幫我抓住他！」

逃向玄關的男童，馬上便被早崎一把抓住。

「好啦，真是遺憾，快回到媽媽身邊挨罵去吧。」

早崎抱著孩子返回屋內。

當他返回時，田所問：「他做了什麼？」

「用剪刀剪窗簾，變得像繩簾一樣。」

早崎說到這裡，忍不住噗哧一笑。

這時他正好準備前往球場練習，兩人一起搭電梯來到一樓。

「改天再一起喝酒吧。」

當然，這或許只是客套話，但早崎還是這樣說道。田所也沒當真，不過還是隨口問道：「好啊，一定去。這一帶有你常去的店嗎？」

「有啊。車站後方有家叫『ＮＡＮＡ』的店。」早崎很乾脆地告訴他那家卡拉ＯＫ酒館。

田所貨運是田所的父親開的公司，當初景氣好的時候，曾擁有三十多輛車，但九〇年代大幅放鬆管制的那次大浪，他們沒能度過，當田所大學畢業後開始工作時，公司只剩一半的規模。

不過，可能田所天生就具有經營的直覺，他從原本以大型卡車為主的工作，轉型為將「一人公司」的小型卡車司機們整合成工會般的形式，結果此舉奏效，在號稱從全盛期至今已有半數以上公司倒閉的業界中，如今他以優良企業之姿在這個地區生存了下來。

不過，就算是再優良的企業，他一樣是位辛勞的中小企業第二代社長，從早到晚都得絞盡腦汁思考稅金、給員工的薪水、燃料費等等和錢有關的事。

某天他接獲通知，他寄予厚望的信用合作社特別融資沒能通過。正因為滿心期待，所以失望也愈重，鬱鬱寡歡的田所在結束工作後，獨自外出喝酒。不過，他平時不是會獨自外出喝酒的人，因此一旦要出門喝酒，反而不知去哪兒好。這時他突然想到之前早崎跟他說的那家店。
在車站前站著吃的麵店填飽肚子後，他憑著店名前往找尋，幸好很快便找到了。那是一家只有吧臺的小店，與田所同一個世代的媽媽桑仍帶有幾分姿色。
由於沒其他客人，便與媽媽桑聊到了早崎。「他今晚可能會來哦。」果真如媽媽桑所言，等到當地的客人陸續坐滿座位時，早崎獨自前來。
他似乎早已在哪兒喝過酒，一見到田所，便伸手搭在他肩上說道：「咦，你是哪位？我以前同學嗎？」
「才不是呢，只是你一個普通的球迷。」
「是嗎？」
後來他們唱歌、歡笑，度過一段歡樂的時光。不知不覺間，田所忘了融資的事。過沒多久，早崎不只帶他去當地的酒館喝，還帶他到東京六本木或銀座的高級酒店。
通常都是傍晚時早崎寄電子郵件來。郵件裡寫道「有空的話，一起去喝酒吧」，田所總是很開心地回道：「樂意之至。」
有時是從地方上一起搭計程車前往市中心，有時則是早崎人已在市中心，田所前去與他會合。
通常早崎都是帶球隊裡的年輕選手或體育記者前去，不論是在酒吧裡，還是事後去唱卡啦ＯＫ，都是既熱鬧又搶眼的一群人。

田所的身分，算是早崎弘志的球迷代表。而事實上，經過這幾次見面後，田所益發對早崎的男子氣概感到著迷，而重要的是，只要和他在一起，便覺得自己彷彿置身在另一個世界。

他好歹也算是位社長，有時球隊的年輕選手和酒店的女孩都誤以為他是早崎的贊助者。正因為這樣，他們對田所非常親切有禮，這也令田所感到飄飄然。

不過，終究還是會覺得過意不去，田所多次主動說道：「偶爾也讓我買單吧。」但早崎總是笑著說：「不用在意這種事啦。」田所益發覺得眼前這個男人無比耀眼。

這並不是多久以前的事。

確認過下個月的發車表後，田所站起身伸了個懶腰。西曬的陽光從背後的窗戶射進屋內。這幾天他覺得右背痛，妻子里美在百圓商品店替他買了個鉤形按摩器，但因為是便宜貨，發揮不了什麼功效。

他把手繞到背後，按壓痠痛的部位，這時有人沒敲門就直接開門，會計安村靜子往內探頭。

「社長，可以占用你一點時間嗎？」

「請進。」

從即將關上的房門空隙往外望，似乎除了安村外，再也沒其他人了。

「今天中午社長你外出時，早崎先生跑來找我……」

田所忍不住望向安村的髮型。雖然不知道她都上哪家美容院，但那宛如昭和時代女星般往上梳攏的包頭，與她身上的老舊工作服倒是搭配得宜。

「社長。」

「咦？妳是說早崎先生嗎？」

「是的。他中午時跑來找我，又問我能不能預支薪水。所以我請他直接自己去問社長，但他請我來問你。」

「哦……」

田所發出的聲音，分不清是同意還是嘆息。

「早崎先生呢？」田所問。

「今天排的是上午班。」

「哦……我知道了。」

「知道了？那是同意借他嘍？」

「咦？這個嘛……嗯。」

「已經預支三個月的薪水了，他這樣會不會變成習慣啊？」

「嗯……明天我直接跟早崎先生談談，看他是把錢用到哪兒去。」

「他說是因為兒子的遠征費或什麼的，需要用錢。和少棒聯盟有關……不過，之前他也是這麼說。」

本以為她會就此走出辦公室外，但安村卻站著不動。田所重新朝椅子上坐好，安村一副欲言又止的模樣，田所頓時覺得很心煩。

「我這樣說好像在告狀似的，實在很不想這樣，但早崎先生的太太，會不會都不知道自己家中的經濟狀況呢？還是說，她都不知道丈夫向公司預支薪水？」

「為什麼這麼說？」

「因為她的嗜好好像是種植觀葉植物，我一位認識的花店老闆說，之前她才在店裡買了一個售價八萬日圓的盆栽。」

「哦，那家位於產業道路旁的花店是吧？聽說老闆娘和妳打小就認識。」田所轉移話題。

安村似乎也感受到他的意思，覺得自討沒趣，準備就此走出辦公室。

「總之，如果你要借他的話，再跟我說一聲，因為我只負責記帳。」

「好的，不好意思。」

田所望著那重重關上的房門。這當然不是安村的錯。不過，安村瞧不起早崎的事，不知為何，連他自己都感到很不甘心。

田所轉動椅子，直直望向那沉向停車場對面的夕陽，眼前的夕陽宛如一顆熟透的水果。

之前他說要雇用早崎弘志當卡車司機時，妻子里美極力反對，原因在於早崎的財務問題。

從現役選手引退後，成為投手教練的早崎，很認真地指導後輩。田所就是在那時候認識他，當時他仍保有選手時代的高大體格以及黝黑的臉龐，而帶著年輕選手四處喝酒的模樣，更像極了一位可靠的大哥。

的確，看在田所眼裡，早崎從那時候起就很揮霍。不過，他當時以為職棒選手就是這樣的玩樂方式，可能是早崎對現役時代所賺的錢很懂得妥善運用吧。

然而，這種日子持續了三年後，早崎第一次開口向他借錢。

金額是五十萬日圓。

早崎在六本木的俱樂部有一筆帳忘了結，目前急需要錢。偏偏戶頭裡又沒現金，定期存款要解約，手續很麻煩，而且「總不能找老婆幫忙吧」。

那是早崎多次帶田所去光顧的店家，而且想到之前都是讓他請客，這區區五十萬日圓，幫忙代墊也是合情合理，於是當天便借錢給他。

而隔月，早崎也依約還了他五十萬日圓。

不過從那時候起，他便開始聽說一些和早崎有關的傳聞。當他們一如平時，圍著早崎一起喝酒時，田所離席去上廁所，發現那些後輩們竊竊私語的說道「他好像也跟松尾教練借錢呢」，話題圍繞著早崎在球隊內不斷向人借錢的事。最後甚至聊到更衣室多次發生偷竊事件，每次都有人目擊早崎獨自一人待在更衣室裡。

幾個月後，早崎遭球團解雇。

不過，幸好他還不至於走投無路，地方上一家不動產公司的社長收留了他，早崎就此重新找到工作。

而就在這年夏天，田所有了長女里菜，早崎寄來一件自由之丘的高級童裝當賀禮，說是他太太親自挑選。

那時候田所曾經到早崎位於T市的老家拜訪。當時田所邀他一起打高爾夫，回來的路上，早崎自己也像突然想到似地說道：「因為順路，就去坐坐吧。」

雖說一樣在埼玉縣內，卻是田所第一次造訪的土地。在早崎的口頭引導下，他一路開車前行，通過鐵橋後，四周的道路突然變窄。似乎是位於一處像河中沙洲的場所，路旁有很多裸露在外的水溝。

「車子停這裡就行了，裡頭沒有停車場。」

他們停車的地方旁邊是神社，明明也不是陽光照不到的地方，卻給人無比昏暗的印象。瞄了一眼導覽板，上頭提到江戶時代這一帶設有妓院，神社為妓女們的信仰中心。

「哦，那裡是白蛇神社。」

早崎以不同於上頭所寫的神社名稱加以稱呼。
「白蛇神社？」田所重複他的話又問了一遍。
「可能是以白蛇來當作守護神吧……我也不是很清楚，不過這一帶大家都是這麼稱呼。」
早崎似乎對此不太感興趣，快步從神社前方路過。
早崎的老家，居住方式實在很匪夷所思。他們住在一棟老舊公寓一樓的三間房裡，父親住一〇一號房，大哥和大嫂住一〇二號房和一〇三號房。
早崎也沒敲門就直接打開一〇一號房的房門，出聲喚道「爸，你在嗎」。可能正在睡午覺，裡頭傳來「嗯？」的一聲沙啞嗓音，接著轉為開心的聲音應道：「哦，是你啊，怎麼突然回來啊？」
「剛打完高爾夫回來，想說很久沒來了，就順道過來看看。」
「哦，這樣啊。」
「我大哥他們呢？最近可好？」
「在隔壁。」
父親發現站在一旁的田所，向他點頭致意，問道「你是哪位」。田所急忙回禮問候「您好」。
「他姓田所，是我朋友。」早崎簡短地介紹道，父親問：「是球團的人嗎？」

「不，是地方上的朋友，他經營一家大規模的貨運公司。」

聽早崎這麼說，田所急忙應道：「不不不，稱不上什麼大規模。」

父親的住處擺滿了早崎現役時代的海報、印有名字的浴巾、商品等。感覺起來，與其說是一名七十多歲的老人房裡擺滿了棒球選手的周邊商品，還不如說是一名七十多歲的老先生住在一處擺滿棒球選手周邊商品的小紀念館裡。

可能是聽到早崎的聲音，大哥大嫂馬上從隔壁走來。他們說，難得回來，車子就請人代開回家，吃頓晚飯再走吧。田所猛一回神，發現早崎的大嫂已俐落地做好火鍋，自己正動著筷子，置身在這場歡樂的宴席中。

「……咦，那是什麼時候的事啊？你投了一記暴投，江藤傳往三壘時，傳球失誤，結果一度被逆轉不是嗎？那是二〇〇〇年職棒明星賽後不久的事嗎？」

已喝得酩酊大醉的父親談及此事，大哥也順著這個話題，一臉懷念地說道：「的確有這麼回事。不過後來這小子連續六個三振，一路壓制到最後一局，最後藤生打出一擊再見安打。」

「對對對，是最後打出再見安打沒錯，所以我才記得很清楚。那場比賽就像二〇〇〇年時這小子的象徵啊。」

「爸，那時候要是能去球場就好了，你原本也想去對吧。」

「是啊。咦，後來為什麼沒去？」

「爸，是你突然喊肚子疼。」
「是嗎？」
「是啊，所以原本只有我們要去，但這小子說，如果丟下爸爸一個人在家，感覺會輸掉比賽。對吧？是這樣沒錯吧？」
連朝眾人裝滿燒酒的杯裡加冰塊的大嫂也說：「對對對，不過我們實際也是在這裡幫他加油，所以贏了比賽。」講得好像是昨天才發生過的事一樣。
不經意地望向一旁，發現早崎也很開心地聽他們三人熱絡地暢聊過往。
「其實，那場比賽時，我人也在球場。」田所插話道。
「真的假的？」
早崎無比驚訝，田所應道：「我在啊。當藤生打出再見安打時，我還哭了呢。」
「咦？你哭啦？你幹嘛哭？」
想起當時的情景，他眼眶為之一熱。
「不，我沒哭。」
「哇，這傢伙哭了，那都已經是好幾百年前的事了。」
早崎這番話，逗得大家都笑了，田所也被搞得分不清自己究竟是哭是笑。
總之，是一場歡樂的宴席。真要說的話，那不過是家人久別重逢的一頓晚餐，但有優秀的早崎在，還有至今仍會誇讚自己兒子和弟弟才能的家人在。正因為這樣，感覺宛如置身在一處特別的空間裡。

大家就此聊到深夜，在激昂的心情下回到家，會讓人產生誤會，彷彿早崎又會在明天的比賽中擔任先發似的。

這天晚上，他請來代駕業者，和早崎一起離開那場宴席。

在前往與業者約見面的停車場這段路上，田所就像是和現役時代的早崎並肩而行似的，乘著醉意和他勾肩搭背地說道：「你太厲害了，真的很不簡單……你是個很特別的人。和我們不一樣，就像是個出生在不同星空下的人。」不管再怎麼誇讚都無法表達他的崇拜。

「你喝多了。」雖然早崎將田所推開，但早崎自己似乎也樂在其中。「不過，我確實是見識過其他人所看不到的世界。」他認同田所的說法。

「的確是這樣沒錯，你曾經站在頂點上，真不簡單。」

「就是說啊。」

「啊，真厲害。一度曾站上頂點的人，不論是現役還是引退，都還是一樣特別。真的是很特別的人。」

兩人勾肩搭背而行，多次差點掉進路肩的水溝裡，像國中生一樣大聲喧譁。

業者還沒抵達神社旁的停車場，田所感覺有尿意，跨在水溝上想站著尿尿，但不巧一群上完補習班返家的國中生走來，於是他走進神社境內。

他背對正殿，朝牆壁尿尿。做出這種會遭神明懲罰的行徑，真的很抱歉，他在心裡向神明如此道歉。

他望向一旁，發現擺了許多蛇形燒陶的擺設。供奉此物，似乎是這裡的規矩。

他拉好拉鏈，再次向神社道歉，走出境內。這時他突然覺得在意，轉頭望了一眼，這才發現剛才走進時沒注意到，那才重新上漆沒多久的朱紅色鳥居底下，纏著一尾白蛇。

「咦，這種造型的鳥居真罕見呢。」

他一時很想走回去細看，但剛好這時代駕的車輛駛來，田所只好跑回停車場。

在代駕者開車送他們回家的路上，田所聊到鳥居。

田所提到那是很罕見的鳥居時，早崎一臉納悶地問：「那座鳥居有白蛇？」

「就纏在鳥居的右側，很粗的一尾白蛇。」

「是嗎？有那種東西嗎？」

因為兩人都醉了，後來也就沒再多說，待醒來時，田所才發現自己睡得很熟，直到代駕的司機叫他，他才醒來。

「到這邊可以嗎？」

在對方的叫喚下醒來，發現已來到自家門前，而早崎似乎已經先下車，不見蹤影。

田所作了個很清楚的夢，可能是因為剛才在車內聊到白蛇的話題，他夢見自己成了《白蛇傳》中的主角。

說到《白蛇傳》，原本是中國有名的民間故事，不過一九五〇年代曾製作成日本首次的特藝彩色動畫片，而一度夢想要當動畫師的田所，也曾看過這部老動畫片。而出現在他夢裡的，正是這部動畫，一名住在中國西湖畔的少年，小時候因為養了一尾小白蛇，而挨大人罵，就此哭哭啼啼地將白蛇丟棄，故事就是從此展開。之後，化為女人的白蛇前來向主角報恩，就是這樣的異種婚姻故事，最後女主角被人得知其真實身分是妖怪後，就此被收伏，結局以悲戀收場。

「您不要緊吧？您一直在夢中呻吟呢。」

田所準備下車時，司機很擔心地說道，田所驚訝地反問：「我在夢中呻吟？」

「您那位朋友下車後，你一直在夢中呻吟，所以我一路開車都膽顫心驚呢。」

「哦，這樣啊？不好意思。」

「哪裡，您是做了什麼夢嗎？」

「嗯……不過奇怪了，那是很歡樂的夢啊。」

田所一臉納悶地走下車。事實上，他記得那不是會發出痛苦呻吟的場面，真要說的話，是像童話故事前半段那種唱歌跳舞的歡樂美夢。

田所就這樣心不在焉地坐著遙想往事，也不知道花了多久的時間，連天黑了都沒發現，一直望著會計安村走出的那扇門。

「已經預支三個月的薪水了，他這樣會不會變成習慣啊？」

剛才安村說的話，以及自己「嗯……」的軟弱應答聲，在耳畔重新響起。

田所拿起手機，猶豫半晌後，打電話給因為上上午班而已經返家的早崎。

響了良久後，切換為語音信箱。不知為何，田所鬆了口氣，馬上掛斷。

明天再說吧。他站起身準備回家時，早崎回撥電話給他。明明是自己主動打的電話，但這時候卻很想假裝不在。

「喂。」田所接起電話。

「社長嗎？你剛才打電話給我嗎？」

「嗯……」

「有什麼事嗎？」

「你到家啦？」

「是啊。」

「這樣啊……我要談的是你預支薪水的事。」

「哦……真不好意思，老是這樣麻煩你。」

「嗯……安村小姐她……」

「安村小姐？」

「嗯，她說……這種情形要是一直持續下去，會對其他員工造成不良示範……」

說到這裡，田所嘆了口氣。一旦開始撒這種小謊，就會沒完沒了。

「早崎先生。」

「社長，我不是說過嗎，你可以直接叫我名字沒關係。」

「啊，不……我說，預支的事不可以再有下次了，這樣會沒完沒了，而且不光是薪水的預支。雖說你想重新建立生活費的消費循環模式，但不該是預支薪水吧，而且每次也都還有我個人提供的經費援助。」

「我覺得很不好意思。不過，這次真的不行嗎？真的只要再借這次就行了……我這次是真的很缺錢。」

「缺錢……為什麼？」

「因為……」

「你跟安村小姐說，是因為孩子的遠征費對吧？其實你那是在說謊吧？」

「不，我沒說謊……」

「早崎先生，你就別再說謊了。」

田所俯視底下的停車場。說著說著，感覺到一股不舒服的情感逐漸往胸口堆積。那理應是一種情感，但卻有令人感到不舒服的形體和動作，很想從胸中拔除。

「有七萬日圓就行了。」

耳邊又響起早崎的聲音。

「……總之，今晚我只要能湊到七萬日圓，就能度過難關。」

「你到底是要拿這筆錢用在什麼地方？」

「因為……我透過不好的管道借錢。」

「咦？」

田所頓感全身無力，就此癱坐在椅子上。

「你借了……多少？」

「四百多萬。」

田所想說些什麼，但口中發出的卻只有嘆息。

「……你借錢的事，你太太知道嗎？」田所好不容易問了這麼一句。

「我太太？她不知道……為什麼這樣問？」

「還問呢。」

「我不想讓我太太為錢的事操心。」

「可是你……」

早崎的藉口實在太過任性，田所連嘆息都發不出。

「你的錢都用到哪兒去了？」

「這該怎麼說好呢……」

「早崎先生，請你坦白說。如果知道你是哪方面需要用錢，我也不是會見死不救的人啊。」

「既然這樣，這事我只跟你一個人說……」

早崎一副施恩於人的口吻。如果是當初剛認識的時候，或許還會覺得他當自己是好友，而感到開心。現在仔細想想，這種施恩於人的態度，只會讓早崎這個男人顯得很小家子氣。

「例如酒錢之類的，應該算是玩樂費用吧。」

「啥？」

田所不自主地叫出聲，就像嘴裡有沙子似的，口中積滿了口水。

那幾欲滿出的口水，想吞也吞不下去，田所將它吐往垃圾桶裡。那黏稠的口水沾染了塞在垃圾桶裡的文件。

「玩樂費用是什麼鬼啊？」田所聽傻了眼。

「你也知道的，就是和朋友一起喝酒之類的……」

「既然沒錢，就沒必要請客吧？」

「不，如果對方是後輩，總不能大家各付各的吧？」

「不不不，你不是沒錢嗎？」

「所以囉……」

就像喝了烈酒般，田所臉頰發燙。猶如喝了劣酒般，感到噁心作嘔。

「早崎先生……我沒辦法幫你。這種事要是再繼續下去，對你不好，而我們的關係也會惡化。」

說到這裡，田所長嘆一聲，語帶不悅地說道：「不過，你或許是對我們兩人的關係不當一回事，才會來向我借錢吧？」

「才沒這回事呢……」

雖然傳來早崎的聲音，但田所已掛斷電話。

本以為掛上電話後，胸口作嘔的感覺就會平息，但他靜候了一會兒，卻感到更不舒服。

他做了個深呼吸，放聲大叫。想連同聲音將體內那討厭的感覺一傾而空。

自從早崎帶田所到他老家後，田所有一陣子和他變得疏遠。

並不是有什麼過節，或許是雙方愈沒聯絡，愈感覺得到彼此的情誼深厚，就是處於這樣的時期。

當時田所的公司與大客戶簽訂契約，生意興隆。而在家中，也是笑著看女兒一天一天長大，每天都過得很充實。

可能是自己覺得充實的緣故，他也以為辭去教練一職，轉到當地的不動產公司上班的早崎也和他一樣，家庭事業兩得意，過著忙碌的生活。

事實上，當時田所曾在附近的燒肉店巧遇早崎。

不同於一般以便宜當賣點的店家，那是主推神戶牛沙朗牛排，在當地相當罕見的高級店，田所為了慰勞平時為了育兒辛勞的妻子，才訂了這家店。

而早崎也帶著妻兒前來光顧。

田所第一次見到早崎的妻子，同時也是第一次介紹自己的妻女給早崎認識。

在看到早崎妻子的那一刻，田所單純只是覺得「啊，果然沒錯」。

到底是哪裡沒錯，他自己也說不上來，不過像早崎這樣的男人，就得要這樣的妻子才配得上。

暌違數月的重逢，兩人談天說笑，喜溢眉宇，而他們身旁的妻子也相互問候，一團和氣。

「我丈夫平時受您關照了。」田所的妻子說道，早崎的妻子也馬上應道：「我們才是呢，他常找您先生出遊，想必給您添了不少麻煩吧？」

當初早崎那個用剪刀將窗簾剪成像繩簾的兒子，如今已是小學生，同樣開始玩棒球，膚色黝黑的臉龐，外加勻稱、柔軟性十足的體格。

如果時機恰當，同桌用餐也無妨，但不巧早崎他們已用完餐，正準備返家。

「再聯絡囉。」兩人互拍肩膀，田所目送早崎他們離去。

田所一回到桌位上，馬上語帶炫耀地對妻子說：「他就是早崎。」

本以為妻子會說：「當過職棒選手的人，果然體型高大，有一種特殊的氣場。」但沒想到妻子竟語出驚人地說：「很奢侈呢。」

田所覺得很掃興，開口問道：「妳是指什麼？」結果妻子誇張地瞪大眼睛道：「因為他太太穿的衣服價值數十萬日圓，手上戴的戒指也是名牌貨。」

「應該是人家有錢吧？畢竟他可是拿過三振王的選手。」

「可是他都已經離開棒球界五、六年了吧？你之前不是說過嗎？」

「說過什麼？」

「就是因為欠債的問題而辭去教練的職務啊。」

「是啊，不過他馬上就到不動產公司上班……」

「也只是一般員工吧？有領特殊薪資嗎？」

「不，應該是沒有。」

「這樣的話，他讓太太穿那種上好衣服，到這種店消費，實在很不合他的身分……聽說他太太的父親是札幌的公務員……」

田所的妻子，在號稱比男人重現實的女人當中，仍算是很重現實的一方，從初次見面的簡短問候中，就已像是看過對方家中的記帳簿似地鐵口直斷。

或許真如妻子所言，其實早崎很窮困。他的妻子愈美，家庭看起來愈幸福，早崎也許就愈窮困。

這時，田所腦中突然浮現他去過一次的早崎老家的光景。

那天，他親眼目睹早崎是如何備受呵護長大。當然，他沒聽聞詳情，但從他父親、大哥、大嫂的對話中，透露出早崎是他們家人幸福的象徵。

不管是少棒聯盟時代、大學時代、現役選手時代，甚至是引退後的現在，一樣沒變，如果早崎卸下這個角色，這一家人將就此失去幸福。

可能早崎也注意到這點。他如果走下投手丘，將會從某人身上奪走什麼。

從父親、大哥大嫂、妻子，以及他最愛的兒子身上，奪走某樣東西。

如果是田所那很重現實的妻子，應該會說：

「真蠢，明明沒錢卻又過著擺闊的生活，這樣哪裡是為家人著想啊？」

當然，田所也認為這話一點都沒錯。不過，明明知道已經無法再投，再投下去會沒命，但男人有時就會面臨這種無論如何都不能走下投手丘的場面。

半年後，早崎打電話告訴田所，說他已辭去不動產公司的工作。

早崎說，因為他算是空降部隊，社長對他特別關照，所以遭受其他員工強烈批評，不得不請辭，但其實他似乎又發生了債務問題，根據事後聽到的傳聞得知，早崎私下也向這位好好先生的社長借了將近一千萬日圓。

他屢屢借錢，被社長的家人發現，問題就此爆發，社長的家人說，如果不還錢就要告上法院，最後因為出借的資金是社長的個人資產，他們的家人開出條件，要他辭去工作，並發誓今後不再與社長聯絡，欠款就此一筆勾銷。

失去職務的早崎之所以主動找田所，就是為了找他商量，看能否介紹工作給他，暗地裡其實是在拜託田所：「雇用我到你公司上班吧。」

在他開口請託的那一刻，田所就已做好要雇用他的打算。

該怎麼說呢，田所當時是真心認為，這時候就只有他能解救早崎了，而且面對早崎淚眼汪汪地說著「我現在也只能仰賴你了……」這句話，他心裡覺得，如果我現在不相信他的話，日後將再也不會相信友情了。

這時在田所面前垂落雙肩，淚眼撲簌的，是高中棒球時代的早崎。在重要比賽中落敗的王牌投手早崎，在昏暗的球場後頭放聲哭泣。這是他之前一直強忍的淚水，是在做出殘酷提問的媒體記者前，以及在筋疲力竭的隊友面前，王牌投手一直隱忍不發的眼淚，是只有在此時此地，在田所面前，王牌投手所淌落的淚。

我已經很賣力了，我已經使出全力了，我是拚著一死去做的，但最後還是不行。

田所輕拍他的肩膀說道：

「我明白，我明白，我全都明白。」

不知道就這樣望著發愣過了多久，太陽已完全下山，日光燈將社長室下方的停車場照得一片銀亮。

田所搓揉乾燥的手掌。這數十年來一直緊握卡車方向盤的厚實手掌，變得無比乾燥粗糙，稍一摩擦就發出沙沙聲。

田所想回家好好泡個澡，正當他準備離開窗邊時，一輛轎車駛進停車場。白色的運動型休旅車就此停在日光燈下，匆匆從駕駛座走下車的人，是早崎。

田所嘆了口氣，再度一屁股坐向自己的位子。

早崎一路衝上樓梯。

田所此時倒是莫名冷靜，不疾不徐地朝桌上已冷掉的咖啡喝了一口。

如果是以前，他可能多少會有點慌張，但現在他有一種「我絕不會再幫你了」的心情。要是早崎敢再嘮叨個沒完，就叫他辭職。就這麼回事。

敲門聲響起的同時，門已開啟，早崎神情慌張地探頭。

「啊，太好了，你還在辦公室……我想說，有些事用電話講不清楚，所以就趕來了。」

光是從停車場衝上二樓，早崎就已氣喘吁吁。

「就算你來了，不行還是不行。」田所冷冷地說。

本以為早崎會說些什麼，但他卻始終低頭不語。此刻掛鐘秒針移動的聲響，比獨自一人在的時候聽得更清楚。

田所站起身，將咖啡杯拿到流理臺，他朝裡頭裝水，簡單清洗後，放在流理臺上。

「總之，你還是回去吧。」

田所轉頭一看，早崎竟然跪坐在地上。

「欸？」

田所發出打從心底感到厭煩的聲音，那是極度侮辱對方的聲音，連他自己聽了也感到驚訝。

「拜託你，這次請務必要幫我。」早崎額頭貼向地面。

「我不是說過了嗎……」

「拜託。」

「等等，別這樣。」

「拜託你，我跟你磕頭。」

「真是的……我要走了。」

田所正準備從旁邊走過時，跪在地上的早崎牢牢抓住他的腳。

「喂，別這樣。」

「拜託你，這次請你一定要幫我。」

田所全身的力量洩去，就算望著這個緊抓他的腳不放的男人，還是沒任何感覺。

「拜託你，我什麼都願意做。你現在叫我脫光衣服跳舞，我也會跳，要我舔你的鞋底，我也會照做。」

「不……問題不是這個。」

早崎再次額頭緊貼地面，大聲說道：「拜託，幫我這次就好。」

田所一直靜靜望著他的背部。

是從什麼時候開始，他的背膀變得這麼小？這不是他所認識的早崎該有的背膀。

「早崎先生……」

田所出聲喚道。甫一出聲，早崎馬上應了一聲「是」，縮起身子。

「早崎先生，你已不再特別了。」

儘管被人說了這麼一句難聽話，早崎卻只是更加縮著身子，反覆說著「拜託你」。

「你是個假貨，一點都不特別。」

「拜託你，我求你了。」

「……早崎先生，你不可能一直過這樣的生活吧？這點你自己也很清楚才對吧？去跟你太太說，跟你兒子說吧。說你輸了，說你早就破產，無能為力。你太太和兒子也會體諒你的。」

田所從早崎身上跨過，想走出辦公室。

「只要幫我這次就好。只要今天能給我七萬日圓，我就還有一個星期可以想辦法。拜託你。」

雖然聽得到早崎的聲音，但田所沒回答。

不過，他想關門時，早崎以身體擋住，不讓他關。不得已，他只好關燈走出社長室，將早已空無一人的辦公室電燈也一併關閉。

田所正準備下樓時，轉頭望了一眼，發現早崎仍跪在同一個地方。

「早崎先生，樓下大門我要上鎖了。」

他出聲叫喚，但早崎一動也不動。

田所看了也惱火，就此擱下早崎不管，走下樓梯。走出事務所後，粗魯地關上門，從外頭把門鎖上。

懶得理你了，他心想。

田所走向自己的車，不耐煩地抬頭望向二樓。

早崎現在仍跪在昏暗的辦公室裡嗎？不，他一定已經停止演那齣蹩腳戲，在那裡咒罵不停。

正當他準備打開車門時，背後突然冒出一道影子。他驚訝地回身而望，原來是早崎無聲無息地站在身後。

「啊，嚇我一大跳……」田所不自主地說道。

緊接著下個瞬間，看起來就像早崎整個人覆在他身上。就在這時，啪的一聲，耳邊感受到一陣衝擊。早崎手中握著一個像鐵鎚的東西。

「咦？……咦？」田所低聲呻吟，就此失去意識。

＊

那名先發的少年投的球沒有球威，從第一局開始，就已完全被對方打線掌握。不只沒有球威，而且還是沒變化的直球，對方的打線就像面對一臺低速的自動發球機，頻頻擊出。

好不容易結束三局下，已被拿下七分，我方唯一的得分，就只有第四棒打者擊出陽春砲得到的一分。

這處位於荒川河岸地的球場，在對方上場攻擊時，感覺無比寬敞，反過來，當我方上場攻擊時，卻又覺得很小。

在安全護網後方的觀眾席觀看比賽的山之內，在四局上展開進攻，連續擊出內野滾地球，形成兩出局的局面時，正好手機響起。

山之內急忙走下觀眾席的樓梯，繞到後方。是這次決定要刊登〈墮落的王牌投手早崎弘志〉這篇報導的雜誌主編打來的。

離截稿日只剩幾天的時間，但山之內都沒主動聯絡。

一接起電話，山之內先主動道歉。「那麼，現在情況怎樣啊？」在主編的詢問下，山之內轉移話題道：「是，我現在正在看早崎他兒子的棒球比賽。」

「早崎他兒子？」

「是的，他現在小六，是當地少棒聯盟的王牌投手。」

「發生早崎那起案件後，他們不是決定搬家嗎？」

「是的，要舉家搬往他太太位於北海道的娘家，所以今天是他最後一場比賽。」

這時，觀眾席上一陣譁然。最後好像是一記外野高飛球，三人出局，不過從下一局開始，那名叫健太的先發少年下場，改由早崎的兒子大成站上投手丘。

在比賽開始前，原本家長們都對大成上場投球的事沒給好臉色看，但這時卻都鼓掌送他上場。

山之內將耳機貼在耳邊，走到安全護網後方。

早崎的兒子跑向投手丘，他的背影不顯半點氣勢，看起來也不像是對父親的事件感到內疚，但倒是顯得自信滿滿。就像當初打高中棒球的早崎，因為有父親和哥哥們的援助，而能專注在棒球上一樣。

「要壓制住對手。」山之內暗自默禱。因為你是早崎弘志的兒子啊。

那天晚上，發現田所倒臥在停車場上的，是住附近的一位女性。她像平時一樣帶狗出門散步，剛好那天她的狗往田所貨運的停車場走去。由於四周空無一人，所以她心想，在這裡小待一下應該無妨，結果發現田所渾身是血地倒臥在車後，她的狗放聲狂吠。

她叫救護車前來，警方和媒體也蜂擁而至，四周變得亮如白晝。

被送往醫院的田所一直沒恢復意識，醫生診斷，就算恢復意識，也會留下像半身不遂這類的嚴重後遺症。

那天晚上，媒體大肆報導這起案件，不過，與隔天查出犯人身分後引發的軒然大波相比，還算是相當平靜了。

當初警方是以偷盜的方向搜查，但從田所貨運擔任會計的安村靜子提供的證詞中，提到了同樣是公司員工，擔任卡車司機的早崎弘志這個名字。

案發隔天，刑警到早崎住的大樓拜訪時，他和妻子、兒子三人正在享用早餐。

他被帶走時，還一再地對呆立原地的妻兒說：「放心，我不會有事的。」

事實上，連帶走他的刑警看了，似乎也覺得他可能傍晚就能洗刷嫌疑，重回住處。早崎的神情就是這般平靜。

前職棒選手涉及殺人未遂的傷害案件，不光是在新聞節目和談話節目上吵得沸沸揚揚，連日本棒球機構和國會議員也都出面發表評論，逐漸引發社會問題，而就在這時，病房裡的田所恢復了意識。

聽說就結果來看，只是暫時性昏迷，田所的家人就不用說了，就連日本棒球機構的相關人員也都因為最後沒演變成殺人命案而鬆了口氣。

雖然恢復了意識，但田所畢竟還是無法完全康復。

根據陪在病房裡寸步不離照顧他的妻子所言，他一天有三分之二的時間都在睡覺，剩下的時間也都半睡半醒，一會兒才剛神智清醒地對她說：「讓妳操心了，妳也睡會兒吧。」如此慰勞她的辛勞，接著卻又突然擔心起超過驗車時間的卡車，或是和他已故的父親展開交談。

某天夜裡，因疲憊而睡著的妻子耳畔，傳來田所喃喃自語的聲音。

她本以為田所又是喉嚨卡痰，覺得不舒服，正準備叫護士前來，但似乎不是這麼回事，他好像是在夢裡和人交談。

妻子馬上用手機錄下他的聲音。

自從醫生叫她要先做好心理準備，丈夫說的每一句話都有可能是最後的遺言，於是她一直都錄下丈夫的聲音。

「……這樣啊，原來是這麼回事。」

田所就像是有人告訴他什麼似的，頻頻重複說道：「這樣啊，這樣啊。」

過了一會兒他睜開眼睛，妻子問他做了什麼夢。

田所難得顯現出清醒的模樣，側著頭說道：「作夢？果然是一場夢啊？」

之後田所說「我遇見前世的自己」。

妻子本以為他又開始意識不清了，但看他清澈的雙眼，似乎又不是這麼回事。田所說自己前世是一條蛇。「什麼啊？」妻子忍不住笑道，田所也笑著說：「妳別笑嘛。」

「怎樣的蛇？」

儘管如此，能夠與他交談還是很開心，妻子便順著他的話聊下去。

「一尾虛弱的蛇。」

「虛弱？」

「嗯，一尾虛弱的白蛇。」

在前世，田所似乎是珍奇展示屋的主人所養的白蛇。每天都遭到鞭子抽打，被迫配合笛聲起舞。而解救他的人，是一名路過的貧窮青年，他似乎就是早崎弘志的前世。

妻子邊聽邊感到怒火中燒。她心想，你被早崎用鐵鎚毆打，就算痊癒後仍會留下後遺症，明明害你吃了這麼多苦，但都這時候了，你竟然作這種蠢夢。

放走白蛇的青年，被珍奇展示屋的主人逮個正著，送進監牢。獲救的白蛇想救青年脫困，但他這條柔弱無力的蛇沒這個能耐。他只能纏繞在柵欄上，靜靜守護著青年。

監牢的環境惡劣，青年的身體日漸衰弱，最後染上熱病而死。

妻子不發一語，靜靜聆聽丈夫說出這個故事。而說完這個故事後過了三天，田所也嚥下了最後一口氣。

比賽來到六局下，面臨兩出局滿壘的最後一局。

早崎的兒子大成，從第四局上場後，便完全壓制住對方打線，沒再失分。而這段時間，同伴們也都對大成的投球提供火力支援，五局展開猛攻拿下七分，形成大逆轉。

只要再壓制一人就能獲勝，觀眾席上的家長們也都聲嘶力竭地為大成加油。山之內也一樣，原本他應該是冷靜觀賽才對，但猛然回神，發現自己站起身，雙手搗在面前充當大聲公，大聲叫道：「要冷靜！」

此刻站在投手丘上的少年，可能在這場比賽後，就要和母親兩人搬往北海道。田所死後，這名少年的父親成了殺人犯。

此時站在投手丘上的少年是殺人犯之子，同時也是曾經因拿下三振王而發光發熱的前職棒選手之子。

案發後，這名少年是怎樣的心情，當然無從得知。不過，今天他換上制服來到這座球場，為了打棒球而前來。

兩出局，滿壘，滿球數，從剛才起，連續擊出左外野方向的界外球。

就在這時，觀眾席上一陣議論紛紛，家長們之間傳出「他在哭嗎？」的疑問聲。

山之內瞇起眼睛望向投手丘。進入投球姿勢的大成，淚水從眼眶淌落，那滿溢出的淚水，就算用衣袖擦拭也停不下來。

大成一度投了個牽制，為了調整呼吸。但似乎愈是想調整呼吸，嗚咽聲愈是從喉嚨深處湧出。

他咬緊牙關，極力想壓抑嗚咽，但內心的顫抖傳向了肩膀和手臂。

「大成！加油！」

猛然回神，山之內發現自己又大聲叫了起來。旋即周遭的人們也出聲加油：「大成！」「加油！」「還差一人！」

大成多次想握住白球，但手掌怎樣也無法使力。

儘管如此，他還是努力擺出投球姿勢。可以清楚看出，他的腳和手都在顫抖。

大成大動作地甩動他那因淚水濡溼的臉。他緊緊咬牙，鼓足渾身之力揮臂，但從他指尖放出的白球卻沒有球威。

山之內仰天而嘆。

接著再次低語一聲：「為什麼？」

荒川河堤處的蔚藍晴空，響起一聲幾欲令人為之全身蜷縮的金屬敲擊聲。

國家圖書館出版品預行編目資料

犯罪小說集 / 吉田修一著；高詹燦譯. -- 初版. -- 臺北市：皇冠, 2018.7 面；公分. --（皇冠叢書；第4700種)(大賞；102)

譯自：犯罪小説集
ISBN 978-957-33-3384-5 (平裝)

861.57 107009173

皇冠叢書第4700種
大賞 | 102
犯罪小說集
犯罪小説集



作　　者—吉田修一
譯　　者—高詹燦
發 行 人—平雲
出版發行—皇冠文化出版有限公司
台北市敦化北路120巷50號
電話◎02-27168888
郵撥帳號◎15261516號
皇冠出版社(香港)有限公司
香港上環文咸東街50號寶恒商業中心
23樓2301-3室
電話◎2529-1778　傳真◎2527-0904
總 編 輯—龔橞甄
責任主編—許婷婷
責任編輯—蔡維鋼
美術設計—王瓊瑤
著作完成日期—2016年
初版一刷日期—2018年7月

法律顧問—王惠光律師

讀者服務傳真專線◎02-27150507
電腦編號◎506102
ISBN◎978-957-33-3384-5
Printed in Taiwan
本書定價◎新台幣380元/港幣127元